아홉가지 이야기

NINE STORIES
by J. D. Salinger

Copyright ⓒ 1948, 1949, 1950, 1951, 1953 by J. D. Salinger
Korean Translation Copyright ⓒ MUNHAKDONGNE Publishing Corp., 2004

This Korean edition is published by arrangement with
Harold Ober Associates Incorporated
through Eric Yang Agency, Seoul, Korea.
All Rights Reserved.

이 책의 한국어판 저작권은 에릭양 에이전시를 통해
Harold Ober Associates Incorporated와 독점 계약한 (주)문학동네에 있습니다.
저작권법에 의해 한국 내에서 보호를 받는 저작물이므로
무단 전재 및 무단 복제를 금합니다.

이 도서의 국립중앙도서관 출판예정도서목록(CIP)은
서지정보유통지원시스템 홈페이지(http://seoji.nl.go.kr)와
국가자료공동목록시스템(http://www.nl.go.kr/kolisnet)에서 이용하실 수 있습니다.
(CIP제어번호: CIP2004002138)

아홉가지 이야기

J.D. 샐린저 소설 | 최승자 옮김

문학동네

도로시 올딩과

거스 로브라노에게

두 손바닥이 마주치는 소리쯤은 모두 알고 있다.
그러면 한 손바닥으로만 치는 소리는 어떤 것일까?

― 화두

| **차례** |

바나나피시를 위한 완벽한 날 ········ 11

코네티컷의 비칠비칠 아저씨 ········ 43

에스키모와의 전쟁 직전 ········ 81

웃는 남자 ········ 115

작은 보트에서 ········ 145

에스메를 위하여, 사랑 그리고 비참함으로 ········ 171

예쁜 입과 초록빛 나의 눈동자 ········ 219

드 도미에 스미스의 청색 시대 ········ 247

테디 ········ 301

바나나피시를 위한
완벽한 날

"두 눈을 계속 뜨고 있어.

혹시 바나나피시가 있을지 모르니까.

오늘은 바나나피시를 위한 완벽한 날이야."

뉴욕에서 온 아흔일곱 명의 광고인들이 장거리 전화를 독점하는 바람에, 507호 여자는 정오부터 거의 두시 반까지 기다려야 했다. 그래도 기다리는 시간을 이용하기는 했다. 그녀는 포켓판 여성지에서 '섹스는 재미있거나 지옥'이라는 제목의 기사를 읽었다. 빗을 씻어 머리를 빗기도 했다. 입고 있는 베이지 색 정장 스커트에 붙은 티끌을 떼어냈고 삭스* 블라우스의 단추 하나를 옮겨 달았다. 그러고는 사마귀 위에 갓 돋아난 털 두어 가닥을 손끝으로 비틀어 뽑아냈다. 마침내 전화 교환원이 전화를 걸어왔을 때, 그녀는 창가에 앉아 왼손 손톱에 에나멜 칠을 거의 끝마쳐가

---

* 뉴욕의 최고급 백화점. 보통 삭스 5번가라고 불림.

던 중이었다.

그녀는 어린 시절부터 전화벨이 울려도 무엇 하나 떨어뜨리는 법이 없었다. 마치 사춘기 때 이래 계속해서 전화벨이 울리고 있었다는 듯한 모습이었다.

전화벨이 울리는 동안 그녀는 조그만 매니큐어용 브러시로 새끼손톱의 초승달 선을 강조해서 그리고 있었다. 그게 끝나자 에나멜 병 뚜껑을 도로 닫고는 일어서서 아직 칠이 마르지 않은 왼손을 앞뒤로 흔들었다. 그후엔 칠이 마른 쪽 손으로 창가의 의자에서 꽁초가 수북한 재떨이를 집어들고서 전화기가 놓인 침대 옆 탁자로 가져갔다. 그리고 나서 잘 정리된 트윈베드 중 하나에 앉아서 수화기를 집어들었다. 다섯번째 아니면 여섯번째로 벨이 울렸을 때였다.

"여보세요?"

그렇게 말하면서 그녀는 왼손 손가락들이 하얀색 실크 화장 가운에 닿지 못하도록 쭉 뻗치고 있었다. 슬리퍼 말고는 그 화장 가운이 그녀가 걸치고 있는 전부였다. 반지는 화장실에 빼두었다.

"글래스 부인, 뉴욕으로 부탁하신 전화가 지금 연결되었습니다."

교환원이 말했다.

"고맙습니다."

그녀는 이렇게 대답하고는 침대 옆 탁자에 재떨이 놓을 자리를 만들었다.

한 여자의 음성이 전해졌다.

"뮤리엘, 너냐?"

그녀는 귀에서 좀 멀어지도록 수화기를 약간 돌려 들었다.

"네, 엄마. 어떻게 지내세요?"

"네 걱정 하느라 죽을 뻔했다. 왜 전화 안 했니? 괜찮은 거냐?"

"그저께 밤부터 어젯밤까지 내내 전화를 걸려고 했어요. 그런데 여기 전화가……"

"잘 지내고 있어?"

그녀는 수화기와 귀 사이의 각도를 더 벌렸다.

"괜찮은데 더워요. 플로리다에 몇 년 만에 찾아온 최악의 더위라는데……"

"왜 나한테 전화 안 했니? 난 네 걱정 하다가……"

"엄마, 소리 지르지 마세요. 안 그래도 아주 잘 들려요. 간밤에도 두 번이나 전화를 걸었는데, 한 번은 바로 그전에 뭘……"

"간밤에 네가 전화할지도 모른다고 네 아버지한테 말했다. 하지만 그 양반은 꼭 해야 할…… 아니다, 뮤리엘, 너 정말 괜찮은 거야? 사실대로 말해봐."

"괜찮아요, 제발 그만 좀 물어보세요."

"거긴 언제 도착했냐?"

"몰라, 수요일 아침 일찍요."

"운전은 누가 했고?"

"그 사람이요. 흥분하진 마세요. 그 사람 운전 아주 잘했어요. 깜짝 놀랄 정도였다니까요."

"그가 운전을 했어? 뮤리엘, 넌 네가 말해놓고도……"

그녀는 상대의 말을 가로막았다.

"엄마, 방금 말했잖아요. 그 사람 운전 아주 잘했다고요. 정말 오는 길 내내 시속 오십 마일도 안 되게 달렸다니까요."

"행여 나무들 갖고 하는 그 우스꽝스런 짓거리를 하려 들진 않던?"

"엄마, 아주 잘했다고 말씀드렸잖아요. 이제 제발 그만요. 내가 그 사람한테 하얀 차선에 계속 가까이 붙어 달리라고 말했어요. 다른 것도 전부요. 그는 내가 진심으로 그런다는 걸 알고 있었구요. 그는 나무들은 쳐다보려고도 하지 않았어요. 그만하면 아시겠죠? 그런데 말이 난 김에, 아빠는 그 차 고쳐놓으셨나요?"

"아직. 사백 달러를 달라는구나. 그거 하나 고치는 데 말이다."

"엄마, 시모어가 아빠에게 자기가 그 비용을 지불하겠다고 말했다면서요. 그럴 이유가 없잖아요……"

"글쎄, 두고 보면 알겠지. 차 안에서 그 사람이 어떻게 하던? 그리고 차 밖에서는?"

"아주 괜찮았어요."

그녀가 말했다.

"그 사람이 계속 너를 그 끔찍한 이름으로 부르던?"

"아뇨, 이젠 새로운 이름으로 불러요."

"그게 뭔데?"

"오, 다를 게 뭐가 있어요, 엄마?"

"뮤리엘, 말하렴. 궁금하구나. 네 아버지는……"

"좋아요, 말할게요. 그 사람은 날 '1948년도 미스 정신적 매춘부'라고 불러요."

그녀는 그렇게 말하고는 깔깔 웃었다.

"뭐가 우스운 거냐, 뮤리엘. 전혀 우습지 않다. 끔찍해. 사실 슬픈 일이구나. 생각해보면 어떻게……"

그녀가 가로막았다.

"엄마, 물어볼 말이 있어요. 그 사람이 독일에서 보내준 책 기억하죠? 그 독일어 시집 말예요. 내가 그 책 어디다 뒀는지 아세요? 계속 뒤지면서 찾고 있는 중인데……"

"그 책 있어."

"정말이요?"

"틀림없어. 내가 갖고 있다. 프레디 방에다 뒀어. 둘 데가 없어서…… 그 사람이 찾기라도 하는 거냐?"

"아뇨, 그냥 그 사람이 그 책에 대해서 묻더라구요. 차 타고 올 때 말예요. 내가 그 책을 읽었는지 알고 싶어했어요."

"그건 독일어 책이잖아!"

"맞아요, 엄마. 그렇다고 해서 문제될 건 없어요."

그녀는 그렇게 말하면서 다리를 꼬았다.

"그 사람 말로는 그 시들이 어쩌다 보니 금세기의 가장 위대한 시인에 의해 씌어진 거래요. 내가 영어 번역본을 사보든가 했어야 한다고요. 아니면 독일어를 배우든가요."

"무섭구나. 무서워. 사실 그건 슬픈 일이야. 네 아버지가 지난밤에 말하길……"

"잠깐만요, 엄마."

그녀가 말했다. 그녀는 창가로 건너가 담배를 찾아 불을 붙이고는 침대로 돌아왔다.

"엄마?"

여자가 담배연기를 내뿜으며 말했다.

"뮤리엘, 이젠 나도 한마디 하자꾸나."

"말씀하세요."

"네 아버지가 시베츠키 선생과 상담을 했단다."

"그래요?"

"아버지가 그 의사에게 다 말했어. 최소한 네 아버지 말로는 그랬다는구나. 네 아버지 알잖냐? 그 나무들 얘기 말이다. 창문 갖고 하는 그 짓도, 할머니의 세상 뜰 계획에 대해서 그가 할머니에게 말한 그 끔찍한 것들, 버뮤다에서 온 아름다운 그림들을 갖고 그가 한 짓 등등…… 전부 다."

"그래서요?"

"그 의사가 말하길 군대가 그를 병원에서 내보낸 건 완전 범죄라고 했다는구나. 의사가 네 아버지에게 분명히 말했대. 시모어가 자기 통제력을 완전히 잃어버릴 가능성 — 그 가능성이 아주 크다더라 — 도 있다고. 확실하대."

"이 호텔에 정신과 의사가 한 명 있어요."

그녀가 말했다.

"누군데? 이름이 뭔데?"

"몰라요. 리저라든가 뭐라든가. 아무튼 꽤 실력 있는 의사인 것 같아요."

"처음 듣는 이름인데."

"글쎄, 어쨌거나 아주 훌륭한 의사라나봐요."

"제발 건방 떨지 말아라, 애야. 우린 널 무척 걱정하고 있다. 간밤에 네 아버지는 네게 전보까지 치려고 했어. 빨리 집으로 돌아오라고 말이야. 당연한 이야기지만……"

"엄마, 난 당장은 돌아가지 않아요. 그러니 느긋하게 계세요."

"뮤리엘, 분명히 말하마. 시베츠키 박사가 그러는데 시모어가 완전히 자기 통제력을 잃어버릴 수도……"

"엄마, 난 여기 방금 도착했어요. 내가 몇 년 만에 처음 가져보는 휴가라구요. 그러니 지금 짐을 싸서 집으로 돌아갈 순 없어요."

그녀가 말했다.

"어쨌거나 지금은 여행하기도 힘들어요. 햇볕에 너무 타서 거의 움직일 수도 없을 지경이라구요."

"햇볕에 탔다고? 내가 가방에 넣어준 브론즈*를 안 발랐구나? 내가 그걸 제대로 넣어……"

"발랐어요. 그래도 탄 걸 어쩌겠어요."

"저런, 끔찍한 일이구나. 대체 어디가 어떻게 탔단 말이니?"

"전체적으로요, 엄마. 전체적으로."

"끔찍도 하지."

"그렇다고 죽진 않아요."

"너 그 정신과 의사하고 얘기해봤니?"

"글쎄요, 조금요."

여자가 말했다.

---

* 자외선 차단제 상품명.

"그가 뭐라고 하던? 네가 그 의사와 얘기할 때, 시모어는 어디 있었니?"

"오션 룸에서 피아노를 치고 있었어요. 우리가 여기서 지낸 이틀 밤 내내 그는 피아노를 쳤어요."

"그래, 그 의사가 뭐라던?"

"아, 별말 없었어요. 그 의사가 먼저 내게 말을 걸었어요. 지난밤 빙고 할 때 내 옆에 앉아 있었는데, 다른 방에서 피아노를 치고 있는 저 사람이 내 남편 아니냐고 묻더라구요. 내가 맞다고, 그렇다고 말하니까 그 의사가 그래요. 시모어가 혹시 어디 아픈 건 아니냐구요. 그래서 내가……"

"그가 왜 그렇게 물었을까?"

"모르겠어요, 엄마. 아마도 시모어가 너무 창백해 보여서 그런 것 같아요."

그녀가 말했다.

"어쨌거나 빙고가 끝난 뒤에 그 의사와 그 사람 부인이 자기들과 함께 한잔 하지 않겠느냐고 해서 자리를 함께했어요. 그 사람 부인은 정말이지 끔찍한 여자였어요. 본위트 백화점 진열창에서 본 그 어마어마한 디너드레스 기억나요? 엄마가 그랬잖아요. 엄마한테 꼭 필요하다던 그 자그마한, 자그마한……"

"그 초록색 옷?"

"네, 그 여자가 그 옷을 입고 있었어요. 아, 게다가 그 엉덩이라니. 그 여자는 혹시 시모어가 매디슨 가에서 여성용 모자 가게를 하는 수잔 글래스와 친척이 아닌지 묻고 또 물었어요."

"그런데 그가 뭐라고 말하던? 그 의사 말이다."

"글쎄요. 별로. 아무것도요. 정말이에요. 우린 어떤 바 안에 있었단 말예요. 무척 시끄러운 곳이었어요."

"그렇겠지. 근데 너 혹시 그 의사한테 시모어가 할머니의 의자를 갖고 하려던 짓에 대해 말했니?"

"아뇨, 엄마. 별로 자세히 이야기하진 않았어요. 조만간 그와 다시 이야기할 기회가 생길 거예요. 그 의사는 하루 종일 바에서 살아요."

"의사가 말이야, 시모어가 괴상해진다든가 어떻게든 될 수도 있다고 생각한다고 말하진 않던? 널 위해서라도 어떻게든 해봐라."

"딱히 그런 건 아니었어요. 그에겐 더 많은 단서가 필요해요. 유년 시절이라든가 하는 것들을 모두 알아야 한다구요. 내가 말했잖아요. 우린 거의 이야기를 나눌 수 없었다구요. 거긴 너무 시끄러웠거든요."

"그렇구나. 그나저나 네 파란 코트는 어떻게 됐니?"

"괜찮아요. 패딩을 약간 빼냈어요."

"올해는 옷들이 어떠냐?"

"끔찍하지만 아주 빼어나요. 장식 금속판이니 뭐니 다 있어요."
그녀가 말했다.

"네 방은?"

"괜찮아요. 그냥 괜찮은 정도예요. 전쟁 전에 쓰던 방은 얻을 수가 없었어요."

그녀가 말했다.

"올핸 사람들이 끔찍해요. 식당에서 옆에 앉아 있던 사람들이 어떤지 엄마가 봤어야만 하는데. 옆 테이블 말예요. 꼭 트럭을 몰고 내려온 사람들 같다니까요."

"글쎄, 어딜 가나 그런 식이지. 네 발레리나는?"

"그건 너무 길어요. 너무 긴 얘기라고 말했잖아요."

"뮤리엘, 그냥 다시 한번 물어보려는 것뿐이다. 너 정말 괜찮은 거냐?"

"네, 엄마. 이번이 아홉번째네요."

"집에 돌아오고 싶지도 않고?"

"네."

"간밤에 네 아버지가 그러더구나. 네가 혼자 어디론가 떠나서 이런저런 문제를 다시 생각해보겠다면, 그 비용을 대줄 의향이 충분히 있다고 말이다. 어디 가서 근사한 유람선을 탈 수도 있잖니? 우리 둘 다 생각하길……"

"고맙지만 싫어요."

여자가 말하고는 꼬았던 다리를 풀었다.

"엄마, 전화요금이……"

"전쟁 내내 네가 그 남자를 얼마나 기다렸는지 생각하면, 내 말은, 그 정신 나간 보잘것없는 여편네들에 대해 생각해본다면……"

"엄마."

그녀가 말했다.

"그만 끊는 게 좋겠어요. 시모어가 당장이라도 들어올지 몰라요."

"어디 있는데?"

"바닷가에요."

"바닷가에? 혼자서 말이냐? 바닷가에선 잘 처신한다니?"

"엄마, 지금 마치 그가 미쳐 날뛰는 미치광이라도 되는 것처럼 말하고 있는 거 알아요?"

"그런 식으로 말한 적 없다, 뮤리엘."

"그래도 그렇게 들려요. 내 말은, 그가 하는 일이라고는 바닷가에 누워 있는 게 전부라는 거예요. 그는 치렁치렁한 목욕 가운을 좀체 벗으려 들질 않아요."

"목욕 가운을 벗으려 들질 않아? 왜?"

"모르죠. 자기 몸이 너무 창백해서 그런 것 같아요."

"세상에, 그에겐 태양이 필요해. 네가 어떻게 할 수는 없는 거냐?"

"엄마도 시모어를 알잖아요."

그녀는 다시 다리를 꼬았다.

"그 사람은 수많은 멍청이들이 자기 문신을 바라보는 걸 원치 않는대요."

"문신 같은 거 없잖니. 군대에서 문신을 했다니?"

"아뇨, 엄마. 아니에요."

그녀가 말했다. 그러고는 일어섰다.

"엄마, 내일 제가 전화할게요. 잘은 모르겠지만."

"뮤리엘, 이젠 내 말 좀 들어봐."

"네, 엄마."

그녀는 오른쪽 다리에 무게를 실으면서 대답했다.

"뭐든 그 사람이 우스운 짓이나 말을 하면 즉시 내게 전화해. 내 말이 무슨 뜻인지 알겠지. 듣고 있니?"

"엄마, 난 시모어가 두렵지 않아요."

"그래도 네가 약속해주었으면 좋겠구나."

"좋아요, 약속해요. 안녕, 엄마. 아버지에게도 안부 전해주세요."

그녀는 수화기를 내려놓았다.

"유리를 더 봐요.*"

시빌 카펜터가 말했다. 그녀는 자기 어머니와 함께 그 호텔에 투숙중이었다.

"유리 더 봤어요?"

"야옹아, 그 말 좀 그만 해. 그 말 때문에 돌아버릴 것 같구나. 제발 가만히 좀 있어라."

카펜터 부인은 섬약한 날갯죽지 같은 시빌의 등 양쪽 어깨뼈 아래로 선탠 오일을 발라주고 있었다. 시빌은 바다를 마주한 채 거대하게 부푼 비치볼 위에 위태위태하게 앉아 있었다. 그녀는 샛노란색의 비키니 수영복을 입고 있었는데 그중 윗옷은 사실상 앞으로 구 년 혹은 십 년 동안은 필요치 않을 터였다.

"사실 그건 평범한 실크 손수건이었어요. 가까이 다가가서 보면 알 수 있죠."

카펜터 부인 옆의 비치 의자에 앉아 있던 여자가 말했다.

"그녀가 그걸 어떤 방식으로 묶었는지 알면 좋을 텐데. 정말 귀엽네요."

"듣기만 해도 그런 것 같아요."

카펜터 부인이 맞장구쳤다.

---

* 원문은 'See more glass'이다. 시빌 카펜터가 강박적으로 반복하는 이 문장은 이 작품의 주인공 이름인 Seymour Glass를 은유하는 것으로 보인다.

"시빌, 가만 있어. 야옹아."

"유리 더 봤어요?"

시빌이 말했다.

카펜터 부인이 한숨을 내쉬고 나서 말했다.

"좋아."

그녀는 선탠 오일 뚜껑을 도로 닫았다.

"이제 뛰어놀아라, 야옹아. 엄마는 호텔로 돌아가서 허블 부인과 마티니나 한잔 마셔야겠다. 네게는 올리브를 가져다줄게."

시빌은 풀려나자마자 당장 해변의 평평한 부분으로 내려가 낚시꾼 휴게소 방향으로 걷기 시작했다. 물에 잠겨 무너진 모래성에 한쪽 발을 담그기 위해 잠시 멈췄을 뿐, 그녀는 곧장 호텔 투숙객들을 위해 마련된 구역을 빠져나갔다.

사분의 일 마일쯤 걷다가 갑자기 모래 비탈로 뛰어든 그녀는 해변의 부드러운 구역을 뛰어올라갔다. 젊은 남자가 등을 대고 누워 있는 곳에 이르러서야 그녀는 우뚝 멈춰 섰다.

"물에 들어갈 거예요, 유리를 더 볼 거예요?"

젊은 남자는 깜짝 놀라면서 오른손을 테리 천으로 만든 목욕 가운의 접힌 옷깃으로 가져갔다. 그가 돌아누워 배를 아래로 하자 소시지처럼 말린 수건 한 장이 그의 눈 근처에서 떨어져내렸다. 그는 곁눈질로 시빌을 올려다보았다.

"어이! 안녕, 시빌."

"물에 들어갈 거예요?"

"널 기다리고 있었어. 무슨 새로운 소식이라도 있는 거니?"

젊은 남자가 물었다.

"뭐라고요?"

시빌이 말했다.

"뭐 새로운 소식 있냐고. 무슨 계획이 있냐고."

"우리 아빠가 내일 비행기 타고 온대요."

모래를 발로 차면서 시빌이 말했다.

"내 얼굴에다 차지는 말아라, 아가야."

젊은 남자는 시빌의 발목에 한 손을 갖다대면서 말했다.

"아, 그래? 네 아빠가 곧 여기 도착하는구나. 내가 그렇게 학수고대했었는데…… 매 순간 말이다."

"아줌마는 어디 있어요?"

시빌이 물었다.

"아줌마?"

젊은 남자는 숱이 적은 머리칼에 묻은 모래를 조금 털어냈다.

"그건 좀 어려운 질문이로구나, 시빌. 그녀는 천 개의 장소들 중 어디에라도 있을 수 있지. 미장원에서 머리를 밍크빛으로 염색하고 있거나, 아니면 자기 방에서 가난한 아이들에게 줄 인형을 만들고 있거나."

그는 누인 몸을 납작 수그리면서 주먹 쥔 두 손을 위아래로 포개놓고서 위쪽 손 위에 턱을 얹었다.

"다른 것 좀 물어볼 수 없겠니?"

그가 말했다.

"네가 입고 있는 그 수영복 멋지구나. 내가 유일하게 좋아하는 게 있다면 그건 바로 파란색 수영복이지."

시빌은 그를 빤히 바라보다가 불룩하게 튀어나온 자기 배를 내려다보았다.

"이건 노란색인데요."

그녀가 말했다.

"이건 노란색이라고요."

"그러니? 좀 가까이 와봐."

시빌은 한 발짝 앞으로 다가갔다.

"정말 그렇구나. 이런 바보 같으니라구."

"물에 들어갈 거예요?"

시빌이 물었다.

"그럴까 심각하게 생각하던 중이다. 거기에 퍽 많은 생각을 바치고 있는 중이야, 시빌. 네가 알면 기뻐할 텐데."

시빌은 남자가 때때로 머리받침으로 사용하곤 하는 고무 튜브를 쿡쿡 찔렀다.

"바람이 빠졌네요."

"그렇구나. 이게 생각보다 공기가 많이 필요해."

그는 주먹을 치우고 턱을 모랫바닥에 갖다댔다. 그가 말했다.

"시빌, 기분 좋아 보이네. 만나서 반갑다. 네 얘기나 좀 해보렴."

그는 앞으로 손을 뻗어 두 손으로 시빌의 양 발목을 잡았다. 그가 말했다.

"난 염소자리야. 넌 무슨 자리니?"

"샤론 립셔츠가 그러는데, 아저씨가 그애를 피아노 의자에 함께 앉게 해주었다면서요?"

시빌이 말했다.

"샤론 립셔츠가 그렇게 말하던?"

시빌이 고개를 힘차게 끄덕였다.

그는 시빌의 발목을 놓아준 다음 두 손을 끌어당겨 한쪽 뺨을 오른쪽 팔뚝 위에 갖다댔다.

"글쎄다."

그가 말했다.

"그런 일들이 어떻게 일어나는지 알잖니, 시빌. 나는 거기 앉아서 피아노를 치고 있었지. 넌 아무 데도 보이지 않았어. 그런데 샤론 립셔츠가 건너와서 내 옆에 앉았지. 도저히 밀쳐낼 수가 없었어, 안 그랬겠어?"

"밀쳐낼 수 있었어요."

"오, 아냐, 아냐. 그럴 수 없었어."

젊은 남자가 말했다.

"하지만 내가 어떻게 했는지 말해줄게."

"어떻게 했는데요?"

"그애를 너라고 착각하기로 마음먹었지."

그러자 금세 시빌은 몸을 굽히고서 모래를 파기 시작했다.

"함께 물에 들어가요."

그녀가 말했다.

"좋아, 들어가서 잘해낼 수 있을 것 같구나."

젊은 남자가 말했다.

"다음번엔 그애를 밀쳐버려요."

시빌이 말했다.

"누구를 밀쳐버려?"

"샤론 립셔츠."

"아, 샤론 립셔츠."

젊은 남자가 말했다.

"어떻게 그 이름이 튀어나올 수 있었는가? 기억과 욕망을 뒤섞으면서.*"

그가 갑자기 벌떡 일어났다. 그는 바다를 바라보았다.

"시빌, 할 일이 있어. 우리가 바나나피시를 잡을 수 있을지 알아보자."

"뭐를요?"

"바나나피시."

그가 말했다. 그러고는 벨트를 풀어 목욕 가운을 벗었다. 그의 어깨는 하얗고 좁았으며, 수영복은 감청색이었다. 그는 목욕 가운을 처음에는 세로로, 그 다음엔 삼등분해서 접었다. 그는 눈을 가리기 위해 둘둘 말았던 수건을 펴서 모래 위에 펼쳐놓은 다음 좀전에 접은 목욕 가운을 그 위에 올려놓았다. 그는 몸을 굽혀 고무 튜브를 집어들고는 그것을 오른팔 아래 꼭 끼었다. 왼손으로는 시빌의 손을 잡았다.

둘은 바다를 향해 걸어 내려가기 시작했다.

"너도 한창땐 바나나피시를 꽤나 많이 봤을 것 같은데?"

시빌은 고개를 가로저었다.

"못 봤어? 어쨌든 너 사는 곳이 어딘데?"

"몰라요."

시빌이 말했다.

---

* T. S. 엘리엇의 시 「황무지」 제1부에 나오는 구절.

"분명히 알 텐데. 알아야만 해. 샤론 립셔츠는 자기가 어디 사는지를 알아. 겨우 세 살 반인데도."

시빌은 걷다 말고 그에게서 손을 뺐다. 그녀는 어느 바닷가에서나 흔히 볼 수 있는 조개껍데기를 집어들고는 매우 관심 있게 들여다보았다. 그리고 그것을 내던져버렸다.

"코네티컷 주 휠리우드요."

그녀가 말했다. 그러고는 배를 앞으로 내민 채 다시 걷기 시작했다.

"코네티컷 주 휠리우드."

젊은 남자가 말했다.

"혹시 코네티컷 주 휠리우드 근처 어디니?"

시빌은 그를 바라보았다.

"거기가 내가 사는 데라구요."

그녀가 조급하게 말했다.

"난 코네티컷 주 휠리우드에 살아요."

그녀는 그보다 몇 발짝 앞서 달리다가 왼손으로 왼발을 잡아올리고는 두세 번 깡충깡충 뛰었다.

"그 말이 모든 것을 얼마나 분명하게 만드는지 너는 모를 게다."

젊은 남자가 말했다.

시빌은 발을 내려놓았다.

"『꼬마 검둥이 삼보』* 읽어봤어요?"

그녀가 물었다.

"네가 그런 걸 묻다니 정말 재미있구나."

그가 말했다.

"이건 정말 우연인데, 난 간밤에 그 책을 다 읽었단다."

그가 손을 아래로 뻗어 다시 시빌의 손을 잡았다.

"그 책에 대해서 어떻게 생각하니?"

"호랑이들이 나무 주위를 뛰어다녔지요?"

"그 호랑이들은 결코 멈추지 않을 것만 같더구나. 난 여태껏 그렇게 많은 호랑이들을 본 적이 없어."

"고작 여섯 마리였는데요."

시빌이 말했다.

"고작이라고?"

젊은 남자가 말했다.

"넌 그런 걸 고작이라고 하니?"

"밀랍 좋아하세요?"

---

* 영국의 동화작가 H. 배너먼(1863~1946)이 1899년 발표한 그림동화. 꼬마 검둥이 삼보가 부모님으로부터 선물받은 빨간 윗옷과 파란 바지, 보라색 신을 신고 초록색 우산을 받쳐든 채 숲속을 산책할 때 호랑이들이 차례로 나타나 모든 것을 빼앗는다. 그러나 호랑이들은 저희들끼리 싸우다가 녹아서 버터가 되고, 삼보는 빼앗긴 물건을 되찾는다.

시빌이 물었다.

"뭘 좋아하냐고?"

"밀랍."

"아주 많이, 너도 그렇지 않니?"

시빌이 고개를 끄덕였다.

"올리브 좋아해요?"

"올리브. 그래, 올리브와 밀랍. 나는 어디든 그 두 가지를 갖고 다니지."

"샤론 립셔츠 좋아해요?"

시빌이 물었다.

"그래그래, 좋아해."

젊은 남자가 말했다.

"내가 그애를 특히 좋아하는 이유는 그애는 호텔 로비에 있는 강아지들한테 결코 못된 짓을 하지 않는다는 거야. 예를 들어서, 캐나다에서 온 아주머니의 그 작은 애완용 불독 말이다. 넌 믿지 않을지 모르지만, 어떤 여자애들은 그 작은 개를 풍선 막대로 찌르길 좋아한단다. 하지만 샤론은 안 그래. 그애는 심술궂지도, 매정하지도 않아. 내가 그애를 많이 좋아하는 건 바로 그 때문이야."

시빌은 말이 없었다.

"난 양초 씹는 걸 좋아하는데."

마침내 그녀가 말했다.

"누구는 안 그러겠냐?"

바닷물에 발을 담그며 남자가 말했다.

"와! 차갑다."

그는 고무 튜브를 바닥을 아래로 해서 물 위에 떨어뜨렸다.

"아냐, 잠깐만 기다려, 시빌. 좀더 나아갈 때까지."

그들은 물이 시빌의 허리에 차는 곳까지 걸어서 나아갔다. 그런 다음 젊은 남자는 그녀를 들어올려 고무 튜브 위에 배를 아래로 해서 내려놓았다.

"넌 수영모자 같은 건 안 쓰니?"

그가 물었다.

"놓지 마세요."

시빌이 말했다.

"날 잡고 있어줘요."

"카펜터 양, 나도 내가 할 일이 뭔지 안답니다."

젊은 남자가 말했다.

"두 눈을 계속 뜨고 있어. 혹시 바나나피시가 있을지 모르니까. 오늘은 바나나피시를 위한 완벽한 날이야."

"한 마리도 안 보이는데요."

"그것도 이해할 수 있어. 그놈들에게는 아주 이상한 버릇이 있거든."

 그는 고무 튜브를 계속 밀었다. 물은 아직 그의 가슴까지는 차오르지 않았다.

 "그놈들은 아주 비극적으로 살아가고 있단다."

 그가 말했다.

 "그놈들이 어떻게 하는지 알지, 시빌?"

 그녀는 고개를 가로저었다.

 "음…… 그놈들은 바나나가 잔뜩 들어 있는 구멍 속으로 헤엄쳐 들어가지. 구멍 속으로 헤엄치고 있을 때는 보통 물고기처럼 보이지만, 일단 들어가기만 하면 돼지처럼 굴어. 나는 바나나가 있는 구멍 속으로 헤엄쳐 들어가서 자그마치 일흔여덟 개의 바나나를 먹어치우는 바나나피시를 알고 있어."

 그는 고무 튜브와 그 위에 탄 아이가 지평선을 향해 한 발 더 앞으로 나아가게 했다. 조금씩.

 "그렇게 뚱뚱해진 뒤에 그 물고기들은 당연히 구멍에서 도로 나올 수가 없어. 구멍 입구에 몸이 맞질 않으니까."

 "너무 멀리 나가지 마세요."

 시빌이 말했다.

 "그놈들은 어떻게 되는데요?"

 "누가 어떻게 된다고?"

"바나나피시."

"그렇게 많은 바나나를 먹은 뒤엔 그 물고기들이 바나나 구멍에서 나올 수가 없을 거란 말을 하고 싶은 거지?"

"그래요."

시빌이 말했다.

"음…… 시빌, 네게 얘기해주긴 싫다만, 모두 죽는단다."

"왜요?"

시빌이 물었다.

"글쎄, 바나나 열병에 걸려서. 무시무시한 병이야."

"저기 파도가 와요."

시빌이 신경질적으로 말했다.

"우린 그걸 무시해야 돼. 밀쳐버리는 거지."

젊은 남자가 말했다.

"둘 다 시큰둥해하는 거야."

그는 시빌의 발목을 잡아 내리누르면서 앞으로 밀었다. 고무 튜브가 파도 꼭대기 너머로 나아갔다. 금발이 물에 흠뻑 젖었지만, 그녀가 내지르는 고함에는 즐거움이 가득했다.

고무 튜브가 다시 평평하게 내려오자, 그녀는 한 손으로 눈가에 달라붙어 있던 젖은 머리칼 한 가닥을 쓸어냈고, 그러고는 한마디 했다.

"방금 한 마리 봤어요."

"뭘 봤니, 애야?"

"바나나피시."

"그럴 리가!"

젊은 남자가 말했다.

"그 바나나피시가 입에 바나나를 몇 개나 물고 있던?"

"여섯 개요."

시빌이 말했다.

젊은 남자는 고무 튜브 끝자락에 늘어져 있던 시빌의 젖은 두 발 중 하나를 갑자기 잡아올리고는 발바닥 오목한 곳에 키스를 했다.

"헤이!"

뱅그르르 돌면서 젖은 발의 주인이 외쳤다.

"헤이, 너! 우리 이제 나가는 거다. 실컷 했지?"

"아뇨!"

"미안."

그가 말했다. 그러고는 시빌이 내릴 수 있을 때까지 고무 튜브를 물가로 밀고 나갔다. 가는 길 내내 그는 고무 튜브를 들고 있었다.

"잘 가요."

시빌이 말하고는 미련 없이 호텔을 향해 달려갔다.

젊은 남자는 목욕 가운을 입고 옷깃을 단단히 여민 뒤 타월을 호주머니에 쑤셔넣었다. 그는 젖어서 미끈거리는 성가신 고무 튜브를 집어들어 겨드랑이 밑에 끼웠다. 그는 부드럽고 뜨거운 모래밭을 지나 혼자서 호텔로 터벅터벅 걸어갔다.

수영을 즐기는 투숙객을 위해 마련된 호텔 지하층에서 코에 아연화 연고를 바른 한 여자가 이 젊은 남자와 함께 엘리베이터 안으로 들어섰다.

"보아하니 당신 지금 내 발을 쳐다보고 있군요."

엘리베이터가 움직이기 시작했을 때 그가 여자에게 말했다.

"네?"

여자가 말했다.

"'보아하니 당신 지금 내 발을 쳐다보고 있군요'라고 말했어요."

"죄송해요. 난 그저 무심코 바닥을 바라보았을 뿐이에요."

여자가 말했다. 그러고는 얼굴을 엘리베이터 문 쪽으로 돌렸다.

"내 발을 보고 싶으면 그렇다고 말해요."

젊은 남자가 말했다.

"하지만 빌어먹을 내 발을 이리저리 훔쳐보지는 말아요."

"나 여기서 나가게 해줘요."

여자가 재빨리 엘리베이터 걸에게 말했다. 잠시 후 엘리베이터

문이 열렸고, 여자는 뒤도 돌아보지 않고 나갔다.

"내 발은 둘 다 정상이고, 따라서 누구에게도 내 발을 빤히 바라봐야 할 빌어먹을 쥐꼬리만 한 이유는 없어."

젊은 남자가 말했다.

"오층이요."

그는 목욕 가운 주머니에서 객실 열쇠를 꺼냈다.

그는 5층에서 내려 복도를 따라 걷다가 507호로 들어갔다. 방에선 송아지 가죽으로 만든 새 여행가방과 아세톤 냄새가 났다.

그는 트윈베드 한쪽에 잠들어 있는 여자를 흘끗 바라보았다. 그리고 나서 여행가방 중 하나를 열어 켜켜이 쌓아둔 반바지와 속옷들 밑에서 오르트기스 7.65구경 자동권총을 꺼냈다. 그는 탄창을 빼내어 바라보다 이윽고 그것을 도로 끼웠다. 그는 공이치기를 당겼다. 그리고 비어 있는 침대에 가서 앉아 다른 침대에 누워 있는 여자를 바라보았고, 이내 자신의 오른쪽 관자놀이에 총알을 발사했다.

코네티컷의 비칠비칠 아저씨

"그래, 그는 날 그런 식으로 웃게 만들 수 있었지.

                무엇보다 좋은 건 그가 웃기려고 노력하지 않았다는 거야.

       그는 그냥 우스운 사람이었던 거지."

메리 제인이 마침내 엘로이즈의 집을 찾아냈을 때는 거의 세시였다. 그녀는 집 앞 차도까지 마중 나와 있던 엘로이즈에게 모든 것이 정말 완벽했다고, 자기가 그 길을 정확히 기억해냈다고, 그러다가 메릭 파크웨이로 꺾어들어서는 그만…… 이라고 설명했다. 엘로이즈는 "애, 그건 메릿 파크웨이야"라고 대답하고는 그녀가 전에도 두 번이나 자기 집에 왔었다는 것을 상기시켰지만, 메리 제인은 클리넥스 상자 어쩌구저쩌구 하는 알아들을 수 없는 말을 중얼거리면서 자신의 컨버터블을 향해 도로 황급히 달려갔다. 엘로이즈는 낙타털 코트의 깃을 세우고, 바람을 등지고 서서 기다렸다. 메리 제인은 클리넥스 한 장을 들고 금방 되돌아왔는데, 아직도 속이 안 좋은 듯 심지어 구역질이 나는 듯한 표정이었다. 엘로이즈는 쾌활하게, 빌어먹을 점심—스위트브레드*와 다른 모든 것—이 몽땅 타버렸다고 말했지만, 메리 제인은 자기는 어쨌거나 오는 길에 먹었다고 말했다. 자기 집을 향해 함께 걸으면서 엘로이즈는 메리 제인에게 어쩐 일로 오늘은 일을 안 나갔냐고 물었다. 메리 제인은 하루를 몽땅 쉬는 건 아니라고 말했다. 그냥 웨인버그 씨가 탈장을 일으켜 라치먼트의 집에 있는 바람에 자기가 매일 오후 그에게 우편물을 가져다주고 두어 통의 편지를 받아온다는 것이었다. 그녀는 엘로이즈에게 물었다.

"그건 그렇고 탈장이라는 게 정확히 뭐니?"

엘로이즈는 발치의 흙 묻은 눈 위에 담배를 버리면서, 자기가 실제로 아는 건 아니지만, 어쨌든 메리 제인이 탈장을 일으킬까봐 걱정할 필요는 없다고 말했다. 메리 제인은 "아"라고 말했고 두 여자는 집으로 들어갔다.

이십 분 뒤, 그들은 거실에서 하이볼** 첫 잔을 거의 다 마셔가고 있었다. 두 사람은 대학 시절 룸메이트들 사이에나 국한될 법한 특이한 태도로 이야기를 나누고 있었다. 두 사람 사이에는 그 이상의 끈끈한 유대가 있었다. 둘 다 대학을 졸업하지 못했던 것이다. 엘로이즈는 1942년 2학년 때 대학을 중퇴했다. 그녀가 살

---

* 송아지 췌장으로 만든 요리.
** 위스키 등에 소다수나 생강을 섞고 얼음을 넣은 것.

던 기숙사 3층 엘리베이터 안에서 어느 군인과 함께 있는 모습을 들킨 지 일 주일 뒤의 일이었다. 메리 제인이 대학을 그만둔 것은—엘로이즈와 같은 해, 같은 달이었다—플로리다 주 잭슨빌에 배치되어 있던 미시시피 주 딜 출신의 한 공군 사관 후보생과 결혼하기 위해서였는데, 몹시 야윈 외모에 비행기에 미친 그 남자는 메리 제인과 결혼해 함께 살았던 석 달 중 두 달을 감옥에서 보냈다. 어느 헌병을 칼로 찌른 죄 때문이었다.

엘로이즈가 말했다.

"아냐, 사실은 빨간 머리였어."

그녀는 긴의자 위에 몸을 쭉 뻗고 가늘지만 아주 예쁜 다리를 발목 부분에서 꼰 채 누워 있었다.

"난 금발이라고 들었는데."

메리 제인이 되풀이해서 말했다. 그녀는 등받이가 높고 딱딱한 파란색 의자에 앉아 있었다.

"누가 뭐라 해도 맹세컨대 금발이었어."

"아니야, 아니야, 절대로."

엘로이즈는 하품을 했다.

"그 여자가 염색할 때 내가 그 방에 거의 함께 있다시피 했어. 왜 그래? 거기 담배 없어?"

"괜찮아. 나한테 새 것 한 갑 있어."

메리 제인이 말했다.

"어딘가에 있을 거야."

그녀는 핸드백을 뒤졌다.

긴 의자에서 움직이지 않은 채 엘로이즈가 말했다.

"한 시간쯤 전에 내가 새로 나온 담배 두 보루를 그 멍청한 하녀 코앞에 떨어뜨려주었지. 당장이라도 그 여자가 들어와서 내게 그걸 어떻게 하라는 거냐고 물을 거야. 젠장, 내가 무슨 얘기를 하고 있었지?"

"티린저."

메리 제인이 알려주면서, 자기 담배 중 하나에 불을 붙였다.

"오, 맞아. 내가 정확히 기억해. 그 여자 그 프랭크 헹케와 결혼하기 전날 밤에 머리를 염색했지. 너 그 남자 기억이나 하니?"

"그냥 조금. 그 쬐그만 졸병? 끔찍이도 매력 없는?"

"끔찍이도 매력 없지. 맙소사! 그 남자는 씻지 않은 벨라 루고시* 같았어."

메리 제인은 머리를 뒤로 젖히며 크게 웃었다. 그녀는 술 마시던 자세로 되돌아가면서 "놀라워"라고 말했다.

"네 잔 이리 내."

---

* Bela Lugosi(1882~1956), 헝가리 출신의 배우. 최초의 〈드라큘라〉 영화에서 주연을 맡았다.

스타킹 신은 발을 바닥 쪽을 향해 흔들다가 일어서면서 엘로이즈가 말했다.

"정말 저 멍청이를 불러내기 위해서 별별 짓을 다 했지. 류가 그녀와 정사를 갖도록 하는 것만 빼고 말이야. 이젠 후회가 되는데―그거 어디서 난 거야?"

"이거? 학교 다닐 때도 갖고 있었어. 우리 엄마 거였지."

목 근처에 단 카메오 브로치를 만지면서 메리 제인이 말했다.

"이런, 나에겐 빌어먹을 달고 다닐 만한 참한 물건 하나 없어. 류의 어머니가 죽게 되기라도 하면, 그녀는 아마도 자기 이니셜을 새긴 오래된 얼음 송곳이나 물려주겠지, 하하."

빈 잔을 두 손으로 쥔 채 엘로이즈가 말했다.

"어쨌거나, 시어머니하고는 요즘 어때?"

메리 제인이 물었다.

"웃기지 좀 마."

부엌으로 가면서 엘로이즈가 말했다.

"난 분명히 이게 마지막 잔이야!"

메리 제인이 그녀의 등뒤에 대고 소리쳤다.

"그렇기도 하겠다. 누가 누구한테 전화했는데? 그리고 누가 두 시간이나 늦게 왔는데? 내가 진절머리 칠 때까지 넌 꼼짝 말고 내 곁에 있는 거야. 네 그 형편없는 직장은 꺼지라고 해."

메리 제인은 머리를 뒤로 젖히고 다시 한번 크게 웃었지만, 엘로이즈는 이미 부엌으로 가버린 뒤였다.

방 안에 혼자 남겨져 별로 혹은 아무 할 일이 없어지자, 메리 제인은 일어나서 창가로 갔다. 그녀는 커튼을 옆으로 밀치고 두 창틀 사이의 가로대들 중 하나에 한쪽 손목을 갖다댔다. 그러다가 꺼끌꺼끌한 감촉이 느껴지자 손목을 떼고 다른 쪽 손으로 그쪽 손목을 깨끗하게 문지르고는 몸을 더 꼿꼿이 세웠다. 창 밖으로 진흙과 뒤섞인 더러운 눈이 차차 얼음으로 변해가는 게 보였다. 메리 제인은 커튼을 닫고 어슬렁어슬렁 다시 파란색 의자로 돌아가면서 책이 무겁게 꽉 들어찬 책장을 두 개나 지나쳤지만 그중 어떤 책에도 눈길을 주지는 않았다. 자리에 앉자 그녀는 핸드백을 열고 거울을 꺼내 치아를 살폈다. 그녀는 입을 다물고 위쪽 앞니 위를 혀로 핥은 뒤에, 다시 한번 거울을 보았다.

"밖이 아주 얼음판이 되어가는군. 이런, 빨리도 만들었네. 그 술에 소다라도 좀 넣었어?"

그녀가 돌아보며 말했다.

양손에 각각 새 술잔을 든 채 엘로이즈는 우뚝 멈춰 섰다. 그녀는 양쪽 검지를 총부리 모양으로 뻗치고서 말했다.

"꼼짝 마. 이 빌어먹을 곳은 포위됐다."

메리 제인은 웃으면서 거울을 도로 집어넣었다.

엘로이즈가 술잔을 들고 앞으로 다가왔다. 그녀는 메리 제인의 잔을 코스터* 위에 위태위태하게 올려놓고, 자기 잔은 계속 들고 있었다. 그녀는 다시 긴의자 위에 몸을 뻗었다.

"그 여자가 저 밖에서 뭘 하고 있다고 생각해? 크고 시커먼 엉덩이로 앉아『성의(聖衣)』라는 책을 읽고 있더군. 얼음 쟁반을 갖고 나오다 떨어뜨렸더니, 정말 귀찮다는 듯한 표정으로 날 올려다보잖아."

엘로이즈가 말했다.

"정말이지 이 잔이 마지막이야."

잔을 집어들면서 메리 제인이 말했다.

"오, 들어봐! 지난주에 내가 누굴 봤는지 알아? 로드 앤 테일러** 건물 일층에서 말이야."

"글쎄……"

머리 밑에 고인 베개를 고쳐 베며 엘로이즈가 말했다.

"아킴 타미로프."

"누구?"

메리 제인이 물었다.

"아킴 타미로프. 영화에 나오는 사람 있잖아. 그 사람은 언제나

---

* 식탁용의 바퀴 달린 작은 쟁반.
** 미국의 유명 의류 상표.

이렇게 말하지. '당신 대단한 농담을 하는군, 응?' 난 그 사람 좋더라. ……이 집엔 내가 기댈 빌어먹을 베개 하나 없군. 누굴 봤다고?"

"잭슨. 그애는……"

"어느 잭슨?"

"몰라. 우리와 심리학 강의 함께 들었던 애 있잖아. 언제나……"

"둘 다 우리와 심리학 강의를 함께 들었어."

"그러게. 그애 있잖아. 그 끔찍한……"

"마르시아 루이즈. 나도 한 번 마주친 적 있어. 그애가 귀가 아플 정도로 이야기를 해대지 않던?"

"그렇지, 맞아. 하지만 그애가 무슨 애길 했는지 알아? 화이팅 박사가 죽었다고. 그애 말이 바바라 힐에서 자기 앞으로 편지가 한 통 왔는데, 거기에 화이팅 박사가 지난여름 암에 걸려 죽었다고 씌어 있었대. 고작 육십이 파운드밖에 안 나갔다지. 죽을 때 말이야. 끔찍하지 않니?"

"아니."

"엘로이즈, 너 점점 냉혹해져가는구나."

"음, 그 밖에 또 무슨 얘기를 하던?"

"아, 유럽에서 막 돌아온 참이라고 그러더라. 남편이 독일인가 어딘가에 배치받아서 함께 지냈대. 방이 마흔일곱 개나 있는 집을 다른 부부 한 쌍과 열 명쯤 되는 하인들과 함께 썼다고 말하더라. 자기들 부부의 말지기가 전에 히틀러의 개인 승마 선생인가 뭔가였대. 오, 그러고는 내게 어떤 유색 인종 군인한테 강간당할 뻔했던 얘기를 하기 시작했지. 바로 로드 앤 테일러 건물 일층에서 내게 얘기하기 시작한 거야. 걔가 어떤지는 잘 알지? 그 유색 인종 군인이 자기 남편 운전사였다지. 어느 날 아침 그가 시장인지 어디로 그녀를 태우고 가는 중이었다더라. 너무 놀라서……심지어는……"

"잠깐만 기다려."

엘로이즈는 머리를 일으키고 음성을 높였다.

"라모나니?"

"응."

어린아이의 음성이 대답했다.

"현관문 꼭 닫고 들어와."

엘로이즈가 외쳤다.

"쟤가 라모나야? 오, 보고 싶어 죽겠다. 저애를 못 본 게 언제부터인지……"

"라모나, 부엌으로 가서 그레이스한테 오버슈즈* 벗겨달라고

---

* 비나 눈이 올 때 방수용으로 구두 위에 신는 덧신.

해."

두 눈을 감은 채 엘로이즈가 소리쳤다.

"알았어요. 이리와, 지미."

라모나가 말했다.

"아, 라모나 보고 싶어 죽겠다."

메리 제인이 말했다.

"세상에! 이것 좀 봐. 내가 무슨 짓을 한 거야. 정말 미안하다, 엘."

"그냥 둬. 그냥 두라구."

엘로이즈가 말했다.

"어쨌거나 난 그 빌어먹을 양탄자 좋아하지도 않아. 한 잔 더 갖다줄게."

"아니야. 이것 봐. 아직 반도 더 남았는데!"

메리 제인이 자기 잔을 치켜들었다.

"진짜야? 담배 한 대 줘."

엘로이즈가 말했다.

"오, 그애가 보고 싶어 죽겠어. 지금은 누굴 닮았어?"

메리 제인이 담뱃갑을 건네면서 물었다.

엘로이즈는 담뱃불을 붙였다.

"아킴 타미로프."

"아니, 진짜로."

"류, 류와 닮았어. 류의 어머니가 오면 그 셋이 꼭 세쌍둥이 같아."

일어나지도 않은 채로 엘로이즈는 담배 테이블의 저쪽 끝에 쌓아놓은 재떨이들 쪽으로 손을 뻗쳤다. 그녀는 맨 꼭대기 재떨이를 성공적으로 들어내 자기 배 위에 올려놓았다.

"나한테 필요한 건 코커스패니얼, 아니면 뭐 그런 거야. 나와 닮은 누군가가 필요해."

"라모나의 눈은 이제 어떠니?"

메리 제인이 물었다.

"내 말은 조금이라도 더 나빠졌냐구. 괜찮은 거야?"

"이런, 그딴 건 몰라."

"안경 없이 볼 수 있기는 한 거니? 밤중에 일어나 화장실이든 어디든 가려고 할 때 말이야."

"라모나는 아무한테도 얘길 안 해. 그앤 비밀투성이야."

메리 제인은 의자에 앉은 채 뒤를 돌아보았다.

"아이구! 안녕, 라모나?"

그녀가 말했다.

"오, 아주 예쁜 옷을 입었네."

그녀는 술잔을 내려놓았다.

"라모나, 넌 날 기억조차 못 하겠지?"

"기억하고말고. 라모나, 이 아줌마가 누구지?"

"메리 제인 아줌마."

라모나가 말하고 나서 몸을 긁었다.

"세상에!"

메리 제인이 말했다.

"라모나, 아줌마한테 키스해줄래?"

"그만 긁어."

엘로이즈가 라모나에게 말했다. 라모나는 긁던 것을 멈추었다.

"나한테 키스해줄래?"

메리 제인이 말했다.

"난 사람들한테 키스 잘 안 해요."

"지미는 어디 있니?"

엘로이즈가 코웃음을 치며 물었다.

"여기요."

"지미가 누군데?"

메리 제인이 물었다.

"아! 이 꼬마의 애인이야. 얘가 가는 데면 어디든 함께 가지. 얘가 하는 거면 뭐든 함께 하고. 아주 죽고 못 산다니까."

"정말?"

메리 제인이 흥분하며 말했다. 그녀는 몸을 앞으로 기울였다.

"라모나, 너 정말 애인 있어?"

두꺼운 근시 안경 너머 라모나의 눈은 메리 제인의 흥분에 티끌만큼도 반응하지 않았다.

"메리 제인 아줌마가 묻잖아, 라모나."

엘로이즈가 말했다.

라모나는 조그맣고 넓적한 자기 코에 손가락을 집어넣었다.

"그만둬."

엘로이즈가 말했다.

"메리 제인 아줌마가 물었잖아. 너 정말 애인 있냐고."

"있어요."

코를 주무르느라 바쁜 라모나가 대답했다.

"라모나, 그 짓 그만둬. 당장!"

엘로이즈가 말하자 라모나는 손을 내렸다.

"그래, 그거 아주 놀랄 만한 일이로구나."

메리 제인이 말했다.

"그애 이름이 뭔데? 라모나, 그애의 이름을 말해주지 않을래? 혹시 그거 대단한 비밀이니?"

"지미예요."

라모나가 말했다.

"지미? 아, 그 이름 참 맘에 든다. 지미 뭐야, 라모나?"

"지미 지메리노예요."

라모나가 말했다.

"가만히 서 있어."

엘로이즈가 말했다.

"그래! 썩 괜찮은 이름이네. 지미는 어디 있는지 말해줄래?"

"여기요."

라모나가 말했다. 메리 제인은 주위를 둘러보다가 그 다음엔 최대한 약올리듯 미소지으며 도로 라모나를 바라보았다.

"여기 어디, 애야?"

"여기요."

라모나가 말했다.

"내가 지미 손을 잡고 있잖아요."

"난 무슨 말인지 모르겠는데."

메리 제인이 자기 잔을 끝내가고 있던 엘로이즈에게 말했다.

"날 쳐다보지 마."

엘로이즈가 말했다.

메리 제인은 라모나를 다시 바라보았다.

"아, 알겠다. 지미는 없어도 있는 체하기로 한 아이로구나. 정말 신기한걸!"

메리 제인은 진지하게 몸을 앞으로 기울였다.

"안녕, 지미?"

그녀가 말했다.

"그 아이는 너하고는 얘기 안 해."

엘로이즈가 말했다.

"라모나, 메리 제인 아줌마한테 지미에 대해 얘기 좀 해줘."

"아줌마한테 뭘 얘기해주라고요?"

"똑바로 좀 서 있어. ……메리 제인 아줌마한테 지미가 어떻게 생겼는지 말해줘."

"그애는 초록색 눈에 머리칼은 검어요."

"그리고?"

"엄마도 없고, 아빠도 없어요."

"또?"

"주근깨도 없어요."

"또?"

"칼이 하나 있어요."

"그리고?"

"몰라요."

라모나가 말했다. 그러고는 다시 몸을 긁기 시작했다.

"멋진걸!"

메리 제인이 말했다. 그녀는 앉아 있던 의자에서 훨씬 더 앞으로 몸을 숙였다.

"라모나, 내게 말해봐. 지미도 자기 오버슈즈를 벗었다니?"

"그애는 장화를 신고 있어요."

라모나가 말했다.

"정말 놀랍구나!"

메리 제인이 엘로이즈에게 말했다.

"넌 그렇게 생각하겠지. 난 하루 종일 당한단다. 지미는 라모나와 함께 먹고, 함께 목욕하고, 함께 자지. 라모나는 침대 한쪽 가장자리에서 자는데, 몸을 뒤척이다가 그 사내애를 다치게 할까봐 그러는 거래."

메리 제인은 그 얘기에 기분이 좋아져서 빨려든 듯한 표정을 지으며 아랫입술을 끌어들였다가 도로 내밀면서 물었다.

"하지만 그 이름은 어떻게 지었을까?"

"지미 지메리노? 알 게 뭐야."

"아마 이웃에 사는 꼬마 녀석들 이름에서 따온 거겠지."

엘로이즈가 하품을 하면서 고개를 가로저었다.

"이웃엔 애 또래 사내애가 하나도 없어. 아이들이라곤 전혀 없지. 사람들은 내 뒤에서 날 애 잘 낳는 궁둥이라고 불러……"

"엄마, 나가서 놀아도 돼요?"

엘로이즈가 라모나를 바라보았다.

"넌 방금 들어왔잖니."

"지미가 다시 나가고 싶대요."

"왜냐고 물어봐도 되겠니?"

"그애가 자기 칼을 밖에 두고 왔대요."

"오, 빌어먹을 사내애와 칼 같으니!"

엘로이즈가 말했다.

"그럼 그렇게 해. 하지만 오버슈즈를 다시 신어야 한다."

"이거 나 가질래요."

재떨이에서 다 타버린 성냥 한 개비를 집으며 라모나가 말했다.

"이거 제가 가져도 될까요, 라고 말해야지. 그래, 가져. 큰길에는 나가지 말고."

"안녕, 라모나."

메리 제인이 리드미컬하게 말했다.

"안녕."

라모나가 말했다.

"가자, 지미."

엘로이즈가 갑자기 벌떡 일어났다.

"네 잔 이리 내."

그녀가 말했다.

"정말 됐어, 엘. 난 라치먼트에 가 있어야 해. 내 말은 와인버그 씨는 아주 친절한 사람이라서 난 그러기가 싫……"

"전화해서 네가 살해당했다고 말해. 그놈의 잔이나 이리 줘."

"안 돼, 정말로, 엘. 아주 끔찍이도 꽁꽁 얼어붙고 있단 말이야. 내 차는 부동액이 거의 바닥났어. 그러니까 내가 만약 안……"

"얼어버리라지. 가서 전화해. 네가 죽었다고. 잔이나 이리 줘."

엘로이즈가 말했다.

"글쎄…… 전화기 어딨어?"

"전화기는…… 이쪽이야."

빈 잔들을 들고 식당 쪽으로 걸어가면서 엘로이즈가 말했다. 그녀는 거실과 식당 사이의 마룻바닥 위에 우뚝 멈춰 서더니 스트립쇼에서 하듯 몸을 비틀고 아랫배를 쑥 내밀어 보였다. 메리 제인은 킬킬 웃었다.

"내 말은 넌 정말 월트를 모른다는 거야."

다섯시 십오분, 마룻바닥에 등을 대고 누워 있던 엘로이즈가 말했다. 유방이 작은 그녀의 가슴 위에 술잔이 똑바로 균형 잡힌 채 놓여 있었다.

"그 사람은 내가 아는 남자들 중 유일하게 날 웃게 만들 줄 알았어. 정말로 웃길 수 있었다고."

그녀가 메리 제인을 건너다보았다.

"너, 그날 밤 기억나니? 우리의 마지막 학년…… 그 정신 나간 루이즈 허만슨이 시카고에서 샀다는 검은 브래지어를 차고 방에 뛰어들었을 때 말이야."

메리 제인은 낄낄 웃었다. 그녀는 긴의자 위에 배를 깔고 누워 의자 팔걸이에 턱을 얹은 채 엘로이즈를 마주 보고 있었다. 그녀의 잔은 마룻바닥 위 손을 뻗치면 닿을 곳에 놓여 있었다.

엘로이즈가 말했다.

"그래, 그는 날 그런 식으로 웃게 만들 수 있었지. 그는 나와 이야기할 때 그렇게 할 수 있었어. 전화할 때도 그랬고. 편지에서도 그럴 수 있었지. 무엇보다 좋은 건 그가 웃기려고 노력하지 않았다는 거야. 그는 그냥 우스운 사람이었던 거지."

그녀는 메리 제인을 향해 고개를 살짝 돌렸다.

"담배 한 대 던져줄래?"

"손이 안 닿아."

메리 제인이 말했다.

"제기랄."

엘로이즈는 도로 천장을 올려다보다가 말했다.

"한번은 내가 넘어졌어. 난 피엑스(PX) 바로 앞 버스 정류장에서 그를 기다리곤 했는데, 그가 늦게 나타난 거야. 버스가 막 떠나려고 할 때 말이야. 우린 그 버스를 타기 위해 뛰기 시작했지. 그런데 내가 넘어져서 발목을 삐었어. 그러자 그 사람이 그러는 거야. '아이구, 불쌍한 비칠비칠 아저씨.' 내 발목을 두고 하는 소리*였어. 불쌍한 비칠비칠 아저씨. 그는 내 발목을 그렇게 불렀지……세상에, 정말 멋있는 사람이었어."

"류의 유머 감각은 어때?"

메리 제인이 물었다.

"뭐라구?"

"류의 유머 감각은 어떠냐구."

"세상에, 알 게 뭐야? 그래, 있기는 한 것 같아. 만화 따위나 보면서 웃지."

엘로이즈는 머리를 들고 가슴에서 잔을 들어올려 마셨다.

"있잖아…… 그게 전부는 아니야. 그러니까 그게 전부는 아니라구."

메리 제인이 말했다.

"뭐가 아니라는 거야?"

"아…… 있잖아, 웃는 것 따위가 전부는 아니란 말이야."

"그게 아니라고 누가 그래? 수녀나 될 게 아니라면 웃어서 나쁠

---

* 발목은 영어로 ankle, 아저씨는 uncle이다. 두 단어로 말장난을 한 것.

게 뭐야."

엘로이즈가 말하자 메리 제인이 깔깔 웃었다.

"너 심했다."

그녀가 말했다.

"아, 이런 그는 멋있는 사람이었어. 그는 웃기거나 다정하거나 둘 중 하나였어. 빌어먹을 어린아이 같은 다정함과는 달랐지. 그건 매우 특이한 종류의 다정함이었어. 한번은 그가 무슨 짓을 했는지 아니?"

"아니."

메리 제인이 말했다.

"우린 트렌턴*에서 뉴욕으로 가는 기차를 타고 있었어. 그가 징병된 직후였지. 차 안은 추웠고, 그래서 내 코트를 우리 둘이 함께, 말하자면 걸치고 있었지. 내가 속에 조이스 마로의 카디건을 걸치고 있었던 게 기억나. 그 멋진 파란색 카디건 기억나니?"

메리 제인은 고개를 끄덕였다. 그러나 엘로이즈는 그녀가 고개를 끄덕이는지 보기 위해 건너다보지 않았다.

"그는 자기 손을 내 배 위에 얹어놓고 있었어. 어쨌거나 불현듯 그가 말했어. 내 배가 너무 아름답기 때문에 어떤 장교가 다가와

---

* 미국 뉴저지 주의 주도(州都).

서 자기의 다른 쪽 손을 창 밖에 내밀고 있으라고 명령했으면 좋겠다고. 그 사람 말로는 그게 공정하다는 거야. 그러더니 손을 치우고는 차장에게 어깨를 뒤로 젖히라고 말했어. 그는 차장에게 자기가 견딜 수 없는 게 한 가지 있다면, 자기의 제복을 자랑스러워하지 않는 듯 보이는 사람이라고 말했지. 차장은 그에게 가서 잠이나 자라고 했어."

엘로이즈는 잠시 곰곰 생각하다가 말했다.

"너도 알지? 중요한 건 그가 무엇을 말하는가가 아니라, 그걸 어떻게 말하는가였어."

"류에게 그에 대해서 얘기해본 적 있니? 행여라도 말이야."

"오, 한번은 하려고 했었지. 하지만 류가 나한테 한 첫번째 질문은 그의 계급이 뭐였냐는 거였어."

엘로이즈가 말했다.

"뭐였는데?"

"세상에!"

엘로이즈가 말했다.

"아니, 내 말은 그냥……"

엘로이즈는 별안간 횡격막으로 웃는 소리를 냈다.

"한번은 그가 뭐라고 말했는지 알아? 자기가 군에서 진급할 것 같다는 거야. 다른 사람들하고는 다른 방향으로. 그는 자기가 첫

진급을 할 때는 계급장을 다는 대신 자기 팔소매를 떼버리겠다고 했지. 그렇게 해서 자기가 장군이 될 때쯤엔 완전히 나체가 될 거라는 거야. 오직 하나, 배꼽에 달린 작은 보병 단추만 남을 거라고 했지."

엘로이즈가 메리 제인을 건너다보았지만, 그녀는 웃고 있지 않았다.

"우습다고 생각하지 않아?"

"그래. 그런데 왜 한 번쯤 그에 대해서 류에게 얘기하지 않는 거니?"

"왜냐구? 젠장, 그는 너무 똑똑하질 못하니까. 그게 이유야."

엘로이즈가 말했다.

"게다가 내 말 좀 들어봐, 이 직장 여성아. 만일 네가 결혼을 하게 되면, 남편에게 아무것도 말해서는 안 돼. 듣고 있어?"

"어째서?"

메리 제인이 물었다.

"왜냐하면 내가 그러라고 하니까. 그게 이유야. 남편들이란 모름지기 자기 아내는 다른 남자가 다가올 때마다 구역질을 하면서 한평생을 보낸다고 생각하고 싶어하지. 농담이 아니야. 아, 얘기할 수도 있어. 하지만 절대 정직해서는 안 돼. 곧이곧대로 말하지는 말란 말이야. 남편에게 전에 어떤 잘생긴 남자를 만났다고 말을 하려면, 동시에 그 남자는 좀 **지나치게** 잘생겼다고 말해야 하는 거야. 그리고 만약 네가 재치 있는 남자를 만났다고 말하려면, 그 남자는 약간 교만하거나 교활한 남자였다고 말해야 하는 거고. 만일 그렇게 하지 **않는다면**, 네 남편은 기회 있을 때마다 그 가엾은 남자 일로 네 골치를 썩일 테니까."

엘로이즈는 말을 멈추고 술잔을 기울이면서 생각에 잠겼다.

"남편들은 아주 **성숙하게** 들어주지. 심지어 끔찍할 정도로 이성적으로 보이기까지 할 거야. 하지만 그런 것에 속지 마. 나만 믿어. 행여 이성적이라고 믿었다가는 지옥을 경험하게 될 테니까. 내 말을 명심해."

메리 제인은 우울해 보이는 표정으로 긴의자 팔걸이에서 턱을 들어올렸다. 그리고 이번에는 팔뚝으로 턱을 받쳤다. 그녀는 엘로이즈의 충고에 대해 생각했다.

"류가 이성적인 사람이 아니라고 말할 수는 없잖아."

메리 제인이 큰 소리로 말했다.

"누가 할 수 없다는 거지?"

"그러니까 류가 이성적이지 않다는 거니?"

메리 제인이 순진하게 말했다.

"정말, 입 아프게 말해봐야 무슨 소용이야. 집어치우자. 나 때문에 괜히 너까지 우울해질 뿐인걸. 나 입 좀 다물게 해줘."

엘로이즈가 말했다.

"그럼 왜 류와 결혼한 거니?"

메리 제인이 물었다.

"아, 젠장! 모르겠어. 그 사람이 자기는 제인 오스틴이 좋댔어. 그녀의 책이 자기에겐 굉장한 걸 의미한다는 거야. 정확히 그렇게 말했어. 그런데 결혼하고 나서 나는 그가 제인 오스틴의 '제'자도 안 읽었다는 걸 알게 됐지. 사실 그가 가장 좋아하는 작가가 누군지 아니?"

메리 제인은 고개를 가로저었다.

"L. 매닝 바인스. 들어본 적 있어?"

"아니."

"나도 못 들어봤어. 누구라도 그럴 거야. 알래스카에서 굶어죽은 네 남자에 대해서 쓴 작가래. 류는 제목은 기억 못 해도 그게 자기가 읽은 책 중 가장 아름답게 씌어진 책이라는 거야. 빌어먹을! 그는 그 책이 이글루인지 뭔지에서 굶어죽은 네 남자에 대한 책이기 때문에 좋아하는 거라고 툭 털어놓고 말할 만큼 솔직하지도 않아. 그는 그게 아름답게 씌어진 책이라고 말했을 뿐이야."

"너 너무 혹독한 거 아냐?"

메리 제인이 말했다.

"너무 혹독한 거 아니냐고. 그 책이 정말 좋은지도 모르잖아……"

"그 책에 대해서라면 내 말을 믿어. 좋은 책일 리가 없어."

엘로이즈가 말했다. 그녀는 잠깐 생각하다가 이윽고 덧붙였다.

"적어도 넌 직업이라도 있잖아. 내 말은 적어도 넌……"

"하지만 들어봐. 언제가 됐든 월트가 살해당했다고 류에게 말하긴 할 거야? 그러면 그가 질투는 하지 않을 텐데 말이야. 월트가 살해당했고 어쩌고 하는 그 모든 걸 안다면 말이야."

메리 제인이 말했다.

"아, 이 가엾고 순진무구한 직장 여성아!"

엘로이즈가 말했다.

"그러면 류는 더 고약해질걸. 그는 송장 먹는 귀신이 될 거란 말이야. 잘 들어. 그가 아는 거라곤 내가 월트라는 이름을 가진 누군가와—재치 있게 말하는 어떤 지아이(G.I.)와—어울렸다는 사실뿐이야. 나는 그가 살해당했다는 건 절대로 말하지 않을 거야, 절대로. 만일 말한다 하더라도—그럴 일 없겠지만—말한다 하더라도 그가 교전하다가 죽었다고 말할 거라구."

메리 제인은 자신의 턱을 한쪽 팔뚝 가장자리 너머 훨씬 더 앞으로 내밀었다.

"엘……"

그녀가 말했다.

"응?"

"왜 내게 그가 어떻게 죽었는지 이야기해주지 않는 거지? 누구에게도 말하지 않을게. 맹세해. 정말이야."

"싫어."

"제발, 정말이야. 아무한테도 말 안 해."

엘로이즈는 자기 잔을 마저 비우고는 빈 잔을 도로 가슴 위에 똑바로 올려놓았다.

"너는 아킴 타미로프에게 말할 거야."

그녀가 말했다.

"난 말 안 해! 내 말은, 난 누구에게도……"

"아, 그의 부대가 어디에선가 쉬고 있을 때였대. 교전중은 아니었고, 뭐라던가? 내게 편지를 써보냈던 그의 동료 말이, 월트와 다른 어떤 남자가 이만큼 작은 일제 스토브를 짐 상자 안에 집어넣던 중이었대— 어느 대령이 그걸 자기 집으로 보내고 싶어했다나 아니면 다시 포장하기 위해 짐 상자 속에서 그걸 꺼내고 있었다나— 나도 정확히는 모르겠어. 어쨌거나 그 짐 상자 안은 가솔린과 각종 잡동사니로 꽉 차 있었는데, 그게 그들의 면전에서 폭발했다더군. 다른 남자는 그냥 한쪽 눈만 잃었대."

그렇게 말하고 엘로이즈는 울기 시작했다. 그녀는 자기 가슴 위에 놓인 빈 잔이 흔들리지 않게 한 손을 둘렀다.

메리 제인은 긴의자에서 일어나 무릎으로 세 걸음을 떼어 엘로이즈에게 건너가 그녀의 앞이마를 쓰다듬기 시작했다.

"울지 마, 엘. 울지 마."

"누가 운다는 거야?"

엘로이즈가 대꾸했다.

"알아, 하지만 울지 마. 내 말은, 그건 울거나 어쩔 가치도 없는 일이라는 거야."

현관문이 열렸다.

"라모나가 돌아왔나봐."

엘로이즈가 콧소리를 섞어 말했다.

"부탁 좀 하자. 부엌에 가서 그 거시기한테 라모나에게 저녁 식사 좀 일찍 차려주라고 말해줘. 그래줄래?"

"그럴게. 울지 않겠다고 약속하면."

"약속할게. 자, 가서 말해줘. 지금만큼은 저 빌어먹을 부엌에 들어가고 싶지 않아."

메리 제인은 균형을 잃었다가 도로 찾고는 똑바로 서서 방에서 나갔다.

채 이 분이 못 되어 다시 돌아오는 그녀 앞으로 라모나가 달려오고 있었다. 라모나는 구멍난 오버슈즈에서 최대한 시끄러운 소리가 나도록, 할 수 있는 데까지 발바닥을 평평하게 하고 뛰어다녔다.

"라모나가 오버슈즈를 벗기도록 가만 있질 않아."

메리 제인이 말했다.

엘로이즈는 여전히 바닥에 등을 대고 누운 채 손수건을 쥐고 있었다. 그녀는 손수건을 입에 댄 채 라모나에게 말했다.

"나가서 그레이스한테 오버슈즈 벗겨달라고 해. 너 알잖아, 들어오면 안 된다는 거."

"그레이스는 화장실에 있는걸."

라모나가 말했다.

엘로이즈는 손수건을 치우고 앉은 자세로 몸을 끌어올렸다.

"발 이리 내."

그녀가 말했다.

"일단 앉아. 제발…… 거기 말고 여기. 세상에!"

무릎으로 앉아 테이블 아래에서 담배를 찾던 메리 제인이 말했다.

"얘, 지미가 어떻게 됐는지 알아맞혀봐."

"전혀 모르겠는데. 다른 쪽 발, 다른 쪽 발."

"지미가 차에 치였대. 비극적이지 않니?"

메리 제인이 말했다.

"스키퍼가 뼈다귀 갖고 있는 걸 봤어."

라모나가 엘로이즈에게 말했다.

"지미가 어떻게 됐다구?"

엘로이즈가 라모나에게 물었다.

"그앤 차에 치여 죽었어. 나, 스키퍼가 뼈다귀 갖고 있는 걸 봤는데, 그앤……"

"잠깐 이마 좀 가까이 대봐."

엘로이즈는 손을 뻗어 라모나의 이마를 만졌다.

"열이 좀 있구나. 가서 그레이스한테 말해, 저녁 식사는 위층에서 하겠다고. 저녁 식사를 하고 나서 곧장 자야 돼. 엄만 나중에 올라갈게. 자, 이제 가봐. 이것 갖고."

라모나는 천천히, 마치 거인처럼 발걸음을 떼면서 방에서 나갔다.

"한 대 던져줘. 우리 한 잔씩 더하자."

엘로이즈가 메리 제인에게 말했다.

메리 제인은 담배 한 개비를 엘로이즈에게 건넸다.

"정말 대단하지 않니? 지미에 대한 것 말야. 끝내주는 상상력 아냐?"

"네가 가서 술 갖고 올래, 응? 술병도…… 난 거기 들어가고 싶지 않아. 그 빌어먹을 부엌에는 오렌지 주스 냄새가 진동해."

일곱시 오분에, 전화벨이 울렸다. 엘로이즈는 자리에서 일어나 어둠 속에서 더듬더듬 신발을 찾았으나 찾을 수 없었다. 스타킹을 신은 발로, 그녀는 차분하게, 거의 나른하게 전화기를 향해 걸어갔다. 메리 제인은 벨이 울려도 방해받지 않고 긴의자 위에서 얼굴을 아래로 한 채 잠들어 있었다.

엘로이즈가 머리맡의 스탠드도 켜지 않은 채 수화기에 대고 말했다.

"여보세요. 이봐요, 마중 나갈 수가 없어요. 메리 제인도 여기 있어요. 메리 제인이 내 차 바로 앞에 자기 차를 댔는데, 그녀는 열쇠를 찾을 수가 없어요. 난 나갈 수가 없구요. 눈 속에서 열쇠를 찾느라 이십 분을 허비했어요. 딕이나 밀드레드에게 태워달라고 해도 되잖아요."

그녀는 수화기에 귀를 기울였다.

"아, 그거 큰일이군요. 왜 당신네 남자들은 소대를 이뤄 집으로 행군해 들어오지 않나요. 당신이 구령을 붙일 수도 있을 텐데요. 당신이 높은 사람 역할을 할 수 있잖아요."

그녀는 다시 수화기에 귀를 기울였다.

"내가 이상한 게 아니에요. 정말, 정말로, 내가 이상한 게 아니라구요. 그냥 내 얼굴 때문에 그래요."

그녀는 전화를 끊었다.

그녀는 다소 불안하게 거실로 돌아왔다. 창가 자리에 앉아 스카치 병에 남아 있는 술을 잔에 붓자 손가락 하나 높이만큼 찼다. 그녀는 단숨에 들이마신 뒤 몸을 떨고는 앉았다.

그레이스가 식당의 불을 켜자 엘로이즈는 움찔했다. 그녀는 일어나지 않은 채 그레이스에게 소리쳤다.

"그레이스, 여덟시까지는 식사 준비 하지 말아요. 웽글러 씨는 조금 늦을 거예요."

그레이스는 식당 불빛 속으로 모습을 드러냈지만, 앞으로 나오지는 않았다.

"그 여자분은 가시고요?"

그레이스가 물었다.

"쉬고 있어요."

"저, 사모님. 제 남편이 오늘 밤 여기 있어도 괜찮을까요? 제 방은 공간이 충분하고, 그러면 그는 내일 아침까지 뉴욕으로 돌아가지 않아도 되거든요. 바깥 상태가 아주 나빠서요."

"당신 남편? 지금 어디 있는데요?"

"저기, 부엌에 있어요."

"글쎄, 그를 여기 머물게 할 수는 없을 것 같은데요."

"사모님!"

"그를 오늘 밤 여기 있게 할 수는 없어요. 여기는 호텔이 아니니까요."

그레이스는 잠깐 그대로 서 있다가 "네, 사모님" 하고는 부엌으로 돌아갔다.

엘로이즈는 거실을 떠나 계단을 올라갔다. 계단은 식당에서 흘러나온 빛으로 아주 희미하게 밝혀져 있었다. 라모나의 오버슈즈 한 짝이 층계참에 놓여 있었다. 엘로이즈는 그것을 집어들어 계단 난간 너머로 있는 힘껏 내던졌다. 오버슈즈는 현관 바닥을 치면서 세게 쿵 하는 소리를 냈다.

그녀는 라모나의 방에 들어가 불을 찰칵 켠 뒤 몸을 기대기 위해서인 듯 그대로 스위치를 잡고 있었다. 그러고는 잠시 가만히 서서 라모나를 바라보았다. 이윽고 전등 스위치를 놓아버리고는 재빨리 침대로 다가갔다.

"라모나, 일어나. 일어나라구."

라모나는 오른쪽 엉덩이를 침대 가장자리 밖으로 빼고 한쪽 구석에 누워 있었다. 안경은 깔끔하게 접힌 다리를 아래쪽으로 한 채 도널드덕 침대 옆 탁자 위에 놓여 있었다.

"라모나!"

아이는 숨을 가쁘게 들이쉬며 깨어났다. 아이의 눈이 커졌다가, 금세 가늘어졌다.

"엄마?"

"지미 지메리노가 차에 치여 죽었다고 말하지 않았니?"

"뭐라고?"

"내 말 이미 들었잖아. 그런데 어째서 이쪽으로 한참 떨어져서 자고 있는 거니?"

엘로이즈가 말했다.

"왜냐면……"

라모나가 말했다.

"왜냐면 뭐? 라모나, 나는 정말……"

"왜냐하면 미키가 다치지 않게 하려고."

"누구?"

"미키, 미키 미커라노."

엘로이즈가 새된 소리를 질렀다.

"침대 가운데로 가. 어서!"

엘로이즈는 라모나의 두 발목을 움켜잡고 반쯤 들어올려 끌다시피 하면서 침대 한가운데로 데리고 갔다. 라모나는 안간힘을 쓰지도, 울지도 않았다. 라모나는 정말로 복종하는 것도 아니면서 제 몸이 옮겨지는 대로 내버려두었다.

"좋아, 이젠 자거라."

엘로이즈가 무겁게 숨을 쉬며 말했다.

"눈 감아…… 내 말 못 들었어? 눈 감으라고."

라모나는 눈을 감았다.

엘로이즈는 전등 스위치께로 다가가 스위치를 찰칵 껐다. 그러고 나서도 한참 동안 문간에 서 있었다. 그러다가 갑자기 어둠 속에서 침대 옆 탁자로 황급히 달려가던 중 침대 발치에 쾅 하고 무릎을 찧었다. 하지만 아픔을 느끼지도 못했다. 엘로이즈는 라모나의 안경을 두 손으로 집어들고는 뺨에 대고 눌렀다. 눈물이 뺨을 타고 흘러 안경알을 적셨다.

"가엾은 비칠비칠 아저씨."

그녀는 몇 번이고 되풀이해서 말했다. 그러다가 마침내 안경알을 아래로 해서, 안경을 침대 옆 탁자 위에 도로 올려놓았다.

그녀는 균형을 잃은 채 몸을 구부리고 라모나의 침대로 다가가 담요를 여며주었다. 라모나는 깨어 있었다. 라모나는 울고 있었다. 지금까지 계속 울고 있었던 것이다. 엘로이즈는 아이의 축축한 입술에 키스를 해주고 아이의 두 눈에서 머리칼을 쓸어넘겨준 뒤 방에서 나왔다.

그녀는 매우 심하게 비틀거리면서 아래층으로 내려가 메리 제인을 깨웠다.

"뭐야, 누구야, 응?"

긴의자에서 갑자기 똑바로 일어나 앉으며 메리 제인이 말했다.

"메리 제인, 내 말 좀 들어봐."

흐느끼면서 엘로이즈가 말했다.

"우리 대학 일학년 때 기억나? 난 보이시*에서 산 그 갈색과 노란색이 섞인 옷을 입고 있었지. 그런데 미리엄 볼이 뉴욕에서는 아무도 그런 옷을 입지 않는다고 말해서 내가 밤새도록 울었잖아."

엘로이즈는 메리 제인의 팔을 흔들었다.

"난 멋있는 여자였어, 안 그래?"

그녀가 애원했다.

---

* 미국 아이다호 주의 주도.

에스키모와의
전쟁 직전

"우리 언니가 어떻게 생겼는데요?"

"자기가 생각하는 것의 반만큼이라도 예쁘면 다행이겠지."

이건 꽤 수준 있는 재미난 대답이라는 게 지니의 은밀한 견해였다.

연이은 다섯 번의 토요일 오전, 지니 매녹스는 베이스호아 선생네 반 친구인 셀레나 그래프와 함께 이스트사이드 코트에서 테니스를 쳤다. 지니는 셀레나에 대해 공공연히 베이스호아 선생네 반—어지간히 따분한 아이들투성이인 학교다—에서도 가장 따분한 아이라고 생각하고 있었다. 그러나 그녀가 아는 사람들 중 셀레나처럼 새 테니스공 깡통을 가져오는 사람은 아무도 없었다. 그애 아버지가 테니스공인가 뭔가를 만든다는 것이었다. (어느 날 저녁 식탁에서, 지니는 자기의 전 가족을 교화시키기 위해 그래프 가족의 저녁 식사 광경을 머릿속에 그려보았다. 거기엔 흠 잡을 데 없는 하인이 사람들의 왼쪽으로만 다니면서 토마토 주스 잔 대신 테니스공 깡통을 하나씩 건네는 것도 포함되어 있었다.)

하지만 테니스가 끝난 뒤 셀레나를 집에 내려주고 그 다음엔—매번—택시비를 전액 부담하는 곤란한 상황이 지니를 짜증나게 만들고 있었다. 코트에서 버스 대신 택시를 타고 집으로 돌아가는 것은 어쨌거나 셀레나의 아이디어였다. 그러나 다섯번째 토요일, 택시가 요크 가(街)에서 북쪽을 향해 출발했을 때 지니는 별안간 말을 꺼냈다.

"저기, 셀레나……"

"왜?"

셀레나가 물었다. 그녀는 손으로 택시 바닥을 더듬느라 정신이 없었다.

"내 라켓 덮개를 못 찾겠어!"

그녀는 끙끙대며 말했다.

따뜻한 5월 날씨이건만 두 여학생은 반바지 위에 가벼운 외투를 걸쳐 입고 있었다.

"그거 네 호주머니에 넣었잖아."

지니가 말했다.

"저기, 내 말 좀 들어봐……"

"어머나! 네가 날 살려주는구나!"

"내 말 좀 들어보라구."

지니가 말했다. 그녀는 셀레나에게서 감사의 말을 듣고 싶은 마음이 전혀 없었다.

"뭔데?"

지니는 곧바로 그 이야기를 꺼내기로 결심했다. 택시는 거의 셀레나네 아파트 근처에 이르고 있었다.

"난 오늘도 택시비를 전부 내느라 전전긍긍하고 싶지 않아. 너도 알다시피 난 백만장자가 아니잖아."

셀레나는 처음에는 깜짝 놀랐다가, 금세 상처받은 듯한 표정이 되었다.

"반씩 냈던 거 아니었어?"

그녀가 순진하게 묻자 지니가 딱 잘라 말했다.

"아니. 첫째 토요일엔 네가 반을 냈어. 그게 벌써 지난달 초지. 너는 그후론 한 번도 안 냈어. 신경질 내고 싶진 않지만, 사실 난 일 주일에 사 달러 오십 센트로 연명해. 그런데 그 돈에서 내가 꼭……"

"내가 늘 테니스공을 가져오잖아."

불쾌해진 셀레나가 말했다.

때때로 지니는 셀레나를 죽이고 싶은 기분이 들었다.

"네 아버지가 테니스공인가 뭔가를 만든다면서. 그러니까 너는 테니스 비용이 전혀 안 들잖아. 난 아무리 작은 것 하나도 값을 치러야 해……"

"좋아, 좋아."

셀레나는 자기가 우위에 설 수 있을 만큼 충분히 크고 단호하게 말했다. 그러고는 지겹다는 표정으로 외투 호주머니를 뒤진 뒤, 차갑게 말했다.

"난 삼십오 센트밖에 없어. 그거면 되겠니?"

"아니. 미안하지만 넌 나한테 일 달러 육십오 센트를 빚졌어. 난 줄곧 기억하고 있었어, 하나도 빠뜨리지 않고······"

"그럼 위층으로 올라가서 엄마한테 달라고 해야 해. 월요일까지 기다려줄 수는 없니? 그래도 괜찮다면, 내가 체육관으로 가져다줄 수 있을 텐데."

셀레나의 태도에는 온화함이라고는 전혀 없었다.

"안 돼. 난 오늘 밤 영화 보러 가야 해. 그 돈이 꼭 필요하다구."

지니가 말했다.

적대적인 침묵 속에서 두 소녀는 택시가 셀레나네 아파트 앞에 멈출 때까지 각자 반대쪽 창 밖만 내다보고 있었다. 이윽고 인도와 가깝게 앉아 있던 셀레나가 택시에서 내렸다. 택시 문을 아주 조금만 열어놓은 채, 그녀는 마치 순방중인 할리우드 귀족이라도 되는 양, 싹 잊어버린 듯, 활기차게 걸어서 아파트 안으로 들어갔다. 지니는 화가 나 붉으락푸르락해진 얼굴로 택시비를 지불했다. 그런 다음 자신의 테니스 용품들 — 라켓, 손을 닦는 작은 타월, 햇볕 가리는 모자—을 챙긴 뒤 셀레나를 따라갔다. 이제 열다섯 살인 지니는 키 5피트 9인치에 9-B 사이즈의 테니스화를 신고 있었다. 아파트 현관에 들어설 때 고무창 신발을 신었다는 사실에 피해의식을 느낀 지니는 위태로운 아마추어 선수처럼 거북해졌다. 그 때문에 그냥 엘리베이터 위의 표시판만 바라보고 있는 쪽을 택하게 되었다.

"이번 것까지 해서 너는 일 달러 구십 센트를 빚진 거야."

이내 엘리베이터로 성큼성큼 걸어들어가며 지니가 말했다.

셀레나가 뒤돌아보며 말했다.

"알아두는 게 좋을 거야. 우리 엄마가 많이 아프다는 걸 말이야."

"어디가 아프신데?"

"폐렴이랑 비슷한 거야. 내가 돈 몇 푼 때문에 엄마를 언짢게 하는 걸 좋아할 거라고 네가 생각한다면……"

셀레나는 채 끝마치지 못해 불완전한 말을 최대한 침착하게 던졌다.

어디까지가 사실인지는 모르지만 그 소리에 지니는 기세가 약간 수그러들었다. 하지만 그렇다고 감상에 빠질 정도는 아니었다.

"내가 네 엄마한테 폐렴을 옮긴 건 아니잖아."

그녀는 이렇게 말하고는 셀레나를 따라 엘리베이터 안으로 들어갔다.

셀레나가 아파트 초인종을 누르자 흑인 가정부가 두 사람을 안으로 들여보내주었는데—들여보냈다기보다는 문이 안으로 조금 열려 있었다—셀레나와 말을 주고받는 사이는 아닌 것 같았다. 지니는 자기 테니스 용품들을 현관 앞 의자 위에 떨구어놓은 뒤 셀레나를 따라갔다. 거실에서 셀레나는 뒤를 돌아보며 말했다.

"괜찮다면 여기서 기다려줄래? 엄마를 깨우든가 해야 할지도 몰라."

"알았어."

지니가 말하고는 소파 위에 풀썩 주저앉았다.

"어떤 일에 대해서 네가 그 정도로 쫀쫀해질 수 있다고는 내 평생 상상도 못 해봤어."

셀레나가 말했다. 그녀는 '쫀쫀'이라는 말을 사용할 정도로 화가 났지만, 그 말을 강조할 만큼 용감하지는 않았다.

"그래, 이젠 알겠지."

지니가 대꾸하고는 『보그』지를 얼굴 앞에 펼쳤다. 그녀는 셀레나가 방에서 나갈 때까지 계속 그대로 있다가 잡지를 다시 라디오 위에 올려놓았다. 그녀는 방 안을 둘러보면서 마음속으로 가구들을 재배치해보았다. 테이블 램프를 밖에 내던져버리고 조화도 없애버렸다. 그녀가 생각하기에 이건 아주 끔찍한 방이었다—비싼 것들로 처바르긴 했지만 온통 싸구려로만 보이는.

갑자기 아파트의 다른 곳으로부터 어떤 남자의 음성이 들렸다.

"너니, 에릭?"

지니는 그게 자기가 아직 한 번도 본 적이 없는 셀레나의 오빠가 아닐까 생각했다. 그녀는 긴 다리를 꼰 채 무릎을 덮은 폴로 코트 끝자락을 매만지고 나서 기다렸다.

안경을 쓰고 파자마를 입은 한 청년이 슬리퍼도 신지 않은 맨발로 입을 벌리고는 방 안으로 뛰어들어왔다.

"어! 난 에릭인 줄 알았지, 빌어먹을."

그가 말했다. 그는 걸음을 멈추지 않고 지극히 한심한 자세로 방을 가로질러가면서 자기의 좁은 가슴 가까이에 뭔가를 대고 흔들었다. 그는 비어 있는 소파 끝으로 가서 앉았다.

"방금 손가락을 베었어."

그가 다소 거칠게 말했다.

그는 마치 지니가 거기 앉아 있을 거라고 예상하고 있었다는 듯 지니를 바라보았다.

"손가락 베어본 적 있어? 아주 뼛속까지?"

그가 물었다. 그의 시끄러운 음성 속에는 진지한 하소연이 담겨 있었다. 지니의 대답에 따라 그녀가 그를 어떤 특이한 고립무원의 상태에서 구제해줄 수도 있다는 투였다.

지니는 그를 가만히 응시했다.

"글쎄요, 뼛속까지는 아니지만 벤 적이 있긴 해요."

지니가 말했다. 그는 지금까지 그녀가 만난 사람 중 가장 웃기게 생긴 청년 혹은 남자—어느 쪽이라고 말하기란 참 쉽지 않은 일이었다—였다. 그의 머리칼은 심하게 헝클어져 있었고, 듬성듬성한 금빛 턱수염이 한 이틀쯤 자라 있었다. 그리고 그는—그렇다, 바보 같아 보였다.

"어쩌다 베었는데요?"

그녀가 물었다.

처진 입을 조금 벌리고서, 그는 상처난 손가락을 빤히 내려다보았다.

"뭐라고?"

그가 말했다.

"어쩌다 베었냐구요."

"젠장, 그걸 내가 알면."

그의 억양에는 그 질문에 대한 대답이 어쩔 도리 없이 애매하다는 뜻이 담겨 있었다.

"빌어먹을 휴지통 안에서 뭔가 찾고 있었어. 휴지통이 면도날로 가득 차 있더군."

"셀레나 오빠예요?"

"맞아. 젠장, 피 흘리다가 죽겠네. 거기 계속 있어봐. 수혈을 받아야 할지도 모르니까."

"상처에 뭣 좀 발랐어요?"

셀레나의 오빠는 지니가 볼 수 있도록 상처난 손을 가슴 근처에서 약간 내밀었다.

"그냥 화장지만 조금."

그가 말했다.

"피야, 멈춰라. 면도하다가 베었을 때처럼."

그는 다시 지니를 바라보았다.

"근데 넌 누구니? 혹시 그 멍청이의 친구니?"

그가 물었다.

"우린 같은 반이에요."

"그래? 이름이 뭔데?"

"버지니아 매녹스."

"네가 지니구나?"

안경 너머로 눈을 가늘게 뜨고 지니를 바라보면서 그가 말했다.

"네가 지니 매녹스란 말이지?"

"네."

다리를 풀면서 지니가 대답했다.

셀레나의 오빠는 도로 자기 손가락을 바라보았다. 그에게는 자신의 손가락만이 진정한, 그리고 유일한 관심사인 게 분명했다.

"난 네 언니를 안다. 굉장히 잘난 체하지."

그가 냉정하게 말했다.

지니는 등을 구부정하게 구부렸다.

"누가요?"

"내 말 못 들었어?"

"우리 언니는 잘난 체 안 해요!"

"잘난 체 안 하다니?"

셀레나의 오빠가 말했다.

"잘난 체 안 해요!"

"잘난 체 안 한다고? 아주 여왕마마이신걸. 잘난 체하는 것들 가운데서도 최고의 여왕이야."

지니는 두껍게 말아붙인 화장지 밑의 자기 손가락을 자세히 들여다보는 그의 모습을 지켜봤다.

"우리 언니 이름도 모르면서."

"젠장, 내가 모른다구?"

"뭔데요? 이름이 뭔데요?"

지니가 따지고 들었다.

"조앤…… 잘난 체하는 조앤."

지니는 침묵했다.

"우리 언니가 어떻게 생겼는데요?"

그녀가 불쑥 물었다.

대답이 없었다.

"우리 언니가 어떻게 생겼는데요?"

지니가 되풀이해서 물었다.

"자기가 생각하는 것의 반만큼이라도 예쁘면 다행이겠지."

셀레나의 오빠가 말했다.

이건 꽤 수준 있는 재미난 대답이라는 게 지니의 은밀한 견해였다.

"언니가 오빠 얘기 하는 걸 들어본 적이 없는데요."

"그거 걱정되는군. 그거 무진장 걱정되는군."

"어쨌든 언니는 약혼했어요."

그를 지켜보며 지니가 말했다.

"다음달에 결혼할 거예요."

"누구하고?"

위를 올려다보며 그가 물었다.

지니는 그가 올려다보는 것을 한껏 이용했다.

"오빠는 모르는 사람이죠."

그는 자기가 응급처치해놓은 것을 다시 건드리기 시작했다.

"누군지 참 안됐네."

지니가 코웃음쳤다.

"아직도 미친 듯이 피가 나오네. 여기에 뭘 좀 발라야 한다고 생각해? 뭘 바르는 게 좋을까? 머큐로크롬은 어때?"

"요오드가 나아요."

지니가 말했다. 그런 다음, 이런 상황에선 자기 대답이 너무 딱딱했다고 느꼈는지 이렇게 덧붙였다.

"머큐로크롬은 거의 효과가 없어요."

"왜? 머큐로크롬이 무슨 문제야?"

"그냥 그런 상처엔 안 좋다는 말이죠. 그뿐이에요. 오빠한테는 요오드가 필요해요."

그는 지니를 바라보았다.

"그런데 그거 많이 따끔거릴걸, 안 그래? 엄청 따끔거리지 않니?"

그가 물었다.

"따끔거려요. 하지만 그렇다고 죽지는 않아요."

겉보기로는 지니의 말투에 화난 것 같지 않은 셀레나의 오빠는 다시 자기 손가락을 쳐다보았다.

"난 따끔거리는 거 싫어."

그가 말했다.

"누군들 좋아하겠어요."

그는 동감이라고 고개를 끄덕였다.

"맞아."

지니는 그를 잠시 지켜보았다.

"만지지 마세요."

그녀가 갑자기 말했다.

셀레나의 오빠는 전기충격에 반응하듯 성한 손을 도로 거두었다. 그는 약간 더 꼿꼿하게 고쳐 앉았다―아니, 그보다는 덜 구부정하게 앉았다는 편이 낫겠다. 그는 방 한켠의 어떤 물건을 쳐다봤다. 무질서한 얼굴 위로 거의 꿈결 같은 표정이 드리워졌다. 그는 두 앞니 사이의 벌어진 틈에 성한 손의 검지 손톱을 집어넣어 음식 찌꺼기를 빼내고는 지니 쪽을 돌아보았다.

"벌써 먹었니?"

그가 물었다.

"뭐라고요?"

"점심 먹었냐고."

지니가 고개를 가로저었다.

"집에 가서 먹을 거예요. 집에 가면 항상 엄마가 점심을 준비해두고 계시죠."

"내 방에 치킨 샌드위치가 반 개 있어. 그거 먹을래? 손도 안 댔는데."

"고맙지만 괜찮아요. 정말이에요."

"방금 테니스 쳤잖아. 배고프지 않니?"

"그게 아니구요. 집에 가면 엄마가 항상 내 점심을 마련해두고 있다는 거예요. 우리 엄마는 내가 배고파하지 않으면 미쳐버려요."

다리를 꼬며 지니가 말했다.

셀레나의 오빠는 그 설명에 수긍하는 것 같았다. 적어도 머리를 끄덕이고는 시선을 거두었으니까. 하지만 갑자기 다시 지니를 쳐다보았다.

"우유라도 마실래?"

그가 말했다.

"아뇨…… 어쨌든 고마워요."

얼이 빠진 채 그는 몸을 구부리고서 맨발을 긁어댔다.

"그녀가 결혼하는 그 남자 이름이 뭐지?"

그가 물었다.

"조앤 말예요? 딕 헤프너."

지니가 말했다.

셀레나의 오빠는 계속해서 발목을 긁고 있었다.

"해군 대령이에요."

지니가 말했다.

"대단하군."

지니가 깔깔 웃었다. 그녀는 그가 발목이 빨개질 때까지 긁는 것을 지켜보았다. 그가 장딴지 위로 부풀어오른 각질을 손톱으로 긁어 떼기 시작하자 그녀는 시선을 거뒀다.

"조앤을 어디서 알았어요? 우리 집에도 안 왔던 것 같은데."

그녀가 물었다.

"너희 집엔 한 번도 안 가봤어."

지니는 기다렸지만, 아무 말도 이어지지 않았다.

"그럼 어디서 만났어요?"

"파티에서."

"파티에서요? 언제요?"

"몰라. 1942년 크리스마스였나?"

그는 파자마 가슴께에 달린 주머니에서 마치 그때까지 잠이라도 자고 있었던 듯 보이는 담배 한 개비를 꺼냈다.

"그 성냥 좀 던져줄래?"

그가 말했다. 지니는 자기 옆의 테이블에 놓인 성냥갑을 그에게 건네주었다. 그는 구부러진 담배를 곧게 펴지도 않고 그대로 불을 붙이고는 한 번 쓴 성냥개비를 성냥갑 속에 도로 집어넣었다. 머리를 뒤로 젖힌 그는 엄청난 양의 연기를 천천히 입으로 뿜어내고서, 그걸 콧구멍으로 다시 빨아올렸다. 그는 계속 그렇게 '프랑스 식'으로 담배를 피웠다. 그건 잘난 체하기 위한 보드빌* 같은 것이라기보다는, 이따금 왼손으로 면도를 시도해봤을 법한 젊은 남자의 사사롭고 공공연한 업적일 가능성이 컸다.

"어째서 조앤이 거만하다는 거예요?"

지니가 물었다.

"어째서냐고? 거만하니까. 젠장, 내가 그 이유를 어떻게 아니?"

"그렇겠죠. 그런데 왜 당신이 조앤을 두고 잘난 체한다고 말하느냐 말예요."

그는 지친 듯 지니에게 눈길을 돌렸다.

"잘 들어. 난 그녀에게 편지를 여덟 통이나 보냈어. 그래, 여덟 통이나. 그런데 답장을 한 통도 못 받았어."

지니가 멈칫했다.

"글쎄, 모르긴 해도 언니가 바빴을 거예요."

"그래, 바빴겠지. 빌어먹을, 비버 새끼처럼 바빴겠지."

"왜 그렇게 욕을 많이 해요?"

지니가 물었다.

"빌어먹을, 난 그래."

지니가 깔깔 웃었다.

"어쨌든 언니를 안 지는 얼마나 됐어요?"

그녀가 물었다.

---

* 노래, 춤, 만담, 곡예 등을 섞은 쇼.

"꽤 오래됐지."
"음, 전화를 걸거나 해본 적은 있어요? 전화든 뭐든 말예요."
"아니."
"아이구, 전화 한 번 안 해봤다구요……"
"전화할 수가 있었어야지, 젠장!"
"왜요?"
지니가 물었다.
"난 뉴욕에 있지 않았어."
"그럼 어디 있었는데요?"
"나? 오하이오."
"아, 대학에 다녔어요?"
"아니, 중퇴야."
셀레나의 오빠는 담배를 든 손으로 자기의 왼쪽 가슴을 가볍게 두드렸다.
"내 똑딱이."
그가 말했다.
"당신 심장 말이죠? 거기가 뭐 잘못됐어요?"
지니가 물었다.
"빌어먹을, 뭐가 잘못됐는지 나도 모르겠다. 어렸을 때 류머티스열을 앓은 적이 있었지. 젠장 통증이, 가슴에……"

"그러면 담배를 끊어야 되는 거 아녜요? 그러니까 담배를 아예 안 피워야 되는 거 아니냐구요. 의사가 그러는데……"

"아, 의사들은 그따위 얘길 아주 많이 하지."

지니는 퍼붓던 것을 잠시 멈추었다. 아주 잠깐이었다.

"오하이오에서는 뭐 했어요?"

그녀가 물었다.

"나? 빌어먹을, 비행기 공장에서 일했다."

"그래요? 그 일이 좋았어요?"

지니가 물었다.

"좋았냐구?"

그가 따라 말했다.

"무척. 난 비행기를 숭배해. 비행기는 아주 귀엽지."

지니는 그의 얘기에 푹 빠져서 어느덧 모욕당했다는 느낌도 들지 않았다.

"거기서 얼마 동안 일했어요? 비행기 공장에서."

"몰라, 제길. 사십칠 개월."

그는 몸을 일으켜 창가로 걸어갔다. 거리를 내려다보면서 엄지손가락으로 등을 긁었다.

"저 사람들 좀 봐. 젠장, 멍청한 것들."

그가 말했다.

"누구요?"

지니가 물었다.

"몰라, 누구든."

"손을 그렇게 아래로 하고 있으면 피가 더 많이 나올 거예요."

그는 그녀의 말을 들었다. 그는 창가 의자에 왼발을 올려놓고서, 수평이 된 넓적다리 위에 상처난 손을 편안하게 올려놓았다. 그리고 계속 거리를 내려다보았다.

"저 사람들 모두 징병위원회로 가고 있는 거야."

그가 말했다.

"그 다음엔 에스키모들과 싸울 거야, 알아?"

"누구하고요?"

지니가 물었다.

"에스키모들…… 귀 좀 열어놔, 제길."

"왜 에스키모들과?"

"나도 몰라. 빌어먹을, 내가 그걸 어떻게 알겠어? 이번에는 늙은이들이 가게 될 거야. 예순 살쯤 먹은 놈들 말야. 예순 살쯤 된 놈들 아니면 아무도 못 가."

그가 말했다.

"그냥 그 늙은이들을 더 빨리 죽이려는 것뿐이지…… 괜찮은 거래 아냐?"

"어쨌든 오빠는 갈 필요 없겠네요."

지니는 오직 사실만을 말하려던 것뿐이었지만, 말이 완전히 다 나오기도 전에 이미 자신이 엉뚱한 말을 하고 있다는 걸 알았다.

"나도 알아."

그가 재빨리 대답하고는 창가 의자에서 발을 내려놓았다. 그는 창문을 조금 올리고 담배꽁초를 거리로 휙 던졌다. 그러고는 유리창에서 완전히 돌아섰다.

"이봐, 부탁 하나 하자. 어떤 녀석이 오면 내가 몇 분 안에 준비 끝낸다고 말해줄래? 면도만 하면 되거든. 알았지?"

지니는 고개를 끄덕였다.

"셀레나한테 빨리 오라고 말해줄까? 네가 여기 있는 줄 알기는 하는 거야?"

"아, 알아요. 급한 일 아니니까 괜찮아요. 고마워요."

셀레나의 오빠가 고개를 끄덕였다. 그런 다음 그는 마치 다친 손가락이 자기 방까지 갈 수 있을 만한 상태인지 보기 위해서인 듯 마지막으로 한참 동안 바라보았다.

"반창고를 붙이지 그래요? 반창고나 뭐 그런 것 없어요?"

"없어. 그럼 잘 있어라."

그는 어슬렁어슬렁 방에서 나갔다.

몇 분 뒤, 그가 반 쪽짜리 샌드위치를 들고 다시 돌아왔다.

"이거 먹어. 맛있어."

그가 말했다.

"정말, 난 전혀……"

"받아, 제길. 거기다 내가 독 같은 걸 넣은 것도 아닌데."

지니는 반 쪽짜리 샌드위치를 받았다.

"그럼 잘 먹을게요."

그녀가 말했다.

"닭고기야."

그가 맞은편에 서서 지니를 바라보며 말했다.

"간밤에 빌어먹을 가공 식품점에서 산 거야."

"아주 맛있어 보여요."

"그래, 그럼 먹어."

지니가 한 입 물었다.

"맛있지, 응?"

지니는 간신히 삼켰다.

"아주, 아주 맛있어요."

그녀가 말했다.

셀레나의 오빠는 고개를 끄덕였다. 그는 자기 가슴의 오목한 부위를 긁으면서 멍하니 방을 둘러보았다.

"그럼 이제 옷을 입어야겠다…… 이런! 벨이 울리네. 자, 이제 편하게 기다려!"

그는 가버렸다.

혼자 남은 지니는 샌드위치를 던져버리거나 숨길 만한 장소를 찾기 위해 앉은 채로 주위를 둘러보았다. 그녀는 누군가 현관 앞 방을 지나는 기척을 들었다. 그녀는 샌드위치를 자기 폴로 코트 호주머니 속에 집어넣었다.

키가 작지도 크지도 않은 삼십대 초반의 젊은 남자가 방 안으로 들어왔다. 오목조목 균형 잡힌 얼굴, 짧게 깎은 머리칼, 양복 맵시, 풀라르* 넥타이의 무늬는 정말이지 그에 대해 끝내 아무것도 알려주지 않았다. 어느 시사 주간지 기자이거나 그런 자리에 앉으려고 애쓰는 사람일지도 몰랐다. 아니, 어쩌면 필라델피아에서 이미 막을 내린 어떤 연극에 출연했던 사람일는지도 몰랐다. 또는 법률사무소에서 일하는 사람인지도.

"안녕."

그가 정중하게, 지니에게 말했다.

"안녕하세요."

"프랭클린 못 봤니?"

---

* 얇은 비단의 일종.

그가 물었다.

"면도하고 있어요. 잠시만 기다려달라고 전해달라던데요. 금방 나올 거예요."

"면도라, 이런!"

젊은 남자는 자기 손목시계를 바라보았다. 그러고는 붉은색 다마스크 천*으로 만든 의자에 앉더니 다리를 꼬고 두 손을 얼굴에 갖다댔다. 조금 지쳤는지, 아니면 이제 막 눈의 피로라도 겪은 참인지, 그는 뻗은 손가락 끝으로 감은 눈을 문질렀다.

"오늘 아침은 내 생애 최악이야."

그는 피곤에 완전히 절어서 횡격막으로는 절대로 숨을 쉴 수 없다는 듯 오직 후두로만 말했다.

"무슨 일인데요?"

그를 바라보며 지니가 물었다.

"아…… 말하자면 너무 길어. 적어도 천 년 동안은 내가 아는 사람들을 따분하게 만들지 않을 정도라니까."

그는 막연히 불만스런 시선으로 창문 쪽을 응시하고 있었다.

"하지만 난 이제 두 번 다시 나 자신을 인간성 감식가로 여기지 않을 거야. 이 말을 다른 사람들한테 마구 하고 다녀도 돼."

---

* 무늬가 안팎으로 반대로 짜인 옷감.

에스키모와의 전쟁 직전

"무슨 일인데요?"

지니가 되풀이해서 물었다.

"오 이런, 몇 달 동안이나 내 아파트를 함께 써온 사람—그에 대해 이야기조차 하고 싶지 않은데…… 그 작가 녀석이……"

모르긴 해도 헤밍웨이 소설 중 한 편에 나오는 마음에 드는 어떤 저주받은 인물이라도 기억해냈는지 그가 만족스럽게 덧붙였다.

"그가 무슨 짓을 했는데요?"

"솔직히, 아직 자세한 이야기로 들어가고 싶지는 않아."

젊은 남자가 말했다. 그는 테이블 위의 투명한 담배 상자를 못 본 체하고 자신의 담뱃갑에서 한 개비를 꺼내 자기 라이터로 불을 붙였다. 그는 손이 컸다. 강해 보이지도, 유능해 보이지도, 그렇다고 민감해 보이지도 않는 손이었다. 그러나 그는 그것들이 쉽게 통제되지 않는 나름의 어떤 미적 충동을 갖고 있다는 듯이 두 손을 다뤘다.

"난 그 일에 대해 생각조차 하지 않기로 결심했단다. 하지만 그냥 아주 화가 나."

그가 말했다.

"그러니까 여기 펜실베이니아의 알투나 아니면 그런 비슷한 곳 중 한 곳에서 온 끔찍한 어린 녀석이 있단 말이야. 그는 굶어 죽어가고 있었던 게 분명해. 난 충분히 친절하고 인정 있는 사람—원조

사마리아인인 셈이지—이야. 나 혼자서도 간신히 돌아다닐 정도로 조그만 아파트로 그를 데려갔으니까. 내가 그를 내 친구들 전부한테 소개시켜줬지. 그가 그 끔찍한 원고지들, 담배꽁초, 순무들, 잡동사니들로 아파트 전체를 난장판으로 만들도록 내버려두었고 말야. 그를 뉴욕의 연극 연출가들에게 소개시키기도 했어. 그가 입은 꼬질꼬질한 셔츠들을 세탁소에 날라다주고 날라오기도 했고. 그런데 그 모든 것들의……"

젊은 남자는 잠깐 말을 멈췄다.

"그 모든 친절과 자비의 결과가 뭐였는지 알아? 그는 아침 다섯시 아니면 여섯시에 내 아파트에서 나갔는데—메모 한 장 안 남겨놓고—그 추하고 더러운 손이 닿을 수 있는 것은 무엇이든 싸그리 갖고 나가버렸어."

그는 말을 멈추고 담배를 한 모금 빨고는, 입으로 쉬쉬 소리를 내며 가는 연기를 뿜었다.

"그 일에 대해선 얘기하고 싶지 않아. 정말로 그러고 싶지 않아."

그는 지니를 건너다보았다.

"코트 참 예쁘네."

어느새 의자에서 빠져나온 그가 말했다. 그는 다가와서 지니가 입은 폴로 코트 소매를 손가락으로 만져보았다.

"아름답구나. 전쟁 이래 처음 본 진짜 좋은 낙타털 옷이네. 어디서 구했는지 물어봐도 되겠니?"

"우리 엄마가 나소*에서 사오신 거예요."

젊은 남자는 생각에 잠긴 채 고개를 끄덕이고는, 자기 의자를 향해 물러섰다.

"거긴 정말 좋은 낙타털을 구할 수 있는 몇 군데 안 되는 곳이지."

그가 앉았다.

"어머니가 거기 오래 계셨니?"

"네?"

지니가 말했다.

"너희 어머니가 거기 오래 계셨냐구. 우리 어머니도 거기 계셨기 때문에 묻는 거야. 십이월에, 그리고 일월에도 조금. 보통은 내가 어머니와 함께 내려가는데, 올해는 아주 엉망진창이어서 도대체 떠날 수가 없었지."

"우리 엄마는 이월에 가 계셨어요."

지니가 말했다.

"그렇구나. 네 어머니가 어디 묵으셨는지 아니?"

"숙모 댁에요."

그는 고개를 끄덕였다.

---

* 바하마의 수도.

"네 이름이 뭐니? 프랭클린 여동생의 친구 맞지?"

"그애랑 같은 반이에요."

그의 두번째 질문에 지니가 대답했다.

"너 셀레나가 얘기하던 그 유명한 맥신은 아니지, 혹시 맞니?"

"아니에요."

지니가 말했다.

젊은 남자는 갑자기 바지 아랫단을 손바닥으로 털기 시작했다.

"머리끝에서 발끝까지 온통 개털이야."

그가 말했다.

"어머니가 주말에 워싱턴에 가시면서 그 개를 내 아파트에 맡기셨어. 정말 귀여운 개야. 하지만 못돼먹은 그 버릇들이라니. 너도 개를 키우니?"

"아뇨."

"사실 난 도시에서 개를 키우는 건 아주 잔인한 일이라고 생각해."

그는 터는 걸 그만두고 뒤로 몸을 젖히고 앉아 손목시계를 보았다.

"난 저 녀석이 시간 지키는 걸 한 번도 본 적이 없어. 우린 콕토*

---

* Jean Cocteau(1889~1963), 프랑스의 시인·소설가·극작가.

의 〈미녀와 야수〉*를 보러 가려고 해. 그건 정말 제 시간에 가서 봐야 하는 유일한 영화지. 그러지 않으면 전체의 매력이 몽땅 사라진단 말이야. 혹시 봤어?"

"아뇨."

"아, 반드시 봐야 해. 난 여덟 번이나 봤단다. 그건 완전히 천재의 작품이거든."

그가 말했다.

"난 몇 달 동안 프랭클린이 그 영화를 보게 만들려고 했었어."

그는 가망 없다는 듯 고개를 가로저었다.

"그 녀석 취향은 정말! 우리는 전쟁 내내 똑같이 끔찍한 곳에서 복무했어. 저 녀석은 끈덕지게 나를 세상에서 가장 구제불능인 영화들 쪽으로 끌고 가려 했지. 우린 갱 영화, 서부영화, 뮤지컬 따위를 보았단다."

"오빠도 비행기 공장에서 일했어요?"

지니가 물었다.

"세상에, 맞아. 몇 년, 몇 년, 또 몇 년 동안. 그 얘기는 하지 말자."

"오빠도 심장이 안 좋아요?"

---

* 마법에 걸려 야수가 된 왕자와 아름다운 소녀의 사랑을 그린 1945년작 프랑스 영화. 보몽의 원작 동화를 콕토가 각색하고 감독까지 맡았다.

"천만에, 아니야. 나무나 두드려라.*"
그는 의자 팔걸이를 두 번 톡톡 쳤다.
"내 체질은 말이지……"

셀레나가 방에 들어서자 지니는 얼른 그녀 쪽으로 다가갔다. 셀레나는 반바지에서 드레스로 갈아입고 있었는데, 보통때 같으면 그런 사실에 짜증이 났을 터였다.
"오래 기다리게 해서 미안해. 하지만 엄마가 깰 때까지 기다려야 했어. ……안녕, 에릭 오빠."
셀레나가 성의 없이 말했다.
"안녕, 안녕!"
"사실 난 그 돈을 원하는 게 아니야."
셀레나에게만 들리도록 목소리를 낮춰서 지니가 말했다.
"뭐라고?"
"계속 생각해봤는데, 그 동안 네가 테니스공을 갖고 왔잖아. 그걸 잊고 있었어."
"하지만 테니스공은 돈 주고 사는 게 아니라고 네가 말하지 않았어……"

---

* 나쁜 이야기를 한 뒤에 그것을 무마시키려면 나무를 두드리면 된다는 미신이 있다.

"잠깐 같이 저쪽으로 가자."

에릭에게 작별 인사도 하지 않은 채 앞장서며 지니가 말했다.

"하지만 네가 오늘 밤 극장에 갈 거라고 한 이상 그 돈이 필요할 것 같은데!"

셀레나가 현관에서 말했다.

"난 너무 지쳤어."

지니는 몸을 굽혀 자기 테니스 용품을 집어들었다.

"잘 들어. 저녁 먹고 나서 내가 전화할게. 오늘 밤 뭐 특별히 할 일 있어? 어쩌면 너희 집에 놀러 올 수도 있는데."

셀레나가 빤히 바라보다가 대답했다.

"좋아."

지니는 현관문을 열고 엘리베이터를 향해 걸어가 버튼을 눌렀다.

"나, 네 오빠 만났어."

지니가 말했다.

"그랬니? 우리 오빠, 인물이지?"

"그런데 네 오빠는 뭘 하니? 일해, 아니면 뭐 다른 거?"

지니가 무심히 물었다.

"그냥 중퇴했어. 아빠는 오빠가 다시 대학에 들어가길 원하시는데 오빠는 그러지 않으려고 해."

"왜 싫대?"

"몰라. 자기가 너무 늙었다나."

"몇 살인데?"

"몰라. 스물넷인가."

엘리베이터 문이 열렸다.

"나중에 내가 전화할게!"

지니가 말했다.

건물 밖에 나서서, 지니는 버스를 타기 위해 렉싱턴 가를 향해 서쪽으로 걷기 시작했다. 3번가와 렉싱턴 가 사이에서 그녀는 지갑을 찾기 위해 호주머니에 손을 넣었다가, 반 쪽짜리 샌드위치를 발견했다. 그녀는 샌드위치를 꺼내 길에 버리려고 팔을 아래로 내렸다가 다시 호주머니 속에 넣었다. 몇 년 전인가, 그녀는 휴지통 바닥에 깔아둔 톱밥 위에 죽어 있던 부활절 병아리를 어디론가 처치해버리는 데 사흘이 걸린 적이 있었다.

웃는 남자

3루에서 메리 허드슨이 내게 손을 흔들어 보였다.

거기에 답하기 위해 나도 손을 흔들었다.

막강한 타력 말고도, 그녀는 3루에서 누군가에게 손을 흔들어 보일 줄 아는 그런 여자였다.

1928년 내가 아홉 살이었을 때, 최대한의 단체정신으로 무장한 나는 '코만치 클럽'이라고 알려진 조직에 속해 있었다. 방과 후 오후 세시면 우리 추장은 암스테르담 가(街) 근처 109번 도로에 있는 165 공립학교 남학생 출구 바깥에서 나를 포함한 스물다섯 명의 코만치*들을 차에 태웠다. 우리는 개조한 영업용 버스에 밀치락달치락하며 올라탔고, 추장은 (우리 부모님들과의 경비 협약에 따라서) 우리를 센트럴 파크까지 태우고 갔다. 나머지 오후 시간에는, 날씨가 허락될 때면 계절에 따라 (규칙에 얽매이지 않고)

---

* 북아메리카 남부 대평원에서 활동한 유토 아스텍 어족계의 아메리칸 인디언. 19세기 후반까지 유럽인의 침입에 완강히 저항했고, 그후 오클라호마의 보호지로 옮겨져 생활하고 있다.

야구나 럭비, 축구 따위를 했다. 비가 오는 오후면 추장은 우리를 자연사 박물관 아니면 메트로폴리탄 미술관으로 데리고 갔다.

토요일과 거의 대부분의 국정 공휴일엔 추장은 아침 일찍 각양각색의 아파트에서 나온 우리를 폐기처분 직전의 버스에 태우고는 맨해튼을 빠져나와, 반 코틀란트 파크나 팰리세이즈의 비교적 탁 트인 공간으로 갔다. 우리의 마음이 곧장 경기를 향해 있을 때는 반 코틀란트로 갔다. 그곳은 표준 크기의 경기장이었고, 거기서는 상대팀에 유모차도, 지팡이 짚은 성난 할머니도 끼여 있지 않았다. 우리 코만치들의 마음이 캠핑에 기울어 있을 때면 우리는 팰리세이즈로 건너가 거기서 원시적인 생활을 했다. (어느 토요일인가, 리니트 간판과 조지 워싱턴 다리 서쪽 끝 부지 사이 교묘히 뻗은 지대 어디쯤에서 길을 잃었던 일을 나는 기억한다. 그래도 난 기죽지 않았다. 나는 어마어마한 광고판의 그림자 속에 그대로 주저앉아, 눈물이 좀 나긴 했지만 소일거리 삼아 도시락통을 열었다 닫았다 하면서 추장이 날 찾아낼 거라고 절반쯤은 자신했다. 추장은 언제나 우리를 찾아냈던 것이다.)

코만치들로부터 해방되어 있는 동안에는 추장은 스태튼 아일랜드*의 존 게주드스키였다. 그는 스물세 살 난 수줍음 많고 점잖

---

* 미국 뉴욕 만(灣) 입구에 있는 섬.

은 청년이었고, 뉴욕 대학의 법학도였으며, 확실히 기억해둘 만한 사람이었다. 나는 여기서 그의 수많은 행적과 그가 지닌 덕목들을 긁어모으려는 게 아니다. 지나가는 김에 말하자면, 그는 이글 스카우트*였고, 1926년 전미(全美) 태클 부문에 거의 오르다시피 했으며, 뉴욕 자이언트 야구팀에서 한번 뛰어보지 않겠냐는 대단히 정중한 권유를 받기도 했다고 알려져 있었다. 그는 우리의 경기 중 벌어지는 각종 사태들에 불공평하게 대처하지도, 흥분하지도 않는 판관이었고, 불을 댕겼다가 끄는 대가였을 뿐 아니라, 남을 업신여기는 법 없는 전문가급 응급처치사였다. 가장 어린 망나니에서부터 가장 큰 녀석에 이르기까지 우리는 모두 그를 사랑했고 동시에 존경했다.

1928년 추장의 외모는 아직까지 내 마음속에 분명하게 남아 있다. 소망해서 키가 커질 수만 있다면, 우리 코만치들은 당장 그를 거인으로 만들어놓았을 것이다. 사실 그는 키가 5피트 3인치 혹은 4인치 — 절대 그것을 넘지는 않았다 — 로 땅딸막했다. 그의 머리칼은 짙은 남빛이었고, 머리털은 이마 지극히 낮은 데서부터 나 있었다. 코는 크고 살집이 많았으며, 상체의 길이는 그의 두 다리만 했다.

---

* 21개 이상의 공훈 배지를 받은 보이스카우트 단원.

가죽으로 된 스포츠 재킷을 입으면 어깨에 힘이 넘쳤지만 좁고 구부정했다. 그렇지만 그 당시에는 벅 존스, 켄 메이너드, 그리고 톰 믹스*의 가장 사진발 잘 받는 이목구비들이 추장 안에 매끄럽게 결합되어 있는 것처럼 보였다.

매일 오후, 내야 플레이나 엔드 존 패스를 많이 놓쳐서 게임에 진 팀에게 충분한 핑곗거리가 될 정도로 어둠이 깔리면 우리 코만치들은 기진맥진한 듯, 그리고 다소 이기적으로 추장의 천부적인 입담에 매달렸다. 그즈음이면 보통 과열되어 걸핏하면 흥분하는 패거리로 돌변하곤 했던 우리는 버스 안에서 추장과 가장 가까운 자리에 앉기 위해 — 주먹으로든 째지는 목소리로든 — 서로 싸웠다. (버스에는 밀짚 좌석들이 두 줄로 나란히 놓여 있었는데, 그중 왼쪽 줄에는 멀리 운전자 측면까지 뻗쳐 있는 보조석 세 개 — 버스 안에서 가장 좋은 좌석들 — 가 있었다.) 추장은 우리가 다 자리를 잡고 난 뒤에야 비로소 버스에 올라탔다. 그런 다음에는 운전석에 몸을 뒤로 하고 걸터앉아, 가녀리지만 다양하게 변하는 테너 음성으로 「웃는 남자」의 새로운 일 회분을 들려주었다. 일단 그가 이야기를 시작하면 우리의 관심은 결코 시들해지는 법이 없

---

* 1920년대와 30년대에 활동한 미국 서부영화 배우들.

었다. 「웃는 남자」는 코만치들에게 딱 맞는 이야기였다. 그것은 심지어 고전적인 차원까지 확대되었던 것 같다. 그것은 줄기가 사방으로 뻗어나가는 이야기였는데, 그럼에도 본질적으로 지녀야 할 신념은 여전히 존재했다. 그건 집으로 돌아가 넘치는 욕조 물속에 가만히 앉아 곱씹을 만한 이야기였다.

부유한 선교사 부부의 외아들인 '웃는 남자'는 어린 시절에 중국 산적들에게 유괴를 당하고, 부모는 아들의 몸값 지불을 (종교적 신념 때문에) 거절한다. 산적들은 홧김에 아이의 머리통을 목공용 바이스에 끼워넣고서 적당한 레버를 골라 오른쪽으로 몇 번 돌렸다. 이 특이한 체험을 당한 아이는 머리칼 한 올 없는 피칸* 모양의 머리를 갖게 되었고, 입 대신 코밑에 엄청나게 큰 타원형 구멍이 뚫린 얼굴로 성장했다. 코라고는 살로 꽉 막힌 두 개의 콧구멍이 전부였다. 그 결과, 웃는 남자가 숨을 쉴 때면 코 아래쪽의 흉측하고 멋대가리 없는 조그만 틈이 (내가 알기로는) 모종의 소름끼치는 액포(液胞)처럼 커졌다 작아졌다 했다. (추장은 웃는 남자의 호흡법을 설명하기보다는 실연으로 보여주었다.) 낯선 이들은 웃는 남자의 끔찍한 얼굴을 보고 기절할 듯 놀라 도망쳤고 아는 사람들도 그를 피했다. 산적들은 꽤나 흥미롭게도, 그가 양

---

* 북아메리카 온대 지역이 원산지인 견과류.

귀비 꽃잎으로 만들어진 옅은 붉은색의 아주 얇은 가면으로 얼굴을 가리고 있을 때만 자기들 본거지 주위를 돌아다니게 놔두었다. 그 가면 덕분에 산적들은 양아들의 얼굴을 직접 보지 않아도 되었을 뿐 아니라 양아들이 어디 있는지도 알 수 있었다. 그가 가면을 쓰고 있을 때는 아편 냄새가 났기 때문이다.

매일 아침, 웃는 남자는 지극한 외로움 속에서 살짝 빠져나와 (그의 발동작은 고양이의 그것처럼 우아했다) 산적들의 근거지를 둘러싸고 있는 빽빽한 숲속으로 갔다. 숲속에서는 많은, 매우 다양한 짐승들이 그의 친구가 되었다. 개, 흰 쥐, 독수리, 사자, 보아구렁이, 늑대들…… 그는 마스크를 벗은 채 그 동물들의 언어로 나지막하고 리드미컬하게 말을 걸었다. 동물들은 그를 흉측하다고 여기지 않았다.

(추장의 이야기가 여기까지 나가는 데 두 달이 걸렸다. 거기서부터 추장의 일 회분 이야기들은 점점 더 능란해졌으며, 그럴수록 코만치들의 만족도도 무척 높아졌다.)

웃는 남자는 주변의 동향에 귀를 기울이는 사람이어서, 별로 시간을 들이지 않고 산적들이 가장 귀하게 여기는 장사비결들을 캐냈다. 그렇지만 그는 그게 별것 아니라고 생각했고, 나름대로 꿋꿋하게 효과적인 체계를 만들어갔다. 처음에는 작은 규모로, 혼자서 중국의 시골 근방을 떠돌며 꼭 필요할 때만 강도, 납치, 살인 따위를 저지르기 시작했다. 타고난 범죄 수완에다 공정한 게임에 대한 애착이 합쳐져, 얼마 되지 않아 그는 그 나라의 중심부에서 목표에 가까운 곳을 발견하게 되었다. 이상하게도 (애초에 그의 머리가 범죄 쪽으로 트이도록 만든) 그의 양부모는 바람결에 떠도는 양아들의 업적을 거의 마지막으로 흘려들었다. 양아들의 소식을 들은 그들은 미칠 듯이 질투했다. 어느 날 밤, 양아들을 제대로 마취시켰다고 생각한 그의 양부모 패거리는 웃는 남자의 침대 곁을 지나면서 이불 속의 형체를 사정없이 칼로 찔렀다. 그런데 희생자는 산적 대장의 어머니 — 불쾌하고 헐뜯기 좋아하는 유의 사람이었다 — 인 것으로 드러났다. 그 사건은 웃는 남자의 피를 보고야 말겠다는 산적들의 입맛만 돋워주었을 뿐이었다. 웃는 남자는 산적 무리를 깊숙한 그러나 화려하게 장식된 무덤 안에 가둬둘 수밖에 없었다. 산적들이 때때로 탈출을 감행하여 무척 짜증도 났지만, 그는 그들을 죽이고 싶어하지 않았다. (웃는 남자의 성격에는 나를 거의 미치게 만들 정도로 인정 넘치는 부분이 있었다.)

머잖아 웃는 남자는 정기적으로 중국 국경을 넘어 프랑스 파리로 가서는 세계적인 탐정이자 재치 있는 폐병 환자인 마르셀 뒤파르주와 맞서 자신의 재능을 과시하는 것을 즐기게 되었다. 뒤파르주와 그의 딸(매우 아름답지만 복장도착자이다)은 웃는 남자의 가장 지독한 원수가 되었다. 몇 번이고 그들은 웃는 남자를 꾀어들이려고 애썼다. 웃는 남자는 순전히 장난 삼아, 대개 절반쯤 그들을 따라가다가 사라져버리곤 했다. 그는 어떤 식으로 탈출했는지 단서가 될 그 어떤 흔적도 남기지 않았다. 그저 이따금 파리의 하수 설비망 안에 신랄한 내용이 담긴 자그마한 작별 쪽지를 붙여놓았고, 그러면 그 쪽지는 즉시 뒤파르주에게 전달되었다. 뒤파르주 부녀는 파리 하수구 속을 철벙거리며 돌아다니느라 엄청난 시간을 소비했다.

이윽고 웃는 남자는 세계에서 가장 많은 개인 재산을 모으게 되었다. 그는 그 재산의 대부분을 한 지방 수도원의 승려들에게 익명으로 기부했다. 그들은 독일 경찰견들을 키우는 데 생애를 바쳐온 소박하고 겸손한 수행자들이었다. 그는 남은 재산을 다이아몬드로 바꾼 뒤 에메랄드 금고에 담아 흑해 속에 훌쩍 떨어뜨렸다. 그의 개인적 필요는 매우 적었다. 그는 티베트의 폭풍 치는 바닷가에 지하에 체육실과 사격장이 있는 아담한 집을 마련하여 오로지 쌀과 독수리 피만으로 살아갔다. 그에게 맹목적으로 충성하는 네 명의 패거리가 그와 함께 살았는데, '검은 날개'라는 별명을 가진 수다쟁이 이리, 사랑스러운 난쟁이 옴바, 백인들에 의해 혀가 불태워진 덩치 큰 몽골인 홍, 그리고 멋들어진 유라시아 여자가 그들이었다. 유라시아 여자는 웃는 남자에 대한 대가 없는 사랑과 그의 신변 안전에 대한 깊은 염려 때문인지 때때로 범죄에 대해 매우 완고한 태도를 취했다. 웃는 남자는 검은 실크 휘장 너머로 패거리들에게 명령을 내렸다. 사랑스러운 난쟁이 옴바에게 조차 그의 얼굴을 보는 것은 허용되지 않았다.

꼭 그러겠다는 말은 아니지만, 나는 독자들을 위해서—필요하다면 강제로라도—파리와 중국 국경을 들락날락 가로지르는 일을 몇 시간이고 계속할 수 있다. 나는 우연히도 웃는 남자를 유달리 뛰어났던 나의 조상, 말하자면 체액이나 혈액 속에 각종 덕목을 지닌 일종의 로버트 E. 리*로 여기게 되었다. 이러한 착각은 내가 1928년에 지녔던 착각에 비하면 비교적 점잖은 편에 속한다. 1928년에 나는 스스로를 웃는 남자의 직계손일 뿐 아니라 유일하게 생존한 그의 합법적인 직계 자손으로 여겼으니 말이다. 1928년의 나는 심지어 우리 부모님의 아들이 아니라 악마와도 같은 유들유들함을 지닌 협잡꾼이었다. 나 자신의 진정한 정체성을 찾는 일에 착수하기 위해—폭력 없이 그러는 편이 낫겠지만 반드시 그럴 필요는 없이—그들의 매우 하찮은 실수를 변명거리로 삼을 수 있기를 학수고대했다. 가짜 엄마를 상심시키지 않을 정도의 신중함과 함께 나는 어떤 분명치 않은, 그러나 적당히 당당한 능

---

* Robert Edward Lee(1807~1870), 미국 남북전쟁 때 남군을 이끌었던 사령관.

력으로 그녀를 나의 지하세계로 끌어들일 계획을 세웠다. 그러나 1928년에 내가 주로 한 일은 우선 신중히 행동하고, 이 익살극을 유지하는 일이었다. 또한 이를 닦고 머리를 빗고 어떻게 해서든 나의 타고난 흉한 웃음소리를 억누르는 일도 포함되어 있었다.

사실 나는 웃는 남자의 유일하게 생존한 합법적인 차손이 아니었다. 그 클럽에는 스물다섯 명의 코만치들, 또는 웃는 남자의 생존한 합법적인 스물다섯 명의 자손들이 있었던 것이다. 우리는 모두 험악하게, 그리고 익명으로 도시 곳곳을 돌아다녔고, 엘리베이터 안내원들을 우리의 잠재적인 맞수로 정했으며, 코커스패니얼의 귓가에 거침없이 명령을 쏙닥거리고, 집게손가락으로 수학 선생의 이마를 겨냥하는 짓 따위를 했다. 그리고 가장 가까이 있는 평범한 사람의 마음에 공포와 감탄을 함께 불러일으키기에 알맞은 기회를 기다리고 또 기다렸다.

코만치들의 야구 시즌이 이제 막 시작된 2월의 어느 오후, 나는 추장의 버스 안에 처음 보는 물건이 매달려 있는 것을 발견했다. 와이퍼 앞 백미러 위 작은 틈에 학사모와 가운 차림의 여자 사진이 끼워져 있었다. 내 눈에는 그 여자 사진이 대체로 남자 물건뿐인 버스 안의 다른 장식물들과 부조화스러워 보여서, 나는 버릇없게도 추장에게 그 여자가 누구냐고 물었다. 처음에 다소 모호

한 태도를 보이던 추장은 결국 그녀가 자기 애인이라고 인정했다. 나는 그녀의 이름을 물었다. 그는 주저하며 "메리 허드슨"이라고 대답했다. 나는 추장에게 그녀가 혹시 영화나 뭐 그 비슷한 것에 나온 적이 있지 않느냐고 물었다. 그는 아니라고, 그녀는 그냥 전에 웰슬리 대학에 다녔던 여자라고 말했다. 그는 한참 동안 생각한 다음, 웰슬리 대학은 수준이 매우 높다고 덧붙였다. 그런데 뭐 하자고 그녀의 사진을 버스 안에 붙여둔 거냐고 나는 물었다. 그는 어깨를 약간 으쓱해 보였는데, 내가 보기에 그 제스처는 그 사진이 어느 정도 그의 마음속에 심어졌다는 의미인 것 같았다.

다음 두 주 동안, 그 사진은 ― 그것이 얼마나 강하게 혹은 우연히 추장의 마음속에 심어진 것이든 간에 ― 그 자리에 그대로 있었다. 그것은 베이비 루스 초콜릿 바 포장지나 말린 감초뿌리에 얹힌 휩*과 함께 창 밖으로 던져지지는 않았다. 우리는 오래지 않아 그 사진에 익숙해졌다. 그것은 눈길을 끌지 않는 속도계와 같은 성격을 띠게 되었다.

그러던 어느 날 공원으로 가는 길에, 추장은 야구장에서 반 마일은 족히 지난 식스티스 5번가 도로변에 차를 세웠다. 뒷좌석에 앉아 이러쿵저러쿵 말만 많은 스물다섯 명은 단번에 해명을 요구

---

* 달걀, 크림 등을 섞은 식후용 과자.

했지만, 추장은 말이 없었다. 그 대신에 그는 이야기를 들려줄 때의 자세를 잡고서 아직 때도 안 되었는데 「웃는 남자」의 갓 나온 일 회분 쪽으로 방향을 틀었다. 그가 채 시작도 하지 않았을 때, 누군가 버스 문을 두드렸다. 그날 추장의 반사신경은 최고였다. 그가 자리에 앉은 채로 몸뚱이를 말 그대로 휙 내던지다시피 돌리고는 버스 문을 여는 핸들을 홱 잡아당기자, 비버 코트를 입은 한 여자가 버스에 올라탔다.

나는 첫눈에 급수를 매길 수 없을 정도로 내게 아름다운 충격을 준 단 세 명의 여자를 기억할 수 있다. 한 명은 1936년경 존스 비치에서 오렌지색 파라솔을 세우기 위해 고군분투하던 검은 수영복 차림의 날씬한 여자였다. 두번째는 1939년 카리브해 유람선 안에서 작은 돌고래에게 자신의 라이터를 던지던 여자였다. 그리고 세번째가 추장의 여자, 바로 메리 허드슨이었다.

"내가 너무 늦은 거야?"

그녀는 추장에게 미소를 지으며 물었다.

그것은 그녀가 자기가 못생겼냐고 묻는 것과 똑같다고 해도 좋을 질문이었다.

"아니야!"

추장이 대답했다. 추장은 조금 거칠게 자기 자리 가까이에 앉아 있던 코만치들을 바라보면서 자리를 양보하라는 신호를 보냈다. 메리 허드슨은, 자기 삼촌의 가장 친한 친구가 주류 밀매업자 에드거 어쩌구라는 남자라는 사내애와 나 사이에 앉았다. 우리는 그녀에게 세상의 모든 자리를 내주었다. 이윽고 버스는 이상하게, 마치 아마추어처럼 기우뚱거리며 출발했다. 코만치들은 한 아이도 남김없이 모두 침묵했다.

우리의 지정 주차장으로 되돌아가는 동안 메리 허드슨은 앞으로 몸을 기울인 채 자신이 놓친 열차들과 놓치지 않은 열차에 대해 추장에게 열광적으로 묘사했다. 그녀는 롱아일랜드의 더글러스톤에 살았다. 추장은 매우 초조해했다. 추장 역시 자신에 관한 아무 얘기나 끄집어냈다. 그는 그녀의 이야기에 거의 귀기울이지 못할 정도였다. 나는 기억한다. 추장의 손이 몇 번인가 변속기 손잡이를 놓쳤던 것을 말이다.

우리가 버스에서 내렸을 때, 메리 허드슨은 곧장 우리에게 달라붙었다. 장담하건대, 우리가 야구장에 도착할 무렵, 모든 코만치들의 얼굴에는 어떤 여자들은 언제 집에 돌아가야 하는지를 모른단 말이야, 하고 말하는 듯한 표정이 어려 있었다. 그리고 정말 설상가상으로, 다른 코만치 한 명과 내가 어느 팀이 먼저 필드를 맡을 것인가를 결정하기 위해서 동전 던지기를 하고 있을 때 메리 허드슨이 자기도 게임에 끼고 싶다는 욕망을 욕심스럽게 밝혔다. 그에 대한 반응은 그 이상 더 딱 부러진 것일 수가 없었다. 전에는 단순히 그녀의 여자 근성을 빤히 바라볼 뿐이었다면, 이제 우리는 그것을 눈을 부릅뜨고 쳐다보게 되었다. 그녀는 우리에게 미소로 답했다. 사람을 약간 당황하게 만드는 미소였다. 이윽고 추장이 전부터 잘 감춰두었던 고충 전담 처리 능력을 드러내면서 그 일을 떠맡고 나섰다. 추장은 메리 허드슨을 구석으로, 우리 코만치들이 들을 수 없는 곳으로 데리고 갔다. 그녀에게 진지하고 합리적으로 설교를 하는 것 같았다. 마침내 메리 허드슨이 추장의 말을 가로막고 나섰다. 그녀의 목소리는 우리 코만치들에게 깡그리 들렸다.

"하지만 난 할래. 나도 게임 하고 싶단 말이야!"

추장은 고개를 끄덕였지만 다시 설득을 시작했다. 그는 흠뻑 젖어 웅덩이가 파인 내야 쪽을 가리켰다. 그리고 정식 배트를 집어들고는 그게 얼마나 무거운지 보여주었다.

"상관없어."

메리 허드슨이 딱 부러지게 말했다.

"난 곧장 뉴욕으로 와서 치과에 가는 등 여러 가지 일을 했어. 그러니까 게임도 할 거야."

추장은 고개를 끄덕이고는 포기하고 말았다. 그는 코만치들의 용사팀과 전사팀이 기다리고 있는 본부로 조심스럽게 건너와서는 나를 바라보았다. 나는 전사팀의 주장이었다. 그는 아파서 집에 남아 있는 우리 팀의 정규 중견수 이름을 말하더니 메리 허드슨이 그 자리를 맡는 게 어떠냐고 제안했다. 나는 중견수는 필요 없다고 말했다. 추장은 중견수가 필요 없다니 그게 무슨 빌어먹을 말이냐고 내게 물었다. 나는 충격을 받았다. 추장이 욕하는 것을 들은 건 그때가 처음이었다. 그보다 더한 것은, 메리 허드슨이 나를 향해 미소짓는 것을 느낄 수 있었다는 것이다. 나는 평정을 찾기 위해 돌멩이 하나를 집어들어 건너편 나무를 향해 던졌다.

우리 팀이 먼저 수비를 하게 되었다. 1회초에는 중견수에게 아무 일도 없었다. 나는 내 위치인 1루에서 가끔씩 뒤쪽을 힐끔힐끔 바라보았다. 내가 그럴 때마다 메리 허드슨은 즐거운 듯 나에게 손을 흔들어 보였다. 그녀는 자신이 옹고집으로 선택한 포수 글러브를 끼고 있었다. 끔찍한 모습이었다.

메리 허드슨은 전사팀의 타순에서 아홉번째였다. 내가 그렇게 배정되었다고 알려주자 그녀는 얼굴을 약간 찡그리면서 "그래, 그렇다면 빨리빨리나 해"라고 말했다. 그리고 실제로 우리는 빨리빨리 하는 것 같았다. 그녀가 1회에 치게 되었던 것이다. 그녀는 임시로 비버 코트―그리고 포수 장갑도―를 벗고 짙은 갈색 정장 차림 그대로 타자석으로 나아갔다. 내가 배트를 넘겨주자 그녀는 배트가 왜 이렇게 무겁냐고 물었다. 추장이 타자 뒤편의 심판원 위치를 떠나 앞으로 나왔다. 그는 메리 허드슨에게 배트 끝을 오른쪽 어깨에 얹으라고 말했다.

"알았어."

그녀가 말했다.

그는 그녀에게 배트를 너무 꽉 얹어놓지 말라고 말했다.

"그러고 있어."

그녀가 말했다.

추장은 눈으로 공을 똑바로 주시하라고 그녀에게 말했다.

"그럴게."

그녀가 말했다.

"비켜 서."

그녀는 자신을 향해 날아온 첫 공을 향해 힘차게 배트를 휘둘러 좌익수의 머리 위로 날려보냈다. 그 공은 2루타에 알맞은 것이었지만, 메리 허드슨은 3루까지 달려가 두각을 나타냈다. 나의 놀라움이, 나의 경외감이, 그 다음으로 나의 기쁨이 사그라졌을 때 나는 추장을 건너다보았다. 그는 타자 뒤에 서 있다기보다는 타자 위에 떠 있는 듯 보였다. 그는 완전히 행복한 남자였다. 3루에서 메리 허드슨이 내게 손을 흔들어 보였다. 거기에 답하기 위해 나도 손을 흔들었다. 원하지 않았다 해도 나는 그렇게 하지 않을 수 없었을 것이다. 막강한 타력 말고도, 그녀는 3루에서 누군가에게 손을 흔들어 보일 줄 아는 그런 여자였다.

남은 시합 동안 그녀는 기회가 있을 때마다 출루했다. 어떤 이 유에선지 그녀는 1루를 혐오하는 듯 보였다. 1루에 그녀를 묶어 둘 도리가 없었다. 적어도 세 번, 그녀는 2루로 도루했다.

 그녀의 수비는 형편없었지만, 꽤 많은 득점을 올리고 있던 우리는 그것에 심각하게 신경을 쓰지는 않았다. 다른 것은 아무래도 좋았다. 그 포수 글러브만 끼지 않고 공을 잡으러 뛰어다녔다면 그녀의 수비는 훨씬 나았을 것이다. 하지만 그녀는 도무지 그 글러브를 벗으려 들지 않았다. 그것이 귀엽다는 것이었다.

 다음 한 달여 동안, 그녀는 일 주일에 두 번씩(보아하니 치과에 예약이 있을 때인 것 같았다) 코만치들과 야구 시합을 했다. 어떤 날은 버스 오는 시간에 맞춰 나왔고, 어떤 날은 늦기도 했다. 때로 그녀는 버스 안에서 매우 빠르게 지껄였고, 때로는 그냥 앉아서 허버트 태리턴 궐련(코르크 모양의 필터가 있는)을 피웠다. 버스 안에서 그녀 곁에 앉아 있으면 근사한 향수 냄새가 났다.

 4월의 어느 겨울 같은 날, 추장은 평소처럼 오후 세시에 암스테르담 가 109번 도로로 버스를 몰고 와 우리를 태운 뒤 사람으로 꽉 찬 버스를 110번가에서 동쪽으로 돌려 늘 하던 대로 5번가를 따라 순회했다. 평소와 달리 그의 머리칼은 젖은 채로 빗질되어 있었고, 가죽 스포츠 재킷 대신 오버코트를 입고 있었다. 그래서 나는 메리 허드슨이 우리와 합류하기로 되어 있을 거라고 상황에 맞게 추정했다. 버스가 늘상 그렇듯 공원 입구를 지나 뿡뿡거리며 나아갈 때, 나는 그것을 더욱 확신했다.

추장은 60번가 모퉁이 맞춤한 장소에 버스를 주차시켰다. 그런 다음, 코만치들이 지루하지 않게 시간을 보내게 하기 위해 의자에서 몸을 뒤로 돌리고 양다리를 벌리고 앉아 「웃는 남자」의 새로운 일 회분 이야기 보따리를 풀어놓았다. 나는 그 마지막 일 회분을 아주 세세한 것까지 기억하고 있거니와, 그 이야기의 개요를 잠깐 이야기해야만 하겠다.

어떤 일련의 상황에 이끌려, 웃는 남자의 가장 친한 친구인 '검은 날개' 이리가 뒤파르주 부녀가 장치해놓은 물리적이고 지능적인 함정에 빠지게 되었다. 웃는 남자의 강한 의리를 잘 알고 있는 뒤파르주 부녀는 그의 자유와 검은 날개의 자유를 맞바꾸자고 제안했다. 웃는 남자는 확고한 믿음을 주면서 그 조건에 응했다. (그가 지닌 재능 중 좀 덜 중요하다 싶은 것들은 종종 원인을 알 수 없는 소소한 장애를 겪곤 했다.) 자정에 웃는 남자는 파리를 빙 둘러싼 밀림의 한 특정 구역에서 뒤파르주 부녀를 만나도록 되어 있었고, 달빛 아래에서 검은 날개는 풀려날 것이었다. 그렇긴 하지만 뒤파르주 부녀는 검은 날개를 풀어줄 생각이 전혀 없었다. 그들은 검은 날개를 두려워하고 혐오했다. 거래를 하기로 한 그날 밤, 뒤파르주 부녀는 검은 날개를 대신할 대역을 검은 날개처럼 보이도록 하기 위해 먼저 왼쪽 뒷다리를 눈처럼 하얗게 염색하여 밧줄에 매달았다.

하지만 뒤파르주 부녀가 미처 계산에 넣지 못한 것이 두 가지 있었다. 하나는 웃는 남자의 감수성이요, 다른 하나는 그의 이리 언어 구사 능력이었다. 뒤파르주의 딸이 철사를 이용해서 그의 몸을 나무에 묶자마자, 왠지 모르지만 그래야만 할 것 같은 느낌이 든 웃는 남자는 고운 선율이 섞인 아름다운 목소리를 드높여, 자기의 오랜 친구로 추정되는 이리에게 몇 마디 작별의 말을 전했다. 환한 달빛 아래 몇 야드 떨어져 있던 대역 이리는 그 낯선 사람의 이리 언어 구사 능력에 깊은 인상을 받았고, 웃는 남자가 들려주는 아주 사적이면서도 전문적인 조언에 잠시 공손히 귀를 기울였다. 하지만 마침내 초조해진 대역 이리는 이쪽 발에서 저쪽 발로 체중을 옮기기 시작했다. 돌연, 그리고 다소 기분 나쁘게, 대역 이리는 웃는 남자의 말을 가로막고서, 우선 자기 이름은 어두운 날개, 검은 날개, 회색 날개 따위가 아니라 아르망이며, 둘째로 자기는 평생 중국에 가본 적도 없고 갈 생각도 전혀 없다고 말했다.

노발대발한 웃는 남자는 혀로 가면을 밀쳐내고는 달빛을 받으며 자신의 맨얼굴을 뒤파르주 부녀에게 들이댔다. 뒤파르주의 딸은 그만 차갑게 기절해버렸다. 그녀의 아버지의 반응은 그보다

나은 편이었다. 그는 우연히도 그 순간 늘 했던 대로 또 한바탕 기침 발작을 하는 중이었고 그래서 그 치명적인 얼굴을 보지 못한 것이다. 기침 발작이 끝난 뒤, 자기 딸이 달빛 비치는 땅바닥에 등을 대고 뻗어 있는 것을 본 뒤 파르주는 한 손으로 눈을 가리고서 웃는 남자의 무겁고 쉭쉭거리는 숨소리를 향해 자동 권총을 발사했다.

그 회분의 이야기는 거기서 끝났다.

추장은 호주머니에서 잉거솔 시계를 꺼내 들여다보고는 이윽고 자기 좌석에 획 돌아앉아 시동을 걸었다. 나는 내 시계를 체크해보았다. 거의 네시 반이었다. 버스가 앞으로 나아가기 시작할 때 나는 추장에게 메리 허드슨을 기다릴 게 아니냐고 물었다. 그는 대답하지 않았고, 내가 다시 질문을 하기도 전에 머리를 뒤로 젖히고 우리 모두를 향해 말했다.

"이 염병할 버스 안에서는 조용히들 좀 해라."

다른 무엇을 뜻한 건지는 몰라도, 그건 애당초 말이 안 되는 명령이었다. 버스는 내내 아주 조용했고, 그 순간에도 그랬다. 거의 대부분의 아이들이 웃는 남자의 나머지 이야기에 대해 생각하고 있었다. 우린 이미 오래 전에 그에 대한 걱정을 떠나보냈지만—그 점에 대해서라면 우린 그를 지나치리만큼 신뢰하고 있었다—그에게 닥친 가장 위험한 순간을 그저 조용히 받아들이고 말 수는 없었다.

그날 오후 야구 시합이 3회인가 4회를 지날 때, 1루에 있던 나는 메리 허드슨을 알아보았다. 그녀는 내 왼쪽으로 백 야드쯤 떨어진 벤치 위, 유모차를 끌고 온 베이비시터들 사이에 끼여 앉아 있었다. 그녀는 비버 코트를 입고 담배를 피우고 있었는데, 우리가 시합하는 쪽을 바라보고 있는 것 같았다. 그녀를 발견했다는 사실에 흥분한 나는 그 소식을 투수 뒤에 있던 추장에게 고함쳐서 알렸다. 완전히 뛰는 것은 아니었지만 그는 허둥지둥 내 앞으로 다가왔다.

"어디?"

나는 다시 손가락으로 가리켰다. 그는 잠시 맞은편을 응시하다가 이윽고 잠시 후에 돌아오겠다고 말하면서 필드를 떠났다. 그는 천천히 걸으면서 오버코트 단추를 열었고, 두 손을 바지 뒷주머니에 집어넣었다. 나는 1루 베이스 위에 앉아 지켜보았다. 추장이 메리 허드슨에게 다다랐을 때쯤, 그의 오버코트 단추는 도로 닫혀 있었고 두 손은 양옆에 내려와 있었다.

추장은 약 오 분 동안 그녀 앞에 서서 그녀에게 뭔가를 이야기하는 것 같았다. 이윽고 메리 허드슨이 일어섰고 두 사람은 야구장을 향해 걸어왔다. 걸으면서 어떤 얘기도 나누지 않았고 서로 쳐다보지도 않았다. 두 사람이 필드에 이르렀을 때, 추장은 투수 뒤의 자기 자리로 돌아갔다. 나는 그를 향해 고함을 쳤다.

"메리는 시합 안 해요?"

추장은 내게 내 베이스나 지키라고 말했다. 나는 베이스를 지키면서 메리 허드슨을 주시했다. 그녀는 비버 코트 호주머니에 두 손을 찔러넣은 채 투수석 뒤에서 천천히 걷다가 마침내 3루 바로 뒤에 있는, 순위를 배정받지 못한 선수들이 앉는 벤치에 앉았다. 그러고는 다시 담배 한 개비에 불을 붙이고 다리를 꼬았다.

전사팀의 공격 차례가 되었을 때, 나는 그녀가 앉아 있는 벤치로 건너가 좌익수로 뛰고 싶지 않냐고 물었다. 그녀는 고개를 가로저었다. 나는 그녀에게 감기에 걸렸냐고 물었다. 그녀는 이번에도 역시 고개를 가로저었다. 좌익수 자리에 아무도 없다고 나는 그녀에게 말했다. 한 녀석이 센터 필드와 좌익수 자리를 동시에 지키고 있다고. 그렇게 알려줘도 그녀는 전혀 반응이 없었다. 나는 1루수 글러브를 공중으로 던져올린 다음 내 머리로 받으려고 해봤지만, 그것은 진흙 웅덩이에 떨어지고 말았다. 나는 글러브를 바지에 쓱 닦고 그녀에게 언제 우리집에 와서 저녁이라도 함께 하자고 말했다. 그녀에게 추장이 우리집에 자주 온다고 말했다.

"날 가만 내버려둬. 제발 그냥 내버려두라고."

그녀가 말했다.

나는 그녀를 빤히 바라보다가, 이윽고 전사팀의 벤치 쪽을 향해 허겁지겁 가면서 호주머니에서 귤을 꺼내 공중으로 던져올렸다. 3루 베이스 파울 라인 중간쯤에서, 나는 뒤돌아서서 손에 귤을 꼭 쥔 채 메리 허드슨을 바라보며 뒷걸음질치기 시작했다. 추장과 메리 허드슨 사이에 무슨 일이 벌어졌는지 아무것도 알 수 없었지만(지금까지도 아주 어렴풋한 추측 외에는 아무것도 알지 못한다), 메리 허드슨이 코만치 팀에서 영원히 빠져버렸다는 것만은 확신할 수 있었다. 개별적인 사실들에 의존한 것은 아니지만 거기에는 일종의 완벽한 확신이 있었고, 따라서 나의 뒷걸음질은 평소보다 훨씬 위태로웠다. 그러다가 결국 유모차에 쿵 부딪히고 말았다.

또 한 회가 지났다. 수비를 하기에는 햇빛이 좋지 않아졌다. 시합은 중단되었고, 우리는 야구 용품들을 챙기기 시작했다. 내가 마지막으로 메리 허드슨을 유심히 바라보았을 때, 그녀는 3루 베이스 근처에서 울고 있었다. 추장이 그녀의 비버 코트 소매를 잡았지만, 그녀는 그에게서 빠져나왔다. 그녀는 야구장에서 벗어나 시멘트 길로 올라 계속 달렸고, 마침내 더이상 그녀를 볼 수 없게 되었다. 추장은 그녀를 따라가지 않았다. 그는 그대로 선 채 그녀가 사라지는 모습을 지켜보았다. 이윽고 그는 몸을 돌려 홈으로 걸어와, 야구 배트 두 자루를 집어들었다. 우리는 늘 야구 배트 두 자루는 그가 들고 가도록 남겨두곤 했다. 나는 추장에게 가서 메리 허드슨과 싸웠냐고 물었다. 그는 내게 삐져나온 셔츠 자락이나 잘 집어넣으라고 말했다.

언제나처럼, 우리 코만치들은 버스가 주차되어 있는 곳까지 마지막 몇백 피트를 달려가면서 고함치고, 밀치고, 목조르기를 했지만, 그러면서도 「웃는 남자」를 위한 시간이 돌아왔다는 사실을 예민하게 느끼고 있었다. 5번가를 줄달음쳐 가로지르다가 누군가 남아도는 것인지 아니면 버리는 것인지, 어쨌든 자기 스웨터를 떨어뜨렸다. 거기에 발이 걸린 나는 볼썽사납게 벌러덩 쓰러졌다. 무사히 버스에 오르긴 했지만, 그 무렵 가장 좋은 자리들은 이미 남들의 차지가 되었고, 그래서 나는 버스 중간쯤에 앉을 수밖에 없었다. 어이없는 낙찰에 심술이 난 나는 내 오른쪽에 앉아 있는 녀석의 갈비뼈를 팔꿈치로 쿡 찔렀고, 이윽고 주위를 두리번거리다가 5번가를 건너는 추장을 지켜보게 되었다. 아직 어둠이 내려앉지는 않았지만, 다섯시 십오분의 어스름이 시작되고 있었다. 추장은 코트 깃을 세우고, 왼쪽 겨드랑이에 야구 배트를 낀 채, 거리에 신경을 집중시키고서 길을 건너고 있었다. 낮에는 젖은 채 빗질되어 있던 그의 검은 머리칼이 이제 푸석푸석하게 말라 바람에 휘날렸다. 추장이 글러브를 갖고 있었더라면 좋았을걸 하고 생각했던 게 기억난다.

그가 버스에 올라탔을 때, 버스 안은 평소처럼 조용했다 — 어쨌거나 객석 조명이 유난히 흐릿한 극장만큼이나 조용했다. 대화는 성급한 속삭임으로 끝나거나 아니면 완전히 차단되었다. 그럼에도 추장이 우리에게 건넨 첫 마디는 "자, 그만들 떠들지 않으면 이야기는 없어"였다. 무조건적인 침묵이 단숨에 버스 안을 꽉 메웠고, 추장은 이야기 들려주는 자세를 취하는 것 외에 그 어떤 대안도 가질 수 없었다. 자세를 잡은 그는 손수건을 꺼내 한 번에 한 쪽 콧구멍씩 꼼꼼히 코를 풀었다. 우리는 침착함을, 심지어 어느 정도는 관객으로서의 흥미를 가지고 그를 지켜보았다. 그는 손수건을 깔끔하게 사분의 일 크기로 접어 도로 호주머니에 집어넣었다. 그런 다음 새로운 일 회 분량의 「웃는 남자」를 들려주었다. 시작부터 끝까지 그것은 오 분 이상 걸리지 않았다.

뒤파르주의 총알들 중 네 개가 웃는 남자를 맞혔는데, 그중 두 발이 그의 가슴을 관통했다. 웃는 남자의 얼굴을 보지 않으려고 여전히 눈을 가리고 있던 뒤파르주는 자신의 목표물이 있는 곳으로부터 고통을 토해내는 이상한 소리를 들었을 때 지나치게 흥분했다. 웃는 남자의 검은 가슴이 사납게 고동치는 가운데, 그는 의식을 잃은 자기 딸에게 황급히 달려가 그녀를 깨어나게 했다. 환희와 비겁한 용기로 제정신을 잃은 두 사람은 이제 감히 눈을 들어 웃는 남자를 바라보았다. 그의 머리는 죽은 듯 숙여져 있었고,

턱은 피투성이의 가슴에 놓여 있었다. 천천히, 탐욕스럽게, 아버지와 딸은 그들의 약탈물을 검사하기 위해 앞으로 나왔다. 상당히 놀라운 일이 그들을 기다리고 있었다. 웃는 남자는 죽기는커녕 은밀한 방법으로 분주하게 복부 근육을 수축시키고 있었던 것이다. 뒤파르주 부녀가 유효 거리 안에 들어왔을 때, 웃는 남자는 갑자기 얼굴을 들어 끔찍한 웃음을 띠었고, 네 개의 총알을 말끔히, 심지어 꼼꼼하게 모두 되뱉어냈다. 이 재주는 뒤파르주 부녀가 감당하기에 너무 큰 충격이었다. 그들은 문자 그대로 심장이 터져 웃는 남자의 발치에 쓰러져 죽었다. (이 일 회분이 어찌 되었든 짧게 마무리 될 예정이었다면, 여기서 끝날 수도 있었을 것이다. 코만치들은 어쨌든 뒤파르주 부녀의 갑작스런 죽음을 추론해 낼 수 있었을 테니까. 하지만 이야기는 거기서 끝나지 않았다.) 하루 또 하루가 갔지만 웃는 남자는 발치에 썩어가는 뒤파르주 부녀의 시체를 둔 채 여전히 나무에 철사로 매달려 있었다. 피를 아주 많이 흘린 그는 죽음의 문턱에 점점 가까워졌다. 어느 날 그는 거친, 그러나 남의 마음을 움직이는 목소리로, 숲속 짐승들에게 도움을 호소했다. 그는 짐승들을 모아 사랑스러운 난쟁이 옴바를 불러달라고 말했다. 짐승들은 그의 말을 따랐다. 하지만 그것은 파리와 중국 국경을 왔다갔다하는 긴 여행이었고, 그래서 옴바가 의료기구와 신선한 독수리 피를 갖고 현장에 나타났을 때 웃는 남자는 이미 혼수상태였다. 옴바의 첫번째 자비 행위는 구더기가 우글거리는 뒤파르주의 딸의 몸통으로 날아간 주인의 가면을 되찾아주는 것이었다. 그는 존경스럽게도 가면을 주인의 흉한 얼굴 위에 올려놓았고, 그런 다음 상처를 치료하는 일에 착수했다.

웃는 남자가 마침내 그 작은 눈을 떴을 때, 옴바는 독수리 피가 든 작은 유리병을, 열성을 다해 웃는 남자의 가면 쪽으로 들어올렸다. 그러나 웃는 남자는 그것을 마시지 않았다. 대신 그는 자기가 사랑하는 검은 날개의 이름을 약하게 발음했다. 옴바는 약간 비뚤어진 머리를 숙이고서 주인에게 뒤파르주 부녀가 검은 날개를 죽였다는 사실을 말해주었다. 이상한, 가슴이 터지는 듯한 결정적인 슬픔의 헐떡임이 웃는 남자로부터 솟아나왔다. 그는 핏기 없는 손을 뻗쳐 독수리 피가 담긴 작은 유리병을 부숴버렸다. 남아 있던 얼마 안 되는 독수리 피가 그의 손목을 타고 가냘프게 방울져 내렸다. 그가 옴바에게 얼굴을 돌리라고 명령하자 옴바는 흐느끼면서 그 명령에 따랐다. 피로 얼룩진 땅바닥으로 얼굴을 돌리기 전에 그가 한 마지막 행동은 가면을 벗는 일이었다.

물론, 이야기는 거기서 끝났다. (그것은 절대로 반복되지 않을 것이다.) 추장이 시동을 걸었다. 버스 가운데 통로를 사이에 두고 맞은편에 있던, 모든 코만치들 중 가장 어린 꼬마 빌리 월시가 울음을 터뜨렸다. 나는 그때 무릎을 떨고 있었다고 기억한다.

몇 분 뒤 버스에서 내렸을 때 우연히도 내 눈에 처음 띈 것은 가로등 밑바닥에 붙은 채 바람에 펄럭거리는 한 장의 붉은 휴지였다. 그것은 누군가의 양귀비 꽃잎 가면 같았다. 나는 주체할 수 없이 이를 덜덜 떨면서 집으로 돌아와, 곧장 잠자리에 들라는 말을 들었다.

작은
보트에서

"아가, 유대인이 뭔지 아니?"

이윽고 그의 대답이 부부의 따뜻한 목으로 전해졌다.

"유대인이란 공중으로 올라가는 것들 중 하나야.

엄마가 잡고 있는 그 끈에 매달려서."

그것은 어느 인디언 서머* 오후 네시가 조금 지났을 때의 일이었다. 하녀 산드라는 정오 이후 열다섯 번에서 스무 번쯤 호수 쪽을 향한 부엌 창가에서 입을 꼭 다문 채 서 있다가 돌아오곤 했다. 그러더니 이번에는 다시 창가를 떠나면서 앞치마 끈을 멍하니 풀었다 맸다 하더니 그 풍만한 허리선에 아직 남아 있는 느슨한 부분을 짧게 줄였다. 그런 다음 법랑 탁자로 되돌아가 스넬 부인의 맞은편 자리에 앉았다. 청소와 다림질을 끝낸 스넬 부인은 버스 정류장까지 걸어내려가기 전에 늘 그렇듯 차 한 잔을 마시고 있었다. 스넬 부인은 모자를 쓰고 있었다. 그것은 그녀가 이번 여름은

---

* 늦가을의 봄날 같은 화창한 날씨.

아니고, 지난 삼 년 여름 내내 썼던 검은 펠트 천으로 만든 흥미로운 모자였다—기록적인 열기와 삶의 변화 속에서, 수십 개의 다리미판을 거치고 수십 개의 진공 청소기를 지휘한. 해티 카네기 상표는 빛바랜 채 그러나 (이렇게 말해도 될 법한데) 구겨지지 않은 채 아직 모자 안에 붙어 있었다.

"그 일에 대해서는 걱정 안 해요."

스넬 부인에게뿐 아니라 자기 자신에게도 이르는 듯 벌써 다섯 번인가 여섯번째로 산드라가 말을 꺼냈다.

"난 마음을 정했어요. 그 일에 대해서는 걱정하지 않기로요. 걱정해서 뭐 해요?"

"맞아. 나라도 안 할 거야. 정말로 말이야. 내 가방 좀 줄래?"

스넬 부인이 말했다.

지극히 낡은, 그리고 안에는 모자 속에 붙은 것 못지않게 인상적인 라벨이 붙어 있는 가죽 핸드백은 식기대 위에 놓여 있었다. 산드라는 일어서지 않고도 그 핸드백에 손이 닿았다. 그녀는 탁자 너머로 핸드백을 스넬 부인에게 건네주었다. 스넬 부인은 핸드백을 열어 멘톨 담배 한 갑과 스토크 클럽의 접이식 성냥갑을 꺼냈다.

스넬 부인은 담배에 불을 붙였고, 그런 뒤 찻잔을 입에 가져갔지만 금세 받침접시 위에 내려놓았다.

"이게 빨리 식지 않으면 버스를 놓치겠는걸."

그녀는 산드라를 건너다보았다. 산드라는 구리 손잡이가 달린 스튜 냄비들이 늘어선 벽 근처 막연한 방향을 무겁게 응시하고 있었다.

"그 일 걱정은 그만 해."

스넬 부인이 말했다.

"걱정해봐야 무슨 소용이야? 그 녀석이 제 엄마에게 말을 하거나 하지 않거나, 둘 중 하나일 텐데. 그뿐이잖아. 걱정해봐야 무슨 소용이 있겠어?"

"그 일에 대해 걱정하고 있는 게 아니에요."

산드라가 대답했다.

"정말이에요. 다만 그 녀석이 온 집 안을 살금살금 돌아다니는 모습이 날 미치게 만들어요. 그 녀석 소리는 들리지도 않아요. 있잖아요, 내 말은 아무도 그애 소리를 들을 수 없다는 거예요. 요 전날 바로 여기 이 테이블에서 콩깍지를 까고 있었는데, 그만 그애 손을 밟을 뻔했어요. 그애가 테이블 바로 아래 앉아 있더라구요."

"글쎄, 나라면 걱정하지 않겠어."

"내 말은 그애가 주위에 있을 때는 말 한마디 한마디 하는 게 무척 부담스럽단 말이에요."

산드라가 말했다.

작은 보트에서

"그게 날 미치게 만들어요."

"이거 아직도 못 마시겠네…… 그것 참 끔찍한 일이네. 말 한마디 하기가 부담스럽다면 말이야."

스넬 부인이 말했다.

"그게 날 미치게 만든다니까요! 정말이에요. 난 항상 절반쯤은 미쳐 있어요."

산드라는 있지도 않은 빵 부스러기를 무릎에서 쓸어내며 코웃음을 쳤다.

"네 살배기 사내녀석이!"

"꽤 잘생긴 애지. 그 커다란 갈색 눈 하며 모든 게."

스넬 부인이 말했다.

산드라는 다시 코웃음을 쳤다.

"그앤 제 아버지와 똑같은 코를 가졌어요."

그녀는 자기 잔을 들어올려 아무 어려움 없이 마셨다.

"난 이 집안 사람들이 무엇 때문에 시월 내내 여기 올라와 지내고 싶어하는지 모르겠어요."

찻잔을 내려놓으며 산드라가 불만스럽게 말했다.

"내 말은 그들 중 아무도 물가 근처에는 가지도 않는단 말이에요. 그애 엄마도 들어가지 않고, 그애 아빠도 그렇고, 그 꼬마녀석도 안 들어가요. 이젠 아무도 들어가지 않아요. 그들은 더이상 그 미친 보트를 갖고 나가지 않는다구요. 도대체 무엇 때문에 그 많은 돈을 처들였는지 모르겠어요."

"난 네가 어떻게 차를 마실 수 있는지 모르겠어. 내 건 입도 대기 힘든데 말야."

산드라는 맞은편 벽을 증오에 찬 눈으로 바라보았다.

"시내로 돌아가게 되면 정말 기쁠 텐데. 농담하는 게 아니에요. 난 이 미친 곳이 아주 싫어요."

그녀는 스넬 부인에게 적의에 찬 시선을 보냈다.

"아주머니는 괜찮죠. 아주머니는 일 년 내내 여기 사니까. 아주머니는 여기에서 사교생활이며 뭐며 다 하잖아요. 그러니까 상관없죠."

"이게 날 죽인다 해도 마셔야겠어."

전기 스토브 위의 시계를 바라보며 스넬 부인이 말했다.

"아주머니가 내 입장이라면 어떻게 하겠어요?"

산드라가 돌연 물었다.

"아주머니 같으면 어떻게 하겠느냐구요. 솔직히 말해봐요."

이는 스넬 부인이 족제비 코트처럼 잽싸게 걸쳐입을 만한 질문이었다. 그녀는 결연한 태도로 자신의 찻잔을 내려놓았다.

"글쎄, 우선 그것에 대해 걱정하지 않겠어. 나라면 어떻게 하겠느냐 하면, 찾아보겠어, 다른……"

그녀가 말했다.

"그걸 걱정하는 게 아니에요."

산드라가 가로막았다.

"그건 나도 알아. 하지만 나라면 어떻게 하겠느냐 하면, 난 그냥 내게……"

식당 쪽 흔들문이 열렸고, 그 집 여주인 부부 탄넨바움이 부엌으로 들어왔다. 그녀는 스타일도 색깔도 없이 부석거리는 머리칼을 커다란 귀 뒤로 넘긴, 엉덩이가 거의 없다시피 한 스물다섯 살의 여자였다. 그녀는 무릎 길이의 청바지에 검정색 터틀넥 스웨터, 그리고 양말과 간편한 신발 차림이었다. 장난스런 이름 하며 전체적으로 예쁘지 않은 것은 별도로 하고, 그녀는 영원히 기억할 만하며 터무니없이 민감하고 좁다란 얼굴을 가졌다는 점에서 끝내주게 매력적인 여자였다. 그녀는 곧장 냉장고로 가서 문을 열었다. 두 다리를 벌리고 두 손은 무릎에 얹은 채 냉장고 안을 빤히 바라보면서, 그녀는 가락도 맞지 않는 휘파람을 이 사이로 불고 엉덩이를 제멋대로 흔들며 박자를 맞추었다. 산드라와 스넬 부인은 침묵하고 있었다. 스넬 부인은 서두르지 않고 담배에 불을 붙였다.

"산드라……"

부부가 말했다.

"네, 아주머니?"

산드라는 스넬 부인의 모자를 흘낏 바라보며 대답했다.

"피클 더 없니? 그애에게 피클 하나 가져다주고 싶은데."

"그애가 다 먹었어요. 어젯밤 잠자리에 들기 전에요. 두 개밖에 없었는데 말예요."

산드라가 총명하게 대답했다.

"아, 그럼 역에 갈 때 사와야겠네. 어쩌면 그걸 미끼로 그애를 보트에서 나오게 할 수 있을 것 같아서 말야."

부부는 냉장고 문을 닫고 걸어가 호수에 면한 창 밖을 내다보았다.

"다른 거 뭐 필요한 거 있니?"

그녀가 창가에서 물었다.

"그냥 빵만요."

"스넬 부인, 당신에게 줄 수표는 현관 테이블 위에 놓아뒀어요."

"네, 듣자 하니 라이오넬이 달아나버린 모양이군요."

스넬 부인이 짧게 웃었다.

"분명히 그런 것 같죠?"

부부가 대답하고는 두 손을 바지 뒷주머니에 슬쩍 집어넣었다.

"아주 멀리 달아나지는 않았을 거예요."

다시 한번 짧게 웃으며 스넬 부인이 말했다.

부 부는 창가에서 자세를 조금 바꾸었다. 그러자 그녀의 등은 더이상 테이블의 두 여자를 똑바로 향하지 않게 되었다.

"그래요."

그녀가 말했다. 그런 다음 머리칼 몇 가닥을 귀 뒤로 넘겼다. 무슨 정보라도 주듯, 그녀가 덧붙였다.

"그애는 두 살이 지났을 때부터 규칙적으로 집을 나가곤 했어요. 하지만 기를 쓰고 그랬던 건 절대 아니에요. 시내에서 가장 멀리 가봤댔자 센트럴 파크의 산책로가 고작이었어요. 집에서 불과 두 블록 떨어진 곳이었죠. 그애가 갔던 가장 멀지 않은—혹은 가장 가까운—곳은 우리 건물의 앞쪽 현관 입구였구요. 제 아빠에게 인사하려고 그 근처에서 어슬렁거렸던 거죠."

테이블의 두 여자는 웃었다.

"그 산책로는 거의 모든 뉴욕 사람들이 스케이트 타러 가는 곳이에요. 아이들뿐 아니라 모두요."

산드라가 스넬 부인에게 아주 사근사근하게 말했다.

"오!"

스넬 부인이 말했다.

"그게 그애가 겨우 세 살 때였어요. 바로 작년의 일이죠."

청바지 주머니에서 담배 한 갑과 접이식 성냥갑을 꺼내면서 부

부가 말했다. 그녀는 담배에 불을 붙였고, 두 여자는 활기찬 태도로 그녀를 지켜보았다.

"정말 흥분의 도가니였어요. 경찰 전체가 그애를 찾아나섰거든요."

"그래서 찾아냈나요?"

스넬 부인이 물었다.

"물론 찾았지요! 달리 어쨌겠어요?"

산드라가 경멸스럽게 말했다.

"이월 중순쯤이었다고 생각되는데, 밤 열한시 십오분에 경찰이 그애를 찾아낸 거예요. 공원에는 아이라고는 한 명도 없었어요. 짐작건대 강도들이나 뭐 그런 부류의 부랑자들만 배회하고 있었을 거예요. 그애는 야외 음악당 바닥에 앉아서 갈라진 바닥의 틈을 따라 구슬을 굴리고 있었어요. 절반쯤 얼어서 마치 죽을 것 같았는데, 뭐 같아 보였느냐 하면……"

"이런 세상에! 그런데 어쩌다 그랬다죠? 내 말은 무슨 일로 그애가 집을 나갔냐구요."

스넬 부인이 말했다.

부 부는 불완전한 도넛 모양의 담배연기 하나를 창틀에 뿜었다.

"그날 오후 그 공원에 있던 어떤 아이가 우리 애한테 다가와서 꿈처럼 이상한 이야기를 했다는 거예요. '꼬마야, 넌 악취를 풍겨'

작은 보트에서 155

라고 말이죠. 어쨌든 우리 애는 그 말 때문에 그런 짓을 한 거예요. 모르겠어요. 저로서는 좀 이해할 수 없는 일이에요."

"그애가 얼마나 오랫동안 그렇게 지냈어요?"

스넬 부인이 물었다.

"얼마나 오랫동안 그애가 그렇게 행동했냐구요."

"글쎄, 그애는 두 살 반 때 우리 아파트 지하에 있는 싱크대 밑을 은신처로 삼았어요. 저 아래 세탁실 말이에요. 나오미 뭐라던가ㅡ그애의 가까운 친구였죠ㅡ하는 애가 그애에게, 자기는 보온병 안에 구더기 한 마리를 갖고 있다고 말했다죠. 우리가 그애에게서 알아낼 수 있었던 건 그게 전부였어요."

부 부는 전기(傳記)를 들려주듯 말하고는 한숨을 쉬었다. 그리고 기다란 재가 붙어 있는 담배를 든 채 창가를 떴다. 그녀는 방충망이 쳐진 문을 향해 걷기 시작했다.

"또 한 번 그 일에 덤벼들어봐야겠어요."

그녀는 두 여자를 향해 작별 인사 삼아 말했다.

두 여자는 웃었다.

"밀드레드, 서두르지 않으면 버스 놓치겠어요."

여전히 웃으면서 산드라가 스넬 부인에게 말했다.

부 부는 밖으로 나간 뒤 방충망 문을 닫았다.

그녀는 낮게 뜬 채 반짝이는, 늦은 오후의 태양을 등에 받으면서, 앞뜰 잔디밭의 좁은 내리막길 위에 서 있었다. 2백 야드쯤 앞에서, 아들 라이오넬이 자기 아버지 보트의 선미에 앉아 있는 것이 보였다. 큰 돛대와 뱃머리의 삼각형 돛이 모두 벗겨진 그 작은 보트는 부두의 먼 끝과 완벽한 직각을 이룬 채 묶여서 둥실 떠 있었다. 그 너머 50여 피트쯤 떨어진 곳에는 누군가 잃어버렸거나 버린 수상스키가 뒤집어진 채 떠 있었지만, 유람선은 한 척도 보이지 않았다. 보이는 건 오직 리치 상륙장을 향해 가는 소형 증기선의 선미뿐이었다. 부 부는 이상하게도 라이오넬을 시야의 고른 초점거리 안에 두고 있기가 어렵다는 것을 깨달았다. 태양은 특별히 뜨겁지는 않아도 무척 눈부셔서, 꽤 멀리 떨어진 상(像)은 어떤 것이든―소년 하나, 보트 하나―물 위에 뜬 막대처럼 흔들리고 굴절되어 보였다. 몇 분 뒤, 부 부는 그 상을 놓아버렸다. 그녀는 아미 스타일* 담뱃갑의 포장을 벗긴 뒤, 부두를 향해 걷기 시작했다.

10월이어서 부두의 교각들은 더이상 반사열로 그녀의 얼굴을 강타하지 못했다. 그녀는 〈켄터키 베이브〉를 휘파람으로 불며 걸었다. 부두 오른쪽 끝에 이르러, 그녀는 무릎에서 소리가 날 정도

---

* 담배 상표 이름.

로 털썩 웅크리고 앉아 라이오넬을 내려다보았다. 그는 그녀로부터 노 하나 길이만큼도 떨어져 있지 않았다. 그는 고개를 들지 않았다.

"어이, 친구. 해적. 더러운 강아지. 내가 다시 왔단다."

부 부가 말했다.

여전히 고개를 들지 않고 있던 라이오넬은 자신의 항해 실력을 보여달라는 요청이라도 받은 듯 보였다. 그는 전원이 끊긴 키 손잡이를 곧장 오른쪽으로 휙 돌리더니, 금세 도로 자기 옆구리 쪽으로 잡아당겼다. 그는 오로지 보트의 갑판에만 눈길을 주고 있었다.

"본인이다. 해군 중장 탄넨바움. 글래스* 가(家) 태생. 검문 있겠다."

부 부가 말했다. 그러나 아무런 반응이 없었다.

"엄마는 해군 중장이 아니야. 엄마는 여자야."

라이오넬이 말했다.

그가 말하는 문장들은 대개 호흡이 불완전하여 적어도 한 번은 쉬는 틈이 있었고, 그래서 그가 힘주어 한 말들은 종종 올라가는 게 아니라 가라앉아버렸다. 부 부는 그의 음성을 귀로 들을 뿐만

---

* 부 부 탄넨바움의 처녀 시절 성(姓). 글래스 일가의 이야기는 샐린저의 또다른 작품 『목수들아, 대들보를 높이 올려라』에 등장한다.

아니라 눈으로도 보는 것 같았다.

"누가 네게 그런 말을 했니? 누가 너한테 엄마는 중장이 아니라고 말하던?"

라이오넬이 대답을 했지만, 잘 들리지 않았다.

"누가?"

부 부가 물었다.

"아빠가."

여전히 웅크리고 앉은 자세로, 부 부는 균형을 잡기 위해 두 다리 사이에 왼손을 집어넣어 부두 교각을 잡았다.

"네 아빠는 멋진 사람이야. 하지만 모르긴 해도 아빠는 엄마가 아는 한 가장 덩치 큰 신출내기 선원이야. 내가 여자라는 건 틀림없는 사실이지. 그건 사실이야. 하지만 엄마의 진정한 직업은 처음도 마지막도 그리고 언제나 파도가 넘실거리는 그……"

"엄마는 해군 중장이 아니야."

라이오넬이 말했다.

"뭐라고 말했니?"

"엄마는 해군 중장이 아니라구. 엄마는 언제나 여자야."

짧은 침묵이 있었다. 라이오넬은 자기 배의 진로를 바꿈으로써 그 침묵을 메웠다. 그는 두 손을 사용해서 키의 손잡이를 잡았다. 그는 카키색 반바지에, 바이올린을 연주하는 타조 제롬*의 그림이 그려진 깨끗한 흰색 티셔츠를 입고 있었다. 그는 피부가 꽤 그을려 있었고, 색깔과 결이 엄마와 거의 흡사한 머리칼은 윗부분만 약간 그을린 채였다.

"많은 사람들이 엄마가 해군 중장이 아니라고 생각하지. 하지만 그건 단지 내가 그것에 대해 떠들지 않기 때문이야."

부 부가 그를 지켜보며 말했다.

그녀는 균형을 잡으면서 청바지 주머니에서 담배와 성냥을 꺼냈다.

"사람들에게 엄마의 계급에 대해서 얘기하고 싶은 마음이 절대 안 들거든. 특히 내가 말을 하는데도 날 쳐다보려고도 안 하는 조무래기 사내녀석들하고는. 만약 그랬더라면 한창 젊은 시절에 군대에서 쫓겨났을 거야."

그녀는 갑자기 일어나 터무니없이 몸을 꼿꼿이 하고 서서, 오른손 엄지와 집게손가락으로 타원을 만들어 아직 불을 붙이지 않은 담배를 입에 가져갔다. 그러고는 장난감 피리를 불듯 집합을 알리는 나팔 소리를 냈다. 라이오넬이 순간적으로 고개를 들었다. 십중팔구 그 나팔 소리가 가짜라는 것을 알았겠지만, 그럼에도 그는 깊이 자극을 받은 것처럼 보였다. 그의 입이 쫙 벌어졌던

---

* 미국 월트 디즈니 사의 캐릭터. '타조 오스카' 라는 이름으로도 알려져 있다.

것이다. 부 부는 그런 나팔—소등 나팔과 기상 나팔을 묘하게 합친—을 세 번 연속 불었다. 그런 다음 맞은편 해안선을 향해 엄숙하게 경례를 붙였다. 마침내 다시 부두 위에 웅크리고 앉았을 때, 그녀는 마치 자신이 대중과 어린 사내애들에게는 공개되지 않은 해군의 전통적인 미덕 가운데 하나에 이제 막 깊이 감명 받기라도 한 듯, 최대한의 아쉬움을 갖고 행동하는 듯 보였다. 그녀는 잠시 호수의 수면을 지그시 바라보았고, 이윽고 자신이 혼자가 아니라는 사실을 기억해낸 듯 행동했다. 그녀는 아직도 입을 벌리고 있는 라이오넬을—존경스럽게—힐끗 내려다보았다.

"이건 오직 해군 중장들에게만 허용된 비밀 기상 나팔이었어."

그녀는 담배에 불을 붙이고는, 극적인 태도로 가느다랗고 긴 연기 한 가닥을 내뿜은 뒤 성냥불을 껐다.

"내가 그 나팔 소리를 네게 들려주었다는 걸 누가 알기라도 한다면……"

그녀는 머리를 가로저었다. 그리고 시선의 육분의 일쯤을 다시 수평선에 고정시켰다.

"다시 해봐."

"할 수 없어."

"왜?"

부 부는 어깨를 으쓱해 보였다.

"첫째, 계급이 낮은 장교들이 주위에 너무 많아서."

그녀는 자세를 바꿔, 웅크린 인디언처럼 책상다리를 하고 앉았다. 그녀는 양말을 당겨올렸다.

"하지만 내가 어떻게 할 건지는 말해주지. 네가 왜 자꾸 집에서 나가는지 엄마한테 말해준다면, 내가 아는 모든 비밀 집합 나팔을 네게 불어줄게. 어때?"

그녀가 사무적으로 말했다.

라이오넬은 금세 갑판을 향해 눈을 도로 내리깔았다.

"싫어."

그가 말했다.

"왜?"

"왜냐면,"

"왜냐면 뭐?"

"왜냐면 그러고 싶지 않으니까."

그렇게 말하고 라이오넬은 자신이 한 말을 강조하려는 듯 키 손잡이를 홱 잡아당겼다.

부 부는 눈부신 태양빛을 막기 위해 오른쪽 얼굴을 가렸다.

"이제 집에서 나가지 않겠다고 엄마한테 말했잖아. 그것에 대해 엄마랑 이야기했고, 넌 모두 다 끝났다고 말했잖니. 엄마한테 약속했잖아."

라이오넬이 뭐라고 대답했지만, 들리지 않았다.

"뭐라고?"

부 부가 되물었다.

"약속 안 했다고."

"아, 아니야, 했어. 넌 분명히 약속했어."

라이오넬은 보트를 다시 조종하기 시작했다.

"엄마가 해군 중장이라면, 엄마 함대는 어디 있어?"

그가 물었다.

"내 함대라. 네가 그걸 물어주니 반갑구나."

부 부가 말하고는 보트 안으로 들어서기 시작했다.

"내려!"

라이오넬이 명령했지만, 새된 소리는 아니었고 눈은 여전히 내리깐 채였다.

"아무도 들어올 수 없어."

"들어올 수 없다구?"

부 부의 한쪽 발이 이미 뱃머리에 닿아 있었다. 그녀는 고분고분 부두 높이까지 발을 빼냈다.

"아무도? 절대로?"

그녀는 인디언 식 책상다리로 다시 돌아갔다.

"왜 안 돼?"

라이오넬의 대답은 완전한 것이었지만, 이번에도 역시 잘 들릴 만큼 충분히 크지는 않았다.

"뭐라구?"

부 부가 물었다.

"왜냐면 그게 허락되어 있지 않으니까."

부 부는 소년에게 꾸준히 눈길을 주고 있었지만, 꼬박 일 분 동안 아무 말도 하지 않았다.

"그 말 참 유감이구나. 난 네 보트로 내려가면 참 좋겠는데. 엄만 너 때문에 아주 외로워. 엄만 네가 아주 많이 엄마랑 함께 있었으면 좋겠어. 하루 종일 누구하고도 말을 못 하고 집 안에 있느라 몹시 외로웠어."

마침내 그녀가 말했다.

라이오넬은 키 손잡이를 돌리지 않았다. 그는 키 손잡이의 나뭇결을 꼼꼼히 바라보았다.

"산드라랑 말하면 되잖아."

그가 말했다.

"산드라는 바빠."

부 부가 말했다.

"그리고 난 산드라와 얘기하고 싶지 않아. 엄만 너랑 이야기하고 싶어. 엄만 네 보트로 내려가서 너와 이야기하고 싶어."

"거기서 얘기할 수도 있잖아."

"뭐라고?"

"거기서 얘기할 수도 있잖아."

"아니, 그럴 수가 없어. 거리가 너무 멀어. 일어나서 가까이 가야만 해."

라이오넬은 키 손잡이를 획 돌렸다.

"아무도 들어올 수 없어."

그가 말했다.

"뭐라구?"

"아무도 들어올 수 없다구."

"그래, 그럼 네가 거기서 엄마한테 얘기해주겠니? 네가 왜 자꾸 집에서 달아나는지를? 모두 다 끝났다고 내게 약속한 뒤에도 말이야."

부부가 물었다.

보트 선미 근처의 갑판 위에 물안경이 놓여 있었다. 라이오넬은 대답 대신 물안경의 고무줄을 오른쪽 엄지발가락과 두번째 발가락으로 움켜잡은 다음, 교묘하면서도 간단한 발동작으로 그것을 갑판 너머로 획 던져버렸다. 물안경은 단번에 가라앉았다.

"잘했네. 건설적인 일이야. 그건 웹 삼촌 건데. 아, 웹 삼촌이 아주 좋아하겠구나."

부 부가 말했다. 그녀는 담배를 한 모금 빨았다.

"전에는 시모어 삼촌 거였지."

"나하고는 상관없어."

"그래. 나도 네가 상관 안 한다는 걸 알겠구나."

부 부가 말했다. 그녀의 두 손가락 사이의 담배가 이상한 각도로 기울어져 있었다. 담배는 손가락 마디의 오목한 부분 거의 가까이까지 위험스럽게 타들어가고 있었다. 갑자기 뜨거움을 느낀 그녀는 담배를 호수 수면 위로 떨어뜨렸다. 그런 다음 한쪽 호주머니에서 뭔가를 꺼냈다. 그것은 하얀 종이로 포장되고 초록색 리본이 묶인 카드 한 벌 크기의 꾸러미였다.

"이건 열쇠고리야. 아빠 것과 똑같은 거지. 하지만 이 고리엔 아빠 것보다 더 많은 열쇠들이 달려 있어. 전부 열 개란다."

아이의 두 눈이 자신을 올려다보는 것을 느끼며 그녀가 말했다.

라이오넬은 키 손잡이를 놓아버리고 자기 자리에서 몸을 앞으로 기울였다. 그리고 잡으려는 몸짓으로 두 손을 내밀었다.

"그거 던져줄 거지, 응?"

그가 말했다.

"우리 잠시 제자리에 그대로 있자꾸나. 조금 생각해볼 게 있어. 이 열쇠고리를 호수에 던져버릴까보다."

라이오넬은 입을 딱 벌리고서 위에 있는 그녀를 노려보았다. 그는 입을 다물었다.

"그건 내 건데."

그의 말투에서 당연하다는 듯한 어조가 줄어들고 있었다.

부 부는 그를 내려다보면서 어깨를 으쓱해 보였다.

"난 상관 안 해."

엄마를 지켜보면서 라이오넬은 앉은 자리에서 천천히 몸을 뒤로 빼 뒤에 있는 키 손잡이를 잡으려 했다. 엄마가 그럴 줄 알았다는 듯한 표정이 어린 그의 두 눈은 순수한 세계를 반영하고 있었다.

"여기 있다."

부 부는 열쇠 꾸러미를 그에게 던져주었다. 그것은 정확히 그의 무릎에 떨어졌다.

그는 무릎에 놓인 열쇠고리를 바라보다가 손에 쥐고, 다시 바라보다가 호수에ㅡ옆으로 해서ㅡ획 던져버렸다. 그러고 나서 부 부를 올려다보았는데, 두 눈에는 반항이 아니라 눈물이 가득했다. 다음 순간 그의 입이 옆으로 누운 8자 모양으로 일그러지더니, 세차게 울음을 터뜨렸다. 부 부는 극장 안에 있다가 한쪽 발의 감각을 잃은 사람처럼 일어나서 보트 안으로 내려갔다. 그녀는 단숨에 선미 의자로 가, 항해사를 자기 무릎 위에 올려놓고 앉았다. 그녀는 아이를 가볍게 흔들어주면서 목 뒤에 키스를 하고, 이렇게 말했다.

"아가야, 뱃사람들은 울지 않는단다. 뱃사람들은 절대로 우는 법이 없어. 배가 가라앉을 때나 울지. 아니면 배가 난파당해 구조용 뗏목에 타고 있는데 마실 거라곤 한 방울도 없는 그런 때나……"

"산드라가…… 스넬 부인한테 그랬어. 우리 아빠는 엄청…… 너저분한…… 유대인이라고."

부 부는 그저 알아차릴 수 있을 정도로만 움찔했다. 그녀는 아이를 들어 무릎에서 내려놓은 뒤 자기 앞에 세워놓고는 이마의 머리칼을 뒤로 넘겨주었다.

"산드라가 그랬다구, 응?"

그녀가 말했다.

라이오넬은 힘주어 머리를 위아래로 끄덕였다. 그는 여전히 울면서 더 가까이 다가와 제 엄마의 두 다리 사이에 섰다.

"글쎄, 그건 그렇게 끔찍한 일은 아니야."

두 팔과 두 다리 사이에 아이를 끼운 채 부 부가 말했다.

"세상에서 있을 수 있는 가장 나쁜 일은 아니란다."

그녀는 아이의 귀 가장자리를 부드럽게 살짝 깨물었다.

"아가, 유대인이 뭔지 아니?"

라이오넬은 단번에 대답할 뜻이 없거나 아니면 그렇게 할 수가 없거나였다. 어쨌거나 아이는 울음의 여파로 나오는 딸꾹질이 조금 사그라질 때까지 기다렸다. 이윽고 소리 죽인 그러나 알아들을 수는 있는 그의 대답이 부부의 따뜻한 목으로 전해졌다.

"유대인이란 **공중**으로 올라가는 것들 중 하나야.* 엄마가 잡고 있는 그 끈에 매달려서."

그가 말했다.

아이를 더 잘 보기 위해, 부부는 자기 아들을 몸에서 약간 떼어놓았다. 그녀는 아이의 바지 엉덩이 속으로 한 손을 거칠게 집어넣었다가 ― 아이가 상당히 놀랄 정도로 ― 거의 동시에 손을 빼내고는 아이의 셔츠 자락을 바지 속으로 다시 단정하게 집어넣어주었다.

"이제 우리가 뭘 할 건지 말해줄게. 차를 몰고 시내로 가서 피클이랑 빵을 조금 사고, 그리고 차 안에서 피클을 다 먹은 다음엔 역으로 가 아빠를 만나고, 그런 다음에 아빠를 집으로 데리고 와서 우리를 보트에 태우고 한 바퀴 돌아달라고 하는 거야. 넌 아빠가 돛을 내리는 걸 도와주고. 알았지?"

그녀가 말했다.

"알았어요."

---

* 라이오넬은 유대인을 가리키는 속어인 kike와 연을 의미하는 단어인 kite를 혼동하고 있는 듯하다.

작은 보트에서 169

라이오넬이 말했다.

그들은 걸어서 집으로 돌아가지 않았다. 달리기 경주를 했다. 라이오넬이 이겼다.

에스메를 위하여,
사랑 그리고
　　비참함으로

"왜 영화에 나오는 사람들은 얼굴을 비스듬히 해서 키스해요?"

　　　　　　　　　　　　　　　　사내아이가 캐물었다.

　　　　　그건 어릴 적 나를 당황시켰던 문제이기도 했다.

최근에 나는 항공 우편으로 4월 18일 영국에서 치러질 한 결혼식의 청첩장을 받았다. 그건 참석하기 위해서라면 뭐든 하고 싶은 그런 결혼식이었고, 게다가 처음 청첩장을 받았을 때 나는 비용을 조금 보태 비행기를 타고 해외여행을 떠나기에도 맞춤한 기회일 거라고 생각했다. 그러나 그후 숨막힐 정도로 빈틈없는 여자인 내 아내와 그 문제에 대해 두루 상의한 나는 그러지 않기로 결정했다. 그 한 가지 이유는 장모가 4월의 마지막 두 주 동안 우리 집에 머물길 학수고대하고 있다는 사실을 내가 까맣게 잊고 있었다는 것이다. 사실 내가 그렌처 아줌씨를 뻔질나게 뵙게 되지는 않거니와, 그녀가 더이상 젊어지는 것도 아닐 터이다. 그녀는 쉰여덟 살이다. (그걸 맨 처음 인정한 사람이 그녀 자신일 게다.)

그렇긴 하지만, 나는 내가 어디 있든 간에, 결혼식이 단조로워지는 것을 막기 위해 손가락 하나 까딱하는 정도의 수고를 마다할 타입이라고는 생각하지 않는다. 따라서 나는 망설이지 않고 내가 거의 육 년 전에 알았던 신부에 대한 몇 가지 사항을 간단히 기록했다. 나의 기록이 나로서는 한 번도 만난 적 없는 새신랑을 한두 번쯤 거북하게 만들 수 있다면 더욱 좋겠다. 여기서 내 목적은 누구를 기쁘게 만들려는 게 아니다. 그보다는, 사실 훈도하기 위해, 가르치기 위해서다.

1944년 4월, 나는 영국 데번에서 영국 정보부 지휘하에 다소 전문화된 침공 전(前) 훈련 코스를 밟는 약 육십 명의 미군 사병들 틈에 끼여 있었다. 되돌아보건대, 무리 중에 붙임성 좋은 사람이 단 한 명도 없었다는 점에서, 내게는 우리 육십 명이 모두 꽤나 독특하게만 보였다. 우리는 본래 모두 행정병이었는데, 직무에서 벗어나 서로에게 말을 걸 경우는 대개 누군가에게 혹시 쓰지 않는 잉크 좀 있느냐고 물을 때가 고작이었다. 행정 업무를 보지 않거나 강의 시간이 아닐 때는 각자 제멋대로 지냈다. 나의 경우, 맑은 날에는 대부분 시골 근방의 풍경 좋은 장소들을 돌아다녔다. 비 오는 날이면 비가 들이치지 않는 곳, 이를테면 탁구대에서 도끼 자루 하나 길이만큼 떨어진 곳에 앉아 책을 읽었다.

그 훈련 코스는 삼 개월간 지속되다가 어느 토요일에 끝났다.

비가 억수같이 내리는 토요일이었다. 그날 밤 일곱시에 우리는 모두 기차를 타고 런던으로 갈 예정이었고, 소문에 따르면 거기서 공격 개시 당일 상륙 작전을 위한 보병대와 공수부대에 배치된다는 것이었다. 오후 세시경, 나는 미국에서 가져온 책으로 가득 찬 방독면 케이스를 포함하여 잡화용 가방 안에 모든 짐을 꾸려넣었다. (방독면은, 행여라도 적군이 가스를 사용하면 나로서는 절대로 제 시간에 그 빌어먹을 걸 쓰지 못하리라는 사실을 깨달았으므로, 몇 주 전 **모레타니아 호***를 타고 올 때 현창을 통해 슬쩍 던져버렸다.) 기억하건대, 나는 우리 퀀셋 막사 안 맨 끝 창가에 아주 오랫동안 서 있었다. 오른쪽 집게손가락이 가려운 것도 알아채지 못한 채였다. 등뒤로 수많은 V우편** 편지지 위에 전투병답지 않게 휘갈겨 써대는 만년필 소리를 들을 수 있었다. 나는 아무것도 특별히 염두에 두지 않은 채 돌연히 창가를 떠나, 레인코트와 캐시미어 머플러를 걸치고, 오버슈즈를 신고, 울 장갑을 끼고, 오버시즈 캡***(나는 모자의 각도를 내 멋대로 해서 양쪽 귀 약간 아래로 내려 쓴다는 말을 듣곤 했다)을 쓴 다음 변소의 괘종시계에 내 손목시계를 맞추고는, 기다랗고 젖은, 자갈 깔린 언덕을 따라내

---

* 영국의 여객선.
** 2차 대전 중 해외에 있는 미군들이 이용하던 우편.
*** 미군들이 쓰는 챙 없는 약식 모자.

려가 시내로 들어섰다. 내 주위에서 터지는 번갯불의 번뜩임은 무시했다. 번갯불은 사람의 목숨을 빼앗거나 그러지 않거나, 둘 중 하나니까.

아마도 빗물이 가장 많이 모여든 곳일 시내 중심가에서 나는 어느 교회 앞에 멈춰 선 채 게시판을 읽었다. 검은색 위에 하얗게 대서특필된 숫자들이 내 관심을 끌기도 했지만, 부분적으로는 군에서 삼 년을 보내는 동안 게시판 읽는 것에 중독되었기 때문이다. 세시 십오분에 어린이 성가대의 연습이 있다고 게시판은 알리고 있었다. 나는 손목시계를 보았고 그 다음엔 다시 게시판을 바라보았다. 연습에 참가하기로 되어 있는 아이들의 이름을 적은 종이 한 장이 게시판 위에 압정으로 붙어 있었다. 나는 빗속에 선 채 그 이름들을 다 읽고 나서 교회로 들어갔다.

열두어 명의 어른들이 신도석에 있었는데, 그들 중 몇몇은 작은 사이즈의 고무신을 바닥을 위로 한 채 무릎 위에 올려놓고 있었다. 나는 그들을 지나쳐 맨 앞줄에 가서 앉았다. 연단에는 대략 일곱 살에서 열세 살 사이로 보이는 스무 명 남짓한 어린이들—여자아이들이 대부분이었다—이 빼곡하게 세 줄을 이룬 의자에 앉아 있었다. 내가 교회에 막 들어섰을 때는, 트위드 천으로 만든 옷을 입은 몸집이 엄청나게 큰 성가대 선생이 아이들에게 노래할 때는 입을 크게 벌리라고 충고하고 있었다. 그녀는 조그만 부리를 우선 넓게, 넓게, 넓게 벌리지도 않은 채 감히 매혹적인 노래를 부르려 한 작은 새에 대해 들어본 사람 있어요?라고 물었다. 분명 아무도 들어보지 못한 모양이었다. 한결같이 흐리멍덩한 시선이 일제히 성가대 선생을 향했다. 그녀는 더 나아가, 아이들 모두 어리석은 앵무새처럼 자기들이 부르는 노랫말을 그냥 입으로만 말하지 말고 그 의미를 빨아들이길 바란다고 말했다. 그런 다음 그녀가 조율관(調律管)으로 한 음조를 불자, 아이들은 미성년 역도선수들 같은 모양으로 일제히 성가책을 들어올렸다.

아이들은 반주 없이, 아니, 그들의 입장에서 좀더 정확히 말하자면 아무것에도 방해받지 않고 노래했다. 그들의 음성은 선율이 고왔고 감상적이지 않아서, 나보다 좀더 종교적인 사람이라면 공중으로 뜨는 것 같은 체험을 했으리라. 가장 어려 보이는 두 아이가 박자를 약간 끌었지만, 그건 그 노래를 만든 사람의 어머니쯤 되어야 발견할 정도의 미미한 흠이었다. 나로서는 처음 들어보는 찬송가였지만, 그 노래가 열두 개 혹은 그보다 더 많은 절로 되어 있기를 바랄 정도였다. 노래를 들으면서 나는 모든 아이들의 얼굴을 눈여겨보았다고 할 수 있다. 하지만 특히 한 얼굴, 첫 줄 맨 끝자리에 앉은, 내게서 가장 가까이 있는 아이의 얼굴을 유심히 지켜보았다. 귓불 근처에 오는 곧고 흰빛에 가까운 금발에, 아름다운 이마, 그리고 모르긴 해도 관람객 수를 헤아려봤을 법하다고 여겨지는, 살맛을 잃은 듯한 두 눈을 가진 열세 살쯤 먹어 보이는 아이였다. 그애의 음성은 다른 아이들의 그것과 뚜렷하게 구별되었다. 내게서 가장 가까이 앉아 있기 때문만은 아니었다. 상층 음역이 아주 좋은 음성이었고, 가장 달콤하면서도 가장 확실하게 들리는 음성이어서, 합창을 물 흐르듯 이끌어갔다. 그렇긴 해도 꼬마 숙녀는 자기의 노래 실력을, 아니면 그냥 그 시간과 장소를 약간 지겨워하는 듯 보였다. 그애가 절 사이에 두 번인가 하품하는 것을 나는 보았다. 숙녀다운 하품—입을 다물고 하는 하품—이었지만, 놓칠 수는 없었다. 양쪽 콧방울 때문에 그것이 드러나고 말았던 것이다.

찬송가가 끝나자, 성가대 선생은 목사의 설교중에 발을 가만히 두지 못하거나 입을 다물고 있지 못하는 사람들에 대한 의견을 길게 늘어놓기 시작했다. 리허설의 노래 부분은 끝난 거라 짐작한 나는 선생의 귀에 거슬리는 음성이 아이들의 노래에서 받은 매력을 산산이 부숴버리기 전에 교회를 떴다.

비가 더욱 심하게 내리고 있었다. 거리를 따라 걸어내려가다가 적십자 휴게실 창문을 통해 들여다보니, 안쪽 커피 카운터에 두세 명의 병사가 서 있었다. 유리창을 통해서 심지어 다른 방에서 탁구 치는 소리도 들을 수 있었다. 길을 건너 민간인이 운영하는 찻집으로 들어가니, 중년의 웨이트리스만 보일 뿐 텅 비어 있었다. 그녀는 비를 맞지 않은 손님 쪽을 더 환대했을 것만 같은 표정을 짓고 있었다. 나는 나무 옷걸이를 최대한 섬세하게 다루며 코트를 건 다음, 테이블에 앉아 차와 시나몬 토스트를 주문했다. 누구에겐가 말을 건 것은 그때가 하루 중 처음이었다. 그리고 나선 레인코트에 달린 것까지 포함하여 모든 주머니를 깡그리 뒤져 다시 읽어볼 만한 김 빠진 편지 두 통을 마침내 찾아냈다. 하나는 88번가 슈라프트 상점 서비스가 어떻게 쇠락했는지를 늘어놓는 아내의 편지였고, 다른 하나는 장모가 보낸 것으로, '주둔지'에서 떠나게 되면 무엇보다 먼저 캐시미어 뜨개실을 사서 보내달라고 부탁하고 있었다.

아직 첫 잔을 마시고 있는 동안, 교회 성가대에서 본 그 꼬마 숙녀가 찻집으로 들어왔다. 머리칼이 흠씬 젖어, 양쪽 귀 가장자리가 드러나 있었다. 틀림없이 남동생으로 보이는 아주 작은 소년과 함께 온 그녀는 소년의 모자를 두 손가락으로, 마치 그것이 실험실 표본이라도 되는 양 들어내 벗겼다. 맨 꼴찌로 들어온 것은 축 처진 펠트 모자를 쓴 유능해 보이는 여자였다―추측건대 그들의 가정교사인 듯싶었다. 성가대 소녀는 코트를 벗으면서 바닥을 가로질러 걸어가 테이블을 골랐다. 내 입장에서는 완벽한 자리였다. 내 앞에서 일직선으로 겨우 8피트 혹은 10피트 떨어진 테이블이었기 때문이다. 여자아이와 가정교사가 자리에 앉앉다. 다섯 살 남짓한 작은 사내애는 아직 앉을 태세가 아니었다. 그는 더블 재킷을 슬쩍 벗어 바닥에 내던져버렸다. 그런 다음, 천성적으로 무표정한 망나니의 얼굴로 가정교사의 얼굴을 살피면서 그녀를 짜증나게 만들기 위해 규칙적으로 의자를 몇 번 밀었다 당겼다 했다. 가정교사는 목소리를 낮추어 사내아이에게 두어 번 앉으라고, 그 원숭이 짓일랑 그만두라고 명령했다. 그러나 사내애가 마음을 돌려 의자에 등허리를 기댄 건 그의 누이가 그러라고 말했을 때였다. 그는 즉시 자기 냅킨을 집어들어 머리에 얹었다. 여자아이는 냅킨을 걷어내어 소년의 무릎 위에 펼쳐놓았다.

주문한 차가 나올 무렵, 성가대 여자아이는 자기들 일행을 빤히 바라보던 나의 존재를 알아차렸다. 관람객 수를 헤아리던 예의 그 눈으로 나를 빤히 바라보던 그녀가 갑자기 내게 조용하고 기품 어린 미소를 보냈다. 그것은 조용하고 기품 있는 미소들이 때때로 그러하듯, 기이하게 빛나는 미소였다. 두 개의 앞니 사이로 보이는 새까만 치아 보충재를 윗입술로 가리면서 나는 소녀의 그것보다는 훨씬 덜 빛나는 미소로 답했다. 그 다음으로 내가 알게 된 것은, 그 꼬마 숙녀가 부러울 만큼 침착한 태도로 내 테이블 옆에 서 있다는 사실이었다. 그녀는 격자무늬 모직 정장—캠벨 격자무늬였던 것 같은데—을 입고 있었다. 그건 어린 여자애가 비 오는 날 입기에 아주 근사한 옷으로 보였다.

"난 미국인들은 차를 몹시 싫어한다고 생각했는데요."

그녀가 말했다.

그것은 교만한 사람의 관찰이 아니라 진실 애호가나 통계 애호가의 관찰이었다. 나는 어떤 미국인들은 차 외에 다른 음료는 마시지 않는다고 대답했다. 나는 그녀에게 합석하고 싶은지 물어보았다.

"고맙습니다. 그럼 아주 잠깐 동안만요."

그녀가 말했다.

나는 일어나 그녀를 위해 내 맞은편에 있던 검은 의자를 하나 끌어내어주었고, 그녀는 의자 앞쪽 사분의 일쯤에 앉아 척추를 편안하면서도 아름다운, 꼿꼿한 자세로 유지했다. 나는 대화의 한쪽 끝을 기꺼이 붙들고 싶은 심정으로 내 의자로—거의 허둥지둥—돌아갔다. 그렇긴 하지만 의자에 앉았을 때는 할말을 전혀 떠올릴 수 없었다. 새까만 치아 보충재를 가린 채 나는 다시 미소지었다. 창 밖은 분명히 끔찍한 풍경이라고, 내가 한마디 했다.

"네, 정말요."

분명한, 잡담을 싫어하는 사람의 명백한 음성으로 나의 손님이 말했다. 그녀는 강신술 회합에 참석중인 사람처럼 테이블 가장자리에 손가락들을 반듯이 올려놓았다가, 거의 동시에 두 손을 꼭

쥐었다. 그녀의 손톱들은 생살 부근까지 물어뜯겨 있었던 것이다.

그녀는 군인용으로 보이는 손목시계를 차고 있었는데, 마치 항해사의 크로노그래프* 같았다. 그녀의 가느다란 손목에는 시계알이 너무 컸다.

"성가대 연습 때 왔었죠? 아저씨를 봤어요."

그녀가 사무적으로 말했다.

분명 거기 갔었다고, 그리고 그녀의 노랫소리는 다른 아이들의 그것과 매우 다르게 들렸다고 내가 말했다. 나는 그녀가 매우 아름다운 목소리를 가졌다고 생각했다고 말했다.

그녀는 고개를 끄덕였다.

"알아요. 난 직업 가수가 될 거예요."

"정말? 오페라 가수?"

"천만에요. 난 라디오 방송에서 재즈를 불러서 돈을 무더기로 벌 거예요. 그러다가 서른 살이 되면 은퇴해서 오하이오의 목장에서 살 거예요."

그녀는 손바닥으로 흠씬 젖은 머리 꼭대기를 만졌다.

"오하이오 아세요?"

그녀가 물었다.

---

* 시간을 도형적으로 기록하는 장치.

기차를 타고 몇 번 지나치긴 했지만 잘 알지는 못한다고 나는 대답했다. 나는 그녀에게 시나몬 토스트 한 조각을 권했다.

"고맙지만 됐어요. 사실 난 새처럼 조금 먹거든요."

그녀가 말했다.

나는 토스트 한 조각을 베어물며 오하이오 근방에는 강하고 거친 시골 지역이 있다고 말했다.

"알아요. 내가 만났던 어떤 미국 사람이 이야기해줬어요. 아저씨는 내가 열한번째로 만난 미국 사람이에요."

가정교사가 이제 자기들 테이블로 돌아오라고, 요컨대 그 남자를 그만 괴롭히라고 여자아이에게 다급한 신호를 보내고 있었다. 하지만 나의 손님은 침착하게 의자를 1, 2인치씩 옮겼고, 그렇게 해서 그녀의 등은 자기 일행의 테이블과 신호를 주고받을 여지를 완전히 차단시켜버렸다.

"아저씨는 언덕에 있는 그 비밀 정보 학교 다니죠, 그렇죠?"

그녀가 차갑게 물었다.

나는 그애와 마찬가지로 보안을 염두에 둔 양 건강을 위해 데번셔를 방문중이라고 대답했다.

"아이 참, 있잖아요, 난 갓난아이가 아니에요."

그녀가 말했다.

나는 그애가 그렇지 않다는 것을 장담한다고 말했다. 나는 잠시 차를 마셨다. 나는 자세를 의식하게 되었고, 그래서 자리에서 약간 더 꼿꼿이 고쳐 앉았다.

"아저씨는 미국인치고는 꽤 지적인 편인 것 같아요."

나의 손님은 깊은 생각에 잠겼다.

나는 네가 그것에 대해 정말 생각해봤다면 알겠지만 그런 말을 하는 건 속물근성이라고, 그리고 방금 네가 한 말이 너답지 않은 말이었길 바란다고 말했다.

그녀가 얼굴을 붉혔다. 그 때문에 내가 놓치고 있던 사교적 균형감각이 자동적으로 전해졌다.

"글쎄, 내가 본 대부분의 미국인들은 짐승처럼 행동했어요. 그들은 영원히 서로 주먹질을 하고, 아무에게나 모욕을 주고 있어요. 그들 중 한 사람이 무슨 짓을 했는지 알아요?"

나는 고개를 가로저었다.

"빈 위스키 병을 우리 이모 집 창문에 던졌어요. 다행히 창문이 열려 있었지만요. 그게 아저씨에게는 현명한 일로 들리나요?"

특별히 그렇게 들리진 않았지만, 그렇다고 말하지는 않았다. 나는 전 세계적으로 많은 군인들이 고국으로부터 멀리 떨어져 있으며, 그들 중 자기 삶에서 실질적으로 이득을 보는 사람은 거의 없다고 말했다. 나는 그건 누가 알려주지 않아도 대부분의 사람들이 알 만한 사실이라고 덧붙였다.

"어쩌면요."

확신 없이, 나의 손님이 말했다. 그녀는 또다시 젖은 머리에 한 손을 올리고는, 축 늘어진 가느다란 금발 몇 가닥을 집어 드러난 귀를 가리려고 했다.

"머리카락이 흠뻑 젖었어요. 끔찍해 보이죠."

그녀는 나를 건너다보았다.

"말라 있을 땐 꽤나 곱슬거리는데 말예요."

"그렇구나. 곱슬머리인 것 같다."

"실제로 곱슬머린 아니지만, 꽤 곱슬거리긴 해요. 그런데 아저씨는 결혼했어요?"

그녀가 말했다.

나는 결혼했다고 대답했다.

그녀가 고개를 끄덕였다.

"아저씨는 아내를 깊이 사랑하나요? 내가 사적인 걸 지나치게 캐묻는 건가요?"

나는 그녀가 그렇게 군다 해도 다 털어놓겠다고 말했다.

그녀는 두 손을 테이블 위 더 앞쪽, 그러니까 더 멀리 놓았고, 나는 그녀가 차고 있던 알이 엄청 큰 손목시계로 뭔가 해보고 싶어했던 것 — 그녀에게 그것을 허리에 차보는 건 어떨까 하고 제안한다든가 — 이 기억난다.

에스메를 위하여, 사랑 그리고 비참함으로　185

"평소에 난 지독하게 사교적인 사람은 아니에요."

그녀가 그렇게 말하고는, 내가 그 단어의 의미를 알고 있는지 보려고 나를 건너다보았다. 그러나 나는 이쪽이든 저쪽이든 그녀에게 드러내지 않았다.

"내가 여기 온 건 순전히 아저씨가 극도로 외로워 보였기 때문이에요. 아저씨는 지극히 예민한 얼굴을 갖고 있어요."

네 말이 맞다고, 난 몹시도 외로웠다고, 그리고 네가 내게 건너와줘서 아주 기쁘다고 나는 말했다.

"나는 좀더 동정심 있는 사람이 되려고 나 자신을 훈련시키는 중이에요. 우리 이모는 내가 지독하게 차가운 사람이래요."

그녀는 또다시 머리 꼭대기를 더듬었다.

"난 이모 집에서 살아요. 이모는 지극히 다정한 사람이죠. 엄마가 죽은 뒤 찰스와 내가 잘 지내고 있다고 느끼도록 만들기 위해 자기 힘 닿는 건 뭐든 다 하고 있어요."

"그렇다니 기쁘구나."

"엄마는 정말 똑똑한 사람이었어요. 여러 부분에서 심미적이기도 했고요."

그녀는 신선한 날카로움으로 나를 건너다보았다.

"아저씨도 날 지독하게 차가운 사람이라고 생각해요?"

나는 절대로 그렇지 않다고, 사실은 정반대라고 대답했다. 나는 내 이름을 말했고, 그녀의 이름을 알려달라고 했다.

그녀는 주저했다.

"내 이름은 에스메예요. 당장은 내 성과 이름을 아저씨에게 전부 말하진 않아도 된다고 생각해요. 내 이름엔 작위가 들어 있거든요. 아저씨가 그 작위에 깊은 인상을 받을지도 몰라서요. 알잖아요, 미국인들은 그래요."

나는 내가 그럴 거라고 생각진 않는다고, 하지만 그래도 한동안 작위를 고수하는 게 좋은 일일 수도 있다고 말했다.

바로 그때, 나는 뒷덜미에서 누군가의 따뜻한 숨결을 느꼈다. 돌아보니 에스메의 조그만 남동생의 코가 방금 스쳐간 참이었다. 사내애는 나를 못 본 체하면서 자기 누이에게 대고 찌를 듯한 고음으로 말했다.

"메글리 선생님이 누나는 우리 자리로 돌아와서 차를 다 마셔야 된대!"

이 말을 전달하고서 사내애는 나의 오른쪽, 자기 누이와 나 사이에 있는 의자에 물러나 앉았다. 나는 큰 관심을 가지고 그애를 지켜보았다. 갈색 반바지, 짙은 감색 스웨터, 하얀 셔츠, 줄무늬 넥타이 차림의 아이는 아주 멋져 보였다. 사내애는 커다란 초록색 눈으로 되받아 나를 응시했다.

"왜 영화에 나오는 사람들은 얼굴을 비스듬히 해서 키스해요?"

에스메를 위하여, 사랑 그리고 비참함으로

사내아이가 캐물었다.

"비스듬히 해서?"

내가 물었다. 그건 어릴 적 나를 당황시켰던 문제이기도 했다. 나는 짐작건대 배우들의 코가 너무 커서 누구하고도 고개를 똑바로 세우고는 키스할 수 없기 때문일 거라고 말해주었다.

"애 이름은 찰스예요. 제 나이치고는 꽤 똑똑하죠."

에스메가 말했다.

"눈동자가 아주 선명한 초록색이구나. 그렇지 않니, 찰스?"

찰스는 그런 질문에는 이런 표정이 마땅하다는 듯 물고기 같은 시선을 보이더니, 의자에서 몸을 아래로 꿈틀꿈틀 움직였다. 그러다가 급기야 몸뚱이 전체를 테이블 아래에 집어넣고서 레슬링 선수의 브리지 같은 자세로 머리만 의자 바닥에 남겨놓았다.

"내 눈은 오렌지색이에요."

사내아이는 천장에 대고 부자연스러운 음성으로 말했다. 그는 테이블보 한쪽 모서리를 집어들고는 잘생기고 무표정하며 조그만 자기 얼굴 위에 그것을 덮었다.

"어떤 때는 똑똑하지만, 또 어떤 때는 안 그래요. 찰스, 일어나 앉아!"

에스메가 말했다.

찰스는 있던 자리에 그대로 있었다. 그는 숨을 참고 있는 것 같앉다.

"얘는 아버지를 아주 많이 그리워해요. 아버지는 북아프리카에서 살해당했어요."

그 말에 나는 안타까움을 표현했다.

에스메는 고개를 끄덕였다.

"아버진 얘를 무척 좋아했어요."

그녀는 생각에 잠겨 엄지손가락의 거스러미를 물어뜯었다.

"얘는 우리 엄마를 아주 많이 닮았어요. 찰스 말예요. 나는 아버지를 빼닮았구요."

그녀는 계속해서 손톱 근처 살을 물어뜯었다.

"우리 엄마는 아주 열정적인 여자였어요. 외향적인 사람이었죠. 아버지는 내성적이었구요. 그래도 두 사람은 아주 잘 맞았어요. 겉보기에는요. 아주 솔직하게 얘기하자면, 아버지는 엄마보다 훨씬 더 지적인 동반자를 필요로 했어요. 아버지는 정말 재능 있는 천재였거든요."

나는 그후의 정보를 기꺼이 수용하려는 자세로 기다렸지만, 더 이상 아무 이야기도 나오지 않았다. 나는 찰스를 내려다보았다. 그는 이제 얼굴 한쪽을 의자 바닥에 올려놓고 있었다. 내가 자길 바라보고 있다는 것을 알고는 졸린 듯 천사처럼 눈을 감더니, 그 다음엔 혀를 — 깜짝 놀랄 만큼 긴 물건이었다 — 쑥 내밀었다. 그러더니 우리나라에서라면 근시안적인 야구 심판에게 보내는 멋들어진 찬탄의 선물이었을 법한 소리를 내질렀다. 그것은 찻집 안을 어지간히 흔들어놓았다.

"그만 해."

동요되지 않은 모습으로 에스메가 말했다.

"피시 앤드 칩스* 파는 줄에 섰던 어떤 미국 사람이 그러는 걸 보고 나서 이제는 지겨워질 때마다 저래요. 자, 이제 그만둬. 아니면 널 당장 메글리 선생님한테 보내버리겠어."

찰스는 누나의 협박을 들었다는 표시로, 두 눈을 엄청 크게 떠보였지만, 특별히 조심하는 것 같아 보이진 않았다. 그는 다시 두 눈을 감고는 얼굴 한쪽을 의자 바닥에 올린 상태로 그냥 계속 있었다.

나는 어쩌면 그가 그의 작위를 일상적으로 사용하게 되기까지는 그것—그 야비한 야유 말이다—을 아껴두는 편이 좋을 거라고 말했다. 그도 작위를 갖고 있다면 말이다.

에스메는 오랫동안 내게 희미하게 검사하는 듯한 시선을 보냈다.

"아저씨 유머 감각은 꽤 건조한 편이네요, 그렇죠?"

그녀가 동경하는 듯 말했다.

---

* 생선튀김에 감자튀김을 곁들인 영국의 대중 요리.

"아버지는 내가 유머 감각이라곤 전혀 없다고 말했죠. 그게 없어서 인생을 마주할 채비가 전혀 갖춰져 있지 않다구요."

그녀를 지켜보면서 나는 담배에 불을 붙이고는 진짜 절박한 상황에서 유머 감각 따위가 무슨 소용이냐고 말했다.

"아버지는 소용이 있다고 말했어요."

그것은 반박의 말이 아니라 신념의 말이었다. 그래서 나는 재빨리 화제를 돌렸다. 나는 고개를 끄덕이는, 내가 짧은 관점(그게 무엇을 뜻하든 간에)을 취하고 있는 반면 그녀의 아버지는 긴 관점을 가졌던 것이라고 말했다.

"찰스는 아버지를 지나치게 그리워해요."

잠시 후에 에스메가 말했다.

"아버지는 무척 사랑스런 분이었어요. 정말 잘생기기도 했죠. 사람의 외양이 크게 중요한 건 아니지만, 어쨌든 아버지는 그랬어요. 아버지는 끔찍할 정도로 사물을 꿰뚫어보는 눈을 갖고 있었어요. 천성이 다정한 사람치고는 말예요."

나는 고개를 끄덕였다. 나는 그녀의 아버지가 매우 비범한 어휘력을 가졌던 것으로 그려진다고 말했다.

"아, 맞아요. 무척요. 아버지는 문서 보관인이었어요. 물론 아마추어였지만."

에스메가 말했다.

그 시점에서 나는 찰스가 있는 쪽으로부터 내 한쪽 팔 윗부분을 성가시게 두드리는, 거의 한 방 먹는 듯한 느낌을 받았다. 나는 그에게 몸을 돌렸다. 그는 이제 한쪽 무릎을 자기 몸뚱이 아래로 쑤셔넣은 것 말고는 꽤나 정상적인 자세로 앉아 있었다.

"한쪽 벽이 다른 한쪽 벽한테 뭐라고 말했게요?"

그가 째질 듯 물었다.

"이건 수수께끼예요!"

나는 생각에 잠긴 채 천장 쪽을 향해 눈을 굴리면서 그의 물음을 소리내어 따라했다. 이윽고 나는 당혹한 표정으로 찰스를 바라보다가 대답을 포기한다고 말했다.

"모퉁이에서 만나자!"라는, 한 방 먹이는 듯한 대답이 최고조의 음량으로 들려왔다.

그것은 찰스가 환장할 정도로 좋아하는 놀이였다. 그에게는 그것이 견딜 수 없이 우스운 것이었다. 어느 정도였냐 하면, 에스메가 다가와 기침 발작을 낫게 하기 위해서인 양 그의 등을 두드려대야만 했다.

"이제 그만 해."

에스메는 자기 자리로 돌아갔다.

"얘는 자기가 만나는 모든 사람에게 똑같은 수수께끼를 내고는 그때마다 매번 발작을 일으켜요. 웃음이 터지면 침까지 줄줄 흘린다구요. 이제 그만둬, 제발."

"하지만 그건 지금까지 내가 들었던 수수께끼 중 최고인걸."

나는 찰스를 지켜보며 이렇게 말했다. 그는 점차 발작에서 빠져나오고 있었다. 칭찬에 대한 응답으로, 그는 자기 의자에서 상당히 더 낮게 내려앉아, 테이블보 한쪽 모서리로 또다시 자기 얼굴을 눈 근처까지 가렸다. 그런 뒤, 여전히 드러나 있는 두 눈으로 나를 바라보았다. 그 눈은 서서히 사그라드는 환희와, 정말로 대단한 수수께끼를 한두 개쯤 알고 있는 사람의 자부심으로 가득 차 있었다.

"군대 가기 전에 어떤 일에 종사했는지 물어봐도 되나요?"

에스메가 물었다.

나는 한 번도 직업에 종사한 적이 없었다고, 대학은 졸업한 지 일 년밖에 안 되었지만, 스스로 직업적인 단편소설 작가로 생각하길 좋아한다고 말했다.

그녀는 공손하게 고개를 끄덕였다.

"출판되었나요?"

그녀가 물었다.

그것은 익숙한, 그러나 언제나 다루기 쉽지 않았던 질문이자, 한 번, 두 번, 세 번쯤 대답하지 않았던 질문이기도 했다. 나는 설명하기 시작했다. 미국의 편집자들 대부분이 어떻게 한 무리의……

"아버지는 아름다운 글을 썼어요."

에스메가 끼어들었다.

"나는 아버지가 후손들을 위해 쓴 편지들을 간직하고 있어요."

나는 그건 매우 좋은 생각이라고 말했다. 우연히 나는 알이 엄청 큰 크로노그래프처럼 생긴 그녀의 손목시계를 또다시 바라보던 중이었다. 나는 그게 그녀의 아버지 것이었는지 물었다.

그녀는 자기 손목시계를 진지하게 내려다보았다.

"네, 그랬어요. 아버지는 찰스와 내가 위험 지역에서 피난하기 직전에 이걸 물려주셨죠."

그녀는 자랑스러운 태도로 테이블에서 두 손을 떼어내면서 말했다.

"물론, 순전히 유물로요."

그녀는 대화를 다른 방향으로 이끌어갔다.

"언젠가 아저씨가 오로지 나만을 위한 이야기를 써준다면 나는 무척 의기양양해질 거예요. 나는 탐욕스런 독자거든요."

할 수만 있다면 꼭 그러겠다고 나는 그녀에게 말했다. 하지만 나는 절대로 다작하는 사람은 아니라고 말했다.

"꼭 다작할 필요는 없어요! 유치하고 어리석지 않다면 말이죠."

그녀는 생각에 잠겼다.

"나는 비참함에 대한 이야기들을 좋아해요."

"뭐에 대한 이야기?"

나는 몸을 앞으로 기울이며 물었다.

"비참함이요. 난 비참함에 몹시 관심이 있어요."

좀더 자세히 얘기해보라고 조를 참이었는데, 찰스가 내 팔을 세게 꼬집는 것이 느껴졌다. 나는 약간 움찔하며 찰스 쪽으로 얼굴을 돌렸다. 그는 바로 내 옆에 서 있었다.

"한쪽 벽이 다른 쪽 벽에게 뭐라고 말했게요?"

그가 더이상 낯설어하지 않으면서 물었다.

"너 그것 벌써 물어봤잖아. 이제 그만둬."

에스메가 말했다.

찰스는 제 누이의 말을 못 들은 체하면서, 그리고 나의 한쪽 발 위에 제 발을 올려놓으면서 중요한 질문을 되풀이했다. 나는 그의 넥타이 매듭이 제대로 매어져 있지 않은 것을 알아차렸다. 나는 매듭을 살짝 제자리로 올려준 다음 그의 눈을 똑바로 보면서 넌지시 말했다.

"모퉁이에서 만나자?"

바로 그 순간, 나는 대답하지 않았더라면 더 좋았을걸 하고 생각했다. 찰스의 입이 딱 벌어졌던 것이다. 마치 내가 그의 입을 한 대 때려 벌어지게 만든 것 같은 기분이었다. 그는 내 발 위에 있던 제 발을 내리고는, 이글이글 타오르는 위엄 속에 뒤도 돌아보지

에스메를 위하여, 사랑 그리고 비참함으로

않은 채 자기들 테이블로 건너갔다.

"쟤 정말 화났어요. 쟨 정말 성미가 난폭해요. 엄마한테는 쟤를 망쳐놓을 성향이 있었어요. 아버지는 쟤 버릇을 망가뜨리지 않은 유일한 사람이었죠."

에스메가 말했다.

나는 계속 찰스를 건너다보았다. 그는 막 자리에 앉아 잔을 손에 들고 차를 마시기 시작한 참이었다.

에스메가 일어섰다.

"**일 포 크 주 파르트 오시**(나도 가야겠어요). 아저씨 불어 알아요?"

한숨을 쉬며 그녀가 말했다.

나는 아쉬움과 착잡함이 뒤섞인 느낌으로 자리에서 일어났다. 에스메와 나는 악수를 나눴다. 그녀의 손은 내가 추측한 대로 손바닥이 촉촉한 신경질적인 손이었다. 함께 있어줘서 매우 즐거웠다고 나는 그녀에게 영어로 말했다.

그녀는 고개를 끄덕였다.

"아저씨가 그럴지도 모르겠다고 생각했어요. 난 내 나이치고는 이야기하기를 꽤나 좋아해요."

그녀는 어떤가 살피려고 다시 한번 머리칼을 만져보았다.

"머리칼은 정말 지독하게 유감이네요. 모르긴 해도 보기 흉했을 거예요."

그녀가 말했다.

"전혀! 사실은 웨이브가 벌써 살아나고 있다고 생각하는걸."

그녀는 재빨리 머리칼을 다시 만져보았다.

"가까운 미래에 여기 다시 올 생각이세요?"

그녀가 물었다.

"우린 토요일마다 성가 연습이 끝나면 여기 와요."

나는 그럴 수만 있다면 더 바랄 게 없겠지만, 불행히도 다시 그럴 수 없는 쪽이 거의 확실하다고 대답했다.

"다른 말로 하자면, 군부대 이동에 관해서는 말할 수 없다는 거죠?"

에스메가 말했다. 그녀는 테이블 근처를 떠나려는 동작을 조금도 취하지 않았다. 그녀는 한쪽 발을 다른 쪽 발 너머로 엇갈리게 포개어놓았다가, 아래를 내려다보면서 구두의 발가락 부분을 일렬로 맞추었다. 그것은 꽤 어린아이다우면서 귀여워 보이는 효과를 불러일으켰는데, 그녀는 짧은 하얀 양말을 신고 있었고, 그 발목과 발이 몹시도 사랑스러웠던 것이다. 그녀가 갑자기 나를 올려다보았다.

"내가 아저씨한테 편지 썼으면 좋겠어요?"

그녀는 얼굴에 약간의 홍조를 띠면서 물었다.

"나는 지극히 조리 있게 편지를 써요. 누군가 나의……"

"그거 아주 좋지."

나는 연필과 종이를 꺼내, 내 이름과 계급, 군번, 그리고 군사우편 번호를 적어주었다.

"내가 먼저 아저씨에게 쓸게요."

종이를 받으면서 그녀가 말했다.

"그래야 어쨌든 아저씨가 명예에 금이 간 것 같은 기분을 느끼지 않을 테니까요."

그녀는 그 주소를 자기 옷 호주머니에 집어넣었다.

"안녕."

그녀가 말했다. 그러고는 자기들 테이블로 돌아갔다.

나는 차 한 잔을 더 주문했고, 두 아이와 애를 먹고 있던 메글리 선생이 그만 나가기 위해 일어설 때까지 아이들을 지켜보며 앉아 있었다. 찰스가 한쪽 다리가 다른 한쪽 다리보다 몇 인치는 짧은 사람처럼 비극적으로 다리를 절면서 앞장서서 나아갔다. 그는 나를 건너다보지 않았다. 메글리 선생이 다음으로 나갔고, 그 다음이 에스메였다. 그녀는 나를 향해 손을 흔들었다. 의자에서 반쯤 몸을 일으킨 채 나도 손을 흔들어 답했다. 그것은 내게 기이하리만치 감동적인 순간이었다.

일 분도 채 되지 않아, 에스메가 찰스의 더블 재킷 소매를 잡아끌면서 찻집 안으로 다시 들어왔다.

"찰스가 아저씨에게 작별의 키스를 하고 싶대요."

그녀가 말했다.

나는 당장 잔을 내려놓고서, 그거 아주 좋은 일인데 정말이니? 하고 물었다.

"예."

그녀가 약간 엄하게 말했다. 그녀는 찰스의 소매를 놓아주고 그를 내 쪽으로 다소 강하게 밀어 보냈다. 찰스는 납빛 얼굴로 다가와 내 오른쪽 귀 바로 아랫부분에 커다랗게 쪽 소리가 나도록 축축한 키스를 해주었다. 그 호된 시련이 있은 뒤 그는 문을 향해, 그리고 조금은 덜 감상적인 생활방식을 향해 일직선으로 나아가기 시작했다. 나는 그의 더블 재킷 등 부분에 달린 벨트를 꽉 붙들고는 물었다.

"한쪽 벽이 다른 쪽 벽에게 뭐라고 말했게?"

그의 얼굴이 환해졌다.

"모퉁이에서 만나자!"

그가 새된 소리를 질렀다. 그러고는 어쩌면 히스테릭한 것인지도 모를 상태로 찻집에서 줄달음쳐 나갔다.

에스메는 또다시 두 발목을 엇갈리게 하고 서 있었다.

"아저씨, 날 위한 이야기를 써주는 것 잊지 않는 거죠? 반드시 나만을 위한 얘기일 필요는 없어요. 그건……"

그녀가 말했다.

잊어버릴 가능성은 절대 없다고 나는 말했다. 그리고 결코 누구를 위해서도 이야기를 써본 적이 없지만, 지금은 그런 일을 열심히 해보기에 딱 알맞은 때인 것 같다고 덧붙였다.

그녀가 고개를 끄덕였다.

"지극히 비참하고 감동적인 이야기로 만들어주세요. 비참함에 대해 좀 아세요?"

나는 꼭 그런 건 아니지만, 이런저런 형태의 비참함에 대해 늘상 조금씩 더 잘 알아가고 있다고, 그리고 그녀가 명확히 얘기해준 점들에 이를 수 있도록 최선을 다하겠다고 말했다. 우리는 악수를 나누었다.

"우리가 조금 덜 가벼워질 수 있는 상황에서 만나지 못한 건 안쓰런 일 아닌가요?"

나는 그렇다고, 분명 그렇다고 대답했다.

"안녕."

에스메가 말했다.

"아저씨의 모든 재능을 그대로 지닌 채 전쟁에서 귀환하길 바랄게요."

나는 그녀에게 고맙다는 말과 몇 가지 다른 말들을 했고, 그런 다음 그녀가 찻집을 나가는 것을 지켜보았다. 그녀는 머리칼 끝이 말랐는지 만져보면서, 생각에 잠겨 천천히 찻집에서 나갔다.

이게 그 이야기의 비참한 혹은 감동적인 부분이고, 장면은 전환된다. 사람들 역시 바뀐다. 나는 여전히 주변에 있지만, 여기에서 더 진행되면 내가 내 멋대로 밝힐 수 없는 이유들 때문에, 스스로를 너무도 교묘하게 변장시켜놓았기 때문에 가장 영리한 독자조차도 날 알아보지 못할 것이다.

유럽 전승 기념일*이 며칠 지난 뒤, 밤 열시 반경 바바리아의 가우푸르트에서였다. X하사는 이미 휴전 협정 이전부터 다른 아홉 명의 미군과 함께 머물러온 민간인 집 2층 자기 방에 있었다. 그는 목재 접이식 의자에 앉아 있었고, 그 앞의 몹시 지저분한 조그만 필기용 책상 위에는 보급판 외국소설이 펼쳐져 있었다. 그는 그 소설을 읽느라 무척 애를 먹고 있었다. 문제는 책이 아니라 그에게 있었다. 보통 1층에 사는 사람들이 매달 특별 서비스로 배달되는 책들을 먼저 잡아채갔지만, X에게는 통상 그가 직접 골랐다 해도 좋을 만한 책이 남겨지는 듯했다. 그러나 그는 자기의

---

* 1945년 5월 8일.

모든 재능을 그대로 지닌 채 전쟁을 통과할 수 있었던 젊은이는 아니었고, 그래서 한 시간이 넘도록 같은 단락을 세 번씩 읽어왔으며, 이제는 심지어 문장들에까지 그 짓을 하고 있었다. 그는 읽던 곳에 아무런 표시도 하지 않고 돌연 책장을 덮었다. 그는 테이블 위 알전구의 강렬하고 눈부신 빛을 피해 잠시 한 손으로 눈을 가렸다.

그는 테이블 위 담뱃갑에서 담배 한 개비를 꺼내, 조용히 그리고 부단히 서로 부딪치는 손가락들을 이용해 불을 붙였다. 그는 의자에서 몸을 약간 뒤로 빼고 앉아 아무런 맛도 느끼지 못한 채 담배를 피웠다. 그는 몇 주 동안 줄담배를 피웠다. 혀끝으로 조금만 눌러도 잇몸에서 피가 나왔지만, 그는 좀처럼 그 실험을 중단하지 않았다. 그것은 그가 때로 한 시간에 한 번쯤 하는 작은 유희였다. 그는 앉아서 잠시 담배를 피우면서 실험을 해보았다. 이윽고 돌연, 익숙하게, 평소처럼, 아무 조짐 없이 자기 마음이 스스로 움직여 머리 위 선반에 불안하게 놓인 짐짝처럼 흔들리고 있다는 생각이 들었다. 그는 상황을 바로잡기 위해 지난 몇 주일 동안 해온 일을 재빨리 했다. 그는 두 손으로 관자놀이를 세게 누른 뒤 잠시 동안 단단히 잡고 있었다. 이발할 때가 되어 머리칼이 지저분했다. 프랑크푸르트 암 마인에 있는 병원에서 두 주째 지내는 동안 세 번인가 네 번 머리를 감았지만, 멀고 먼 먼짓길을 지프를 타고 가우푸르트로 돌아오다 머리칼이 도로 더러워지고 말았다. 그를 데리러 병원에 들렀던 Z상병은 휴전 협정중이든 아니든 간에 여전히 와이퍼를 보닛 위로 내린 채 전투형 지프를 몰았다. 독일에는 수천 개의 새 군부대가 있었다. 와이퍼를 보닛 위에 내린 채 전투형 지프를 모는 것으로, Z상병은 자신은 그들 중 하나가 아니라는 것을, 자신이 결코 E.T.O.*의 개 같은 신참 녀석이 아니라는 것을 보여주고 싶었던 것이다.

X는 머리에서 손을 떼고 필기용 책상 윗면을 응시하기 시작했다. 책상 위에는 전부 그 앞으로 배달된 적어도 두 다스는 되는 뜯지 않은 편지들과 적어도 대여섯 개는 되는 열지 않은 소포들이 어지럽게 부려져 있었다. 그는 그 잔해들 뒤로 손을 뻗어 벽에 기대어 세워져 있던 책을 한 권 집어들었다. 괴벨스**가 쓴 『유례없는 순간』이었다. 그것은 두 주 전까지만 해도 그 집에서 살았던 가족 중 서른여덟 살 먹은 미혼인 딸의 책이었다. 그녀는 나치당의 하급 관리였지만, 군대 규정에 따르면 자동 체포 대상 명단에 들어갈 만큼은 되는 급이었다. 그녀를 체포한 건 X 자신이었다. 그날 병원에서 돌아온 뒤 이제 세번째로, 그는 그 여자의 책을 펼치고서 속표지 위에 짧게 적혀 있는 구절을 읽었다. 잉크로, 독일

---

* 유럽 전역 작전본부(European Theater of Operations).
** Paul Jeseph Goebbels(1897~1945), 독일 나치 정권의 선전장관.

어로, 작게, 절망적으로, 성실한 필체로 씌어진 그 구절은 "사랑하는 신이시여, 삶은 지옥입니다"였다. 그 앞의 말도, 다음 말도 없었다. 그 구절은 페이지 위에 단독으로 존재했으며, 방 안의 병적인 정적 속에서 논의의 여지가 있을 수 없는 고매함을, 심지어 고전적인 징벌의 위상까지도 지닌 듯 보였다. X는 버거운 적수에게 빨려들지 않으려 애쓰면서 몇 분 동안 그 페이지를 응시했다. 그런 뒤에 몇 주 동안 그가 해온 다른 어떤 일에 대해서보다 훨씬 더 큰 열성으로 몽당연필을 집어들고서, 그 구절 아래에 영어로 이렇게 적었다. "아버지들이시여, 그리고 선생들이시여, '무엇이 지옥인가?' 하고 나는 곰곰이 생각합니다. 나는 지옥이란 사랑할 수 없는 상태의 고통이라고 주장합니다." 그는 그 구절 밑에 도스토예프스키의 이름을 써넣기 시작하다가, 자신이 쓴 글씨들이 거의 해독 불가능한 상태라는 것을—자신의 온몸을 뚫고 흐르는 공포와 함께—깨달았다. 그는 책장을 덮었다.

그는 재빨리 책상 위의 다른 것을 집어들었는데, 그것은 올버니*에 있는 그의 형에게서 온 편지였다. 편지는 그가 병원에 입원하기 전부터 책상 위에 놓여 있었다. 그는 그 편지를 뜯으면서 중단하지 않고 끝까지 읽어야겠다고 느슨하게나마 결심했지만, 첫

---

* 미국 뉴욕 주의 주도.

페이지의 위쪽 절반까지밖에 읽지 못했다. 그가 읽다가 멈춘 부분은 "이제 전쟁도 끝나고, 모르긴 해도 네가 여유가 생길 테니까, 총검이나 스바스티카(卍)를 아이들에게 두어 개씩 보내주면 어떻겠냐……"였다. 그는 편지를 찢어버린 뒤, 휴지통 속의 찢어진 편지 조각들을 내려다보았다. 이윽고 그는 동봉된 스냅 사진을 미처 못 보았다는 것을 알게 되었다. 사진 속에서 그는 어떤 잔디밭에 서 있는 누군가의 두 발을 알아볼 수 있었다.

그는 테이블 위에 두 팔을 내려놓고 그 위에 머리를 얹었다. 머리끝부터 발끝까지 아팠으며, 모든 구석의 통증이 서로 의지하고 있는 듯했다. 그는 여러 개의 전구가 전선에 줄줄이 달려 있어도 단 하나의 전구에 흠이 있으면 불이 모두 나가버릴 수밖에 없는 크리스마스 트리 같았다.

두드리는 소리도 없었는데 문이 쾅 하고 열렸다. X가 고개를 들어보니 Z상병이 문간에 서 있었다. Z상병은 공격 개시일로부터 다섯 번의 전투가 이어지는 동안 X의 지프 파트너였던 한결같은 전우였다. 1층에 사는 그는 부려놓을 소문이나 불평거리가 있을 때면 X를 보러 올라오곤 했다. 그는 덩치가 엄청 크고 사진발 잘 받는 스물네 살의 젊은이였다. 전쟁중 한 잡지사에서 휘르트겐 숲에 있는 그의 사진을 찍은 적이 있었다. 그는 양손에 추수감사

절 칠면조를 한 마리씩 든 채, 그냥 하라고 해서 하는 것 이상의 포즈를 취했었다.

"편지 쓰고 있어요?"

그가 X에게 물었다.

"젠장, 으스스한데요."

그는 늘 불 켜진 방에 들어가는 편을 선호했다.

X는 자기 의자에서 몸을 돌리고는 그에게 들어오라고, 그리고 개를 밟지 않도록 조심하라고 말했다.

"무엇을요?"

"앨빈. 앨빈이 바로 네 발밑에 있어. 클레이, 빌어먹을 불 좀 켜는 게 어때?"

클레이는 머리 위 전등 스위치를 찾아 찰칵 하고 켠 뒤 걸음을 떼어, 보잘것없는 하인방 크기의 방을 가로질러 침대 가장자리에 앉아 방 주인과 얼굴을 마주했다. 방금 빗어넘긴 그의 붉은 벽돌색 머리칼에서, 만족스러울 정도로 몸을 단정하게 하기 위해 필요했던 양만큼의 물이 뚝뚝 떨어지고 있었다. 진한 황록색 셔츠의 오른쪽 주머니에는 빗과 만년필 고정핀이 낯익은 모습으로 튀어나와 있었다. 왼쪽 호주머니 위에는 전투 보병대 배지(정확히 말해 그건 그가 달 자격이 없는 배지였다)와 안에 다섯 개의 청동성 기장(그것과 동등한 은성 기장 한 개가 아니라)이 있는 유럽

영화 훈장 리본과 진주만 공격 이전의 훈장 리본이 달려 있었다. 그는 무겁게 한숨을 쉬고는 "빌어먹을 것"이라고 말했다. 아무 뜻 없는 말이었다. '빌어먹을 것'이란 바로 군대였다. 그는 셔츠 주머니에서 담뱃갑을 꺼내 톡톡 두드려 한 개비를 꺼내고는 담뱃갑을 다시 집어넣고 주머니 덮개의 단추를 도로 잠갔다. 담배를 피우면서 그는 방 안을 공허하게 둘러보았다. 그의 시선은 마침내 라디오에 고정되었다.

"몇 분 뒤에 라디오에서 끝내주는 쇼를 할 거예요. 밥 호프*가 나오는."

X는 새 담뱃갑을 뜯으며 방금 라디오를 껐노라고 말했다.

우울해지지는 않은 채, 클레이는 X가 담배에 불을 붙이려 애쓰는 모습을 지켜보았다.

"어렵쇼."

구경꾼처럼 열을 내며 그가 말했다.

"당신의 그 빌어먹을 손 좀 봐요. 이런, 수전증이 생긴 게로군요. 알고 있었어요?"

X는 담배에 불을 붙이고 고개를 끄덕인 후, 클레이가 세세한 것까지 잘 보는 제대로 된 눈을 갖고 있다고 말했다.

---

* 영국 출신의 미국 희극배우. 2차 대전을 전후하여 가수이자 배우인 빙 크로즈비와 콤비로 출연한 〈희한한 여행〉 시리즈로 인기 스타가 되었다.

"이런, 농담 말아요. 병원에서 하사님을 봤을 때, 빌어먹을, 난 기절할 뻔했어요. 하사님은 빌어먹을 송장처럼 보였다구요. 체중이 얼마나 줄었어요? 몇 파운드나? 알기나 해요?"

"모르겠어. 내가 없었을 때 자네 우편물은 어땠나? 로레타로부터 소식은 왔어?"

로레타는 클레이의 애인이었다. 그들은 언제든 형편이 좋아지면 결혼할 작정이었다. 그녀는 약간의 감탄사와 부정확한 관찰로 이루어진 어떤 천국으로부터, 상당히 규칙적으로 그에게 편지를 보내왔다. 클레이는 전쟁 동안 로레타가 보내온 모든 편지들을 X 앞에서 큰 소리로 읽어주었다. 아무리 은밀한 것이라 할지라도, 사실은 은밀한 것일수록 더 잘. 읽어준 뒤에는 매번 X에게 답장을 위한 줄거리를 만들어달라거나 구성을 짜달라거나 길게 늘여달라거나, 그것도 아니면 인상적인 불어나 독일어 단어를 몇 개 집어넣어달라고 부탁하는 게 그의 습관이었다.

"예, 어제 한 통 받았어요. 아래층 내 방에 있어요. 나중에 보여드릴게요."

클레이가 귀찮은 듯 말했다. 그는 침대 가장자리에서 몸을 꼿꼿이 고쳐 앉더니 숨을 참으면서 긴 트림 소리를 냈다. 그걸 해내어 반쯤은 즐거운 듯한 표정이 된 그는 몸을 도로 편하게 풀었다.

"그녀의 빌어먹을 남동생이 엉덩이 때문에 해군에서 제대한대요. 그 자식은 엉덩이가 이따만 해졌거든요."

그는 도로 몸을 고쳐 앉고는 다시 한번 트림을 했지만, 이번에는 표준 이하였다. 아주 약간의 기민함이 그의 얼굴에 돌아왔다.

"저기요, 잊기 전에 하는 말인데, 우리 내일 다섯시에 일어나서 함부르크인지 어딘지로 차를 몰고 가야 해요. 분대 전체에 배급할 아이젠하워 재킷을 가져와야 하거든요."

X는 적의에 찬 눈으로 그를 바라보면서 자신은 아이젠하워 재킷이 필요 없다고 밝혔다. 클레이는 놀란 듯, 거의 상처받기라도 한 듯 보였다.

"오, 아이젠하워 재킷, 그거 좋은 거예요! 정말 괜찮아 보인다구요. 어째서 그게 싫어요?"

"아무 이유도 없어. 왜 우리가 다섯시에 일어나야 한다는 거지? 젠장, 전쟁은 끝났는데 말이야."

"모르죠. 우린 점심 식사 시간 전에 돌아와야 할 거예요. 점심 식사 전에 채워넣어야 할 새 서류들이 있어요…… 벌링에게 그 서류들을 오늘 밤 채워넣으면 왜 안 되냐고 물어보긴 했어요. 서류들이 벌링 책상 위에 있었거든요. 그는 아직 그 서류봉투들을 열어보고 싶지 않은 거예요, 개자식."

두 사람은 벌링을 미워하면서 잠시 가만히 앉아 있었다.

클레이가 갑자기 새로운, 전보다 높은 관심을 갖고서 X를 바라

에스메를 위하여, 사랑 그리고 비참함으로 209

보았다.

"저기요, 하사님 얼굴의 그 빌어먹을 한쪽이 온통 실룩거리고 있다는 거 알아요?"

X는 알고 있다고 말하면서 한 손으로 경련하는 부분을 가렸다.

클레이는 잠시 그를 응시하다가, 마치 자신이 이례적으로 좋은 소식을 날라다주는 사람이라도 되는 양 조금 활기를 띠며 말했다.

"로레타한테 하사님이 신경쇠약에 시달린다고 썼어요."

"그래?"

"예. 그녀는 그런 것에 대단한 관심을 갖고 있어요. 심리학을 전공하거든요."

클레이는 구두까지 올린 채 침대 위에 벌렁 누웠다.

"로레타가 뭐라고 했는지 알아요? 단지 전쟁 때문에 신경쇠약에 걸리는 사람은 아무도 없다고 말했어요. 로레타 말로는 하사님은 아마도 뭔가 불안정한 상태일 거라고, 하사님의 빌어먹을 인생 전체에 문제가 있을 거라고 하더군요."

X는 양손을 두 눈에 얹고서 ─ 침대 위 불빛이 그의 눈을 멀게 할 것만 같았기 때문에 ─ 여러 가지 상황들에 대한 로레타의 통찰력은 언제나 즐거움을 준다고 대답했다.

클레이는 그를 흘낏 건너다보았다.

"좀 들어보세요. 로레타가 하사님보다 심리학에 더 박식해요."

"그 냄새 나는 발 좀 내 침대에서 내려놓을 수 없나?"

X가 말했다.

클레이는 내 발을 어디다 두라고 명령하지 말라는 듯한 태도로 몇 초 동안 두 발을 그대로 두었다가는 다시 획 돌려 상체를 곧게 펴고 앉았다.

"어쨌거나 난 아래층으로 내려갈 거예요. 거기 워커의 방에 라디오가 있어요."

그러면서도 그는 침대에서 일어나지 않았다.

"이봐요, 난 그냥 아래층의 그 새로 온 빌어먹을 번스타인과 얘기하고 있었어요. 기억나요? 나와 하사님이 차를 타고 발로뉴로 갔을 때 말이에요. 그때 우린 빌어먹을 거의 두 시간 동안 폭격을 당했잖아요. 우리가 굴속에서 매복하고 있을 때, 지프 보닛 위에 뛰어올라서 내가 쏘아버렸던 그 고양이 말예요."

"그래, 기억나. 하지만 클레이, 그 고양이 갖고 한 짓은 이야기하지 마. 그 빌어먹을 이야기, 난 듣고 싶지 않아."

"아녜요. 내가 말하려는 건 내가 그것에 대해 로레타에게 써보냈다는 거예요. 그녀와 심리학과 학생들 전체가 그것을 갖고 토론을 했대요. 학생들 전부, 그 빌어먹을 교수 모두가."

"그거 훌륭하군. 클레이, 난 그 얘기 듣고 싶지 않아."

"그게 아니라, 내가 근거리에서 그 고양이를 쏜 이유를 로레타가 뭐라고 말했는지 알아요? 그녀는 내가 일시적으로 정신이상이 되었던 거래요. 농담 아니에요. 폭격과 그 밖의 모든 것 때문에 그렇게 되었던 거래요."

X는 한 번, 손가락으로 자신의 더러운 머리칼을 이리저리 훑었고, 그런 다음 또다시 빛을 막으려고 손으로 두 눈을 가렸다.

"넌 정신이상이 된 게 아니었어. 넌 의무를 이행한 것뿐이야. 넌 그 고양이를, 그런 상황에서 어느 누구든 그랬을 만큼 인간적인 방식으로 죽였던 거야."

클레이는 그를 의심스럽게 바라보았다.

"무슨 얘길 하는 거예요?"

"그 고양이는 스파이였어. 근거리에서 쏘지 않으면 안 되었어. 그 고양이는 값싼 털코트를 차려입은 아주 영리한 독일 난쟁이였어. 그러니까 그 일에 짐승 같다거나 아니면 잔인하다거나, 더럽다거나 한 것은 아무것도 없었다는 거야. 심지어……"

"빌어먹을! 도대체 좀 진지해질 수 없어요?"

클레이가 입술을 얇게 하고서 말했다.

갑자기 구역질을 느낀 X는 몸을 휙 돌려 쓰레기통을 움켜잡았다…… 제때에.

몸을 꼿꼿이 펴고 일어나 다시 손님에게로 몸을 돌렸을 때, 그는 침대와 문 사이에 당황한 채 서 있는 Z를 보았다. X는 변명하려다가 마음을 바꾸어 담배에 손을 뻗었다.

"이봐요, 내려가서 밥 호프가 나오는 라디오나 듣자구요."

거리를 두고, 그러나 친근하게 굴려고 애쓰며 클레이가 말했다.

"그게 도움을 줄 거예요. 내가 장담해요."

"어서 가, 클레이…… 난 우표 수집해놓은 거나 보겠어."

"네? 우표를 수집했다구요? 몰랐는데요. 당신이……"

"그냥 농담이야."

클레이는 문간을 향해 느린 걸음으로 두어 발짝 뗐다.

"난 나중에 차를 몰고 에슈타트로 건너갈지도 몰라요. 거기서 춤판이 벌어지거든요. 아마 두시경까지 계속될 거예요. 같이 가실래요?"

"아니. 고맙지만…… 난 방 안에서 몇 가지 스텝이나 연습하면 되겠지."

"그러세요. 잘 자요! 이젠 제발 마음을 편히 먹구요."

문이 쿵 닫혔다가 즉시 다시 열렸다.

"이봐요, 만약 내가 로레타에게 보낼 편지 한 통을 당신 방문 밑에 두고 간다면요? 편지 속에 독일어를 적어넣었는데요, 그걸 좀 손봐주겠어요?"

"그래. 이젠 날 좀 혼자 내버려둬, 빌어먹을."

"물론이에요. 어머니가 내게 뭐라고 써보낸 줄 알아요? 당신과 내가 전쟁 내내 줄곧 함께 있었다는 게 기쁘다고 썼어요. 같은 지프를 탄다거나 하는 그 모든 게 말예요. 그녀는 우리가 함께 돌아다닌 뒤로 내 편지가 지독하게 지적으로 변했다고 말해요."

X는 고개를 들어 그를 건너다보면서, 대단히 힘겹게 말했다.

"고맙군. 나를 대신해서 어머니께 고맙다고 전해드려."

"그러죠. 잘 자요!"

문이 쾅 하고, 이번에는 영원히 닫혔다.

X는 오랫동안 문을 바라보며 앉아 있다가 이윽고 의자를 필기용 책상 쪽으로 돌리고 바닥에서 휴대용 타자기를 들어올렸다. 무너진 한 무더기의 뜯지 않은 편지와 소포들을 옆으로 밀쳐서 책상 위에 타자기 놓을 자리를 만들었다. 뉴욕에 있는 자신의 오랜 친구에게 편지를 쓴다면 거기에 자신을 위한 빠른, 아무리 미세한 것일지라도 어떤 치유력이 있을지 모른다고 그는 생각했다. 하지만 그는 종이를 제대로 끼울 수조차 없었다. 손가락들이 이제는 너무 심하게 떨리고 있었던 것이다. 그는 잠시 두 손을 옆구리에 내린 다음 다시 시도해보았지만, 결국 편지지를 손으로 구겨버리고 말았다.

그는 쓰레기통을 방 밖으로 내가야 한다는 걸 알았지만, 그러기 위해 어떻게든 하는 대신 두 손을 타자기 위에 얹고 그 위에 다시 머리를 얹고는 두 눈을 감았다.

부들부들 떨면서 몇 분을 보낸 뒤 눈을 뜬 그는 초록색 종이로 싼 뜯지 않은 조그만 소포를 눈을 가늘게 하고 바라보았다. 아마도 그가 타자기 놓을 자리를 마련할 때 쌓여 있던 무더기에서 미끄러져내린 것일 터였다. 그는 그 소포가 다른 주소들을 몇 번인가 돌아서 온 것임을 알았다. 소포의 한 구석에서만도 자신의 옛 육군 우체국 번호를 적어도 세 개는 알아볼 수 있었다.

그는 발신인 주소를 보지도 않은 채 아무 흥미 없이 소포를 뜯고 성냥에 불을 켜 소포 끈을 태웠다. 그는 소포를 뜯는 것보다는 끈이 줄곧 아래로 타들어가는 것을 지켜보는 쪽에 더 관심이 갔지만, 결국 소포를 열었다.

상자 안에는 박엽지(薄葉紙)에 싸인 작은 물건이 있고, 그 위에 잉크로 쓰어진 짧은 편지가 놓여 있었다. 그는 편지를 꺼내 읽었다.

―가(街) 17번지

데번, ―

1944년 6월 7일

친애하는 X 하사님께,

편지를 쓰기까지 38일이나 걸린 것을 용서해주시기 바랍니다. 하지만 이모가 연쇄상 구균으로 인한 목병을 앓느라 거의 죽을 뻔하는 바람에 당연히 제가 해야 할 일들이 생겨나서 몹시도 바빴어요. 그렇긴 해도 전 종종 아저씨 생각을 했고, 그러다가 1944년 4월 30일 오후 세시 사십오분에서 네시 십오분 사이에 우리가 함께 보낸 무척이나 즐거웠던 그 오후에 대해서, 그 일이 아저씨 마음에서 깡그리 잊혀졌을 경우에 대해서 생각했어요.

우리 모두 공격 개시일에 대해 엄청나게 흥분하고 압도당해 있고, 그게 전쟁, 그리고 줄잡아 말해 우스꽝스런 생존 방법의 조속한 근절을 가져다주기를 바랄 뿐이에요. 찰스와 나는 둘 다 아저씨에 대해 염려하고 있어요. 우린 아저씨가 코탕탱 반도* 공격을 개시한 사람들 중에 끼여 있지 않았기를 바란단 말이에요. 그랬나요? 가능한 한 신속하게 답장해주세요. 아저씨의 부인에게 가장 따뜻한 안부를 전해주세요.

마음을 담아서,
에스메 올림

---

* 프랑스 북서부 노르망디 지방에서 영국 해협 쪽으로 돌출된 반도로, 노르망디 반도라고도 한다.

P.S. 멋대로 내 손목시계를 동봉합니다. 전쟁이 계속되는 동안 아저씨가 간직해도 좋아요. 우리가 함께 어울렸던 짧은 시간 동안, 아저씨가 시계를 차고 있었는지 아닌지 눈여겨보지는 않았지만, 이 시계는 물에 무척 잘 견디고 충격도 잘 견딜 뿐만 아니라 다른 많은 장점들을 갖고 있어요. 그중 하나는 원한다면 자신이 어느 정도의 속도로 걷고 있는지 알 수 있다는 거죠. 이 어려운 시절에는 이 시계가 나보다 아저씨에게 더욱 유용할 거라고, 그리고 아저씨가 이 시계를 행운의 부적으로 받아들일 거라고 나는 틀림없이 확신해요.

내가 한창 읽기와 쓰기를 가르치고 있는 찰스는 알고 보니 무척 똑똑한 신참내기예요. 그애가 몇 마디 말들을 덧붙이길 간절히 원하네요. 시간과 마음이 생기는 대로 편지를 보내주세요.

헬로 헬로 헬로 헬로 헬로
헬로 헬로 헬로 헬로 헬로
사랑과 키스를, 찰스가

X는 에스메 아버지의 시계를 상자에서 꺼내드는 것은 고사하고 그 편지를 겨우 옆으로 치우는 데만도 한참이나 걸렸다. 마침내 시계를 꺼내들었을 때, 그는 시계의 크리스털 알이 배달중 깨져버렸다는 것을 알게 되었다. 다른 데는 망가지지 않았을까 궁

금했지만, 그는 태엽을 감고 그것을 살펴볼 용기가 나지 않았다. 그는 또다시 긴 시간 동안 시계를 손에 쥔 채 그냥 앉아 있었다. 그러다가 갑자기 거의 무아지경에 빠진 듯 졸음을 느꼈다.

에스메, 네가 고른 사람은 아무런 기력이 없구나. 하지만 그에게는 자신의 모든 재…… 자신의 모든 재능을 그대로 간직한 사람으로 거듭날 가망이 언제나 있단다.

예쁜 입과
초록빛 나의 눈동자

"내가 누구랑 결혼했는지 알아요?

내가 결혼한 사람은, 살아 있는 가장 위대한 여배우이자

소설가에다, 심리분석가에다,

그리고 빌어먹을, 두루 인정받지 못하는 유명한 천재예요.

그건 몰랐죠, 그렇죠?"

전화벨이 울렸을 때, 머리가 희끗한 남자는 별다른 존중의 기미 없이 여자에게 어떤 이유로든 자신이 전화를 받지 않는다면 그녀가 전화를 대신 받겠느냐고 물었다. 여자는 그의 말이 멀리서부터 들려오는 듯 듣고는 그에게로 얼굴을 돌렸는데, 한쪽 눈— 불빛을 받은 쪽—은 꼭 감겨 있었고, 뜨고 있는 다른 쪽 눈은 매우 앙큼하게 보이긴 했어도 아주 크고 너무 파래서 거의 보라색으로 보일 정도였다. 머리가 희끗한 남자는 그녀에게 서두르라고 말했고, 그녀는 오른쪽 팔뚝 윗부분을 받치며 재빨리 몸을 일으켰는데, 그렇게 마지못해 하는 동작으로 보이지는 않았다. 그녀는 이마에 흘러내린 머리칼을 왼손으로 쓸어넘기며 말했다.
 "이런, 모르겠어요. 내 말은, 당신은 어떻게 생각하느냐 하는 거예요."

 머리가 희끗한 남자는 이쪽이든 저쪽이든 지독하게 많이 차이가 난다고는 보지 않는다고 말하고, 팔꿈치 위쪽, 즉 그녀가 머리를 받치고 있는 팔뚝 아래로 왼손을 살짝 넣고는 손가락들을 위로 올려서 그녀의 팔뚝 윗부분과 가슴 사이의 따뜻한 곳에 손가락이 놓일 공간을 만들었다. 그는 오른손을 전화기에 뻗었다. 손으로 더듬지 않고 전화기를 잡으려 몸을 약간 더 높이 일으켰는데, 그 때문에 그의 뒤통수가 램프갓에 살짝 스쳤다. 그 순간, 불빛이 다소 생생하게, 대부분 백발인 그의 머리칼을 실제보다 유달리 돋보이게 만들었다. 그 순간엔 흐트러져 있었지만, 그 전에 새로 깎은—혹은 새로 다듬은—것이 분명했다. 목둘레와 관자놀이 부분의 머리칼은 보통 그러하듯 아주 짧게 깎여 있었지만 양옆과 윗부분은 기름하다는 정도 이상이어서, 사실은 약간 '유별나' 보였.

"여보세요?"

 전화기에 대고 그가 낭랑하게 말했다. 여자는 팔뚝으로 몸을 계속 받치고 있는 상태에서 그를 지켜보았다. 주의를 기울이거나 생각을 굴리고 있다기보다는 그냥 뜨고 있는 상태에 가까운 그녀의 두 눈은 크기와 색깔을 뚜렷하게 드러내고 있었다.

 한 남자의 목소리—숨결이 들리지는 않지만 왠지 거칠고 임시로 불쾌하게 빨라진 듯한—가 수화기 저편으로부터 들려왔다.

"리? 내가 깨웠나요?"

머리가 희끗한 남자는 왼쪽에 있는 여자를 잠깐 힐끗 쳐다보았다.

"아서?"

"그래요, 내가 깨웠어요?"

"아냐, 아냐. 침대에서 책 읽고 있어. 무슨 문제라도?"

"정말 내가 깨운 거 아니에요? 맹세코?"

"아니라니까. 아니야, 절대로."

머리가 희끗한 남자가 말했다.

"사실 난 평균적으로 거의 네 시간 동안 끔찍하게도……"

"리, 내가 전화한 이유는 아까 혹시 조아니가 나가는 걸 봤나 해서예요. 혹시 그녀가 행여라도 엘렌보겐 가족들과 함께 나간 건가요?"

머리가 희끗한 남자는 다시 왼쪽을, 그러나 이번에는 높이 바라보다 여자 쪽으로부터 눈길을 돌렸다. 그녀는 이제 젊고 파란 눈을 가진 아일랜드 경찰관처럼 그를 주시하고 있었다.

"아니 못 봤는데, 아서."

벽과 천장이 만나는 방 안의 멀고 희미한 모서리 부분에 눈길을 둔 채 그가 말했다.

"자네와 함께 자리를 뜨지 않았던가?"

"아니에요. 빌어먹을, 아니에요. 그렇다면 그녀를 전혀 못 봤단 말인가요?"

"그래. 아니라니까. 정말 못 봤어, 아서."

머리가 희끗한 남자가 말했다.

"정말 저녁 내내 난 빌어먹을 아무것도 보지 못했어. 문 안으로 들어가는 순간 난 그 프랑스인 얼간이, 비엔나 얼간이 — 빌어먹을, 어느 쪽이든 간에 — 와의 긴 회의에 말려들었거든. 그 외국인 녀석들, 모두 하찮은 공짜 법률 조언을 바라고 눈을 크게 뜨고 있었어. 그런데 왜? 무슨 일이야? 조아니가 사라졌나?"

"아, 젠장. 알 게 뭐예요? 모르겠어요. 그녀가 진창 퍼마시고는 나가고 싶어할 때가 있다는 걸 아시잖아요. 난 모르겠어요. 그녀는 아마 그냥……"

"엘렌보겐 가족들에게는 전화해봤나?"

머리가 희끗한 남자가 물었다.

"네, 그들은 아직 집에 안 왔대요. 모르겠어요, 젠장. 그녀가 그들과 함께 떠났는지조차 난 확실히 몰라요. 한 가지는 알아요. 빌어먹을 한 가지는 말이에요. 내가 이렇게 온 신경을 다 쏟는 것도 이제 끝장이에요. 정말이에요. 이번에는 진짜 정말이에요. 난 끝장이에요. 오 년 동안, 젠장."

"좋아, 이제 마음을 좀 편히 가져, 아서."

머리가 희끗한 남자가 말했다.

"우선, 내가 엘렌보겐 가족이라면 아마 다 함께 택시에 올라타고서 두어 시간 지내려고 빌리지로 내려갔을 거야. 모르긴 해도 세 사람 모두 느릿느릿 걷고 있을 거야."

"그녀가 부엌에 있던 어떤 녀석에게 수작을 부리려 했다는 느낌이 들어요. 그냥 느낌이에요. 그녀는 진탕 마시고 나면 언제나 부엌에서 어떤 녀석을 껴안고 애무하기 시작하죠. 난 끝장이에요. 이번에는 정말이에요. 맹세해요. 오 년 동안의 빌어먹을……"

"아서, 지금 어디지? 집인가?"

머리가 희끗한 남자가 물었다.

"예, 집이에요. 홈 스위트 홈. 젠장."

"글쎄, 그냥 좀 편히…… 자네 뭐야, 취한 건가?"

"모르겠어요. 젠장, 내가 어떻게 알아요?"

"좋아, 이젠 편히 쉬어. 그냥 편히 쉬라구."

머리가 희끗한 남자가 말했다.

"엘렌보겐 가족들을 알잖나. 모르긴 해도 아마 그들은 막차를 놓쳤을 거야. 어쩌면 세 사람 모두 당장이라도 자네 집으로 쳐들어올 거야. 그 익살맞은 나이트클럽 같은 데……"

"그들이 몰려가 있대요."

"자네가 어떻게 아나?"

"베이비시터가 그랬어요. 우린 생생한 대화를 주고받았죠. 우린 아주 친해요. 우린 빌어먹을 한 콩깍지 속에 든 두 개의 콩알 같죠."

"좋아, 좋아. 그래서 어쨌다고. 이젠 가만히 앉아서 좀 편히 쉬지 않겠어?"

머리가 희끗한 남자가 말했다.

"세 사람 모두 어쩌면 당장이라도 왈츠를 추며 자네 앞에 나타날 거야. 내 말을 믿게. 리오나를 알잖아. 빌어먹을 그게 뭐더라. 뉴욕 시내에 들어가면 그들 모두 그 끔찍한 코네티컷 스타일의 환락에 젖곤 하잖아. 자네도 알잖나."

"네, 알죠. 알아요. 하지만 모르겠어요."

"자넨 분명히 알고 있어. 상상력을 발휘하라구. 그들 중 두 명이 어쩌면 조아니를 통째로 끌고 갔는지도 모르지."

"이봐요. 누구든 어디로 조아니를 끌고 가야 할 필요는 없어요. 내게 끌고 갔다는 둥의 애긴 하지 말아요."

"아서, 자네에게 끌고 갔다는 애길 하려는 게 아냐."

머리가 희끗한 남자가 조용히 말했다.

"알아요, 알아! 죄송합니다, 젠장. 난 거의 미쳤어요. 신에게 맹세코 정직하게, 내가 당신을 깨우지 않은 게 확실해요?"

"아서, 그랬다면 내가 그랬다고 말했겠지."

머리가 희끗한 남자가 말했다. 그는 멍한 태도로 여자의 팔뚝 윗부분과 가슴 사이에서 왼손을 빼냈다.

"이봐, 아서, 내 조언을 원해?"

그가 말했다. 그는 수화기 바로 아래의 손가락 사이로 전화선을 잡았다.

"자, 진짜야. 조언을 좀 듣고 싶은 거야?"

"글쎄, 모르겠어요. 젠장, 난 당신 말을 따라가고 있어요. 왜 내가 그냥 가서 잘라버리질 않는지. 나의……"

"잠깐 내 말 들어봐."

머리가 희끗한 남자가 말했다.

"첫째로—자, 이건 진심으로 하는 말인데—침대로 가서 편히 쉬어. 멋있게. 자기 전에 마실 술 한 잔을 듬뿍 만들어. 그러고는……"

"자기 전에 마시는 술이라구요? 농담해요? 젠장, 빌어먹을 지난 두 시간 동안 난 거의 일 쿼트*나 해치웠어요. 자기 전에 마시는 술! 너무 취해서 이젠 거의……"

"좋아, 좋아. 그럼 이제 어서 침대에 들게."

머리가 희끗한 남자가 말했다.

"그리고 편히 쉬게나. 내 말 들려? 사실을 말해봐. 앉아서 빈둥

---

* 부피 단위. 1쿼터는 1/4갤런 또는 2파인트.

거리면서 안달하는 게 무슨 소용이 있겠나?"

"네, 알아요, 젠장. 이제 빌어먹을 걱정 따윈 안 할래요. 하느님께 맹세해요. 하지만 그 여자는 도무지 신뢰할 수가 없단 말이에요! 맹세해요. 정말이지 신뢰라곤 눈곱만큼도 할 수 없는 여자라구요. 그녀를 믿기란…… 뭐더라, 무슨 소용이람! 난, 빌어먹을, 제정신을 잃어가고 있어요."

"좋아, 이젠 잊어버려. 잊어버리도록 하라구. 제발 날 좀 봐서 그 모든 일을 마음에서 없애버리지 않겠어?"

머리가 희끗한 남자가 말했다.

"자네가 아는지 모르겠지만, 자네 자신이 만들어내고 있는 거야. 난 정말이지 자네가 그런 걸 산더미로……"

"내가 뭘 하고 있는지 알아요? 내가 뭘 하고 있는지 알긴 하냐구요. 말하기 부끄럽긴 하지만, 내가 그 빌어먹을 밤마다 뭘 하는지 알긴 하냐구요. 집에 들어오면 말이죠. 알고 싶어요?"

"아서, 내 말 좀 들어봐, 이건……"

"잠깐만 기다려요. 얘기해줄게요, 빌어먹을. 난 말예요, 집 안의 빌어먹을 모든 장롱 문을 열어보지 않으려고 나 자신을 억누르고 또 억눌러요. 정말이라구요. 매일 밤 집에 들어오면, 난 절반쯤 의심해요. 불량배 한 떼거지가 집 안 곳곳에 숨어 있을 거라고 말이죠. 엘리베이터 보이들이라든가, 배달하는 녀석들이라든가, 경찰

관이라든가……"

"좋아, 좋아. 좀 편하게 해보자구."

머리가 희끗한 남자가 말했다. 문득 오른쪽을 힐끗 바라보니 얼마 전 저녁 무렵 불을 붙여놓았던 담배가 재떨이 위에 균형 있게 놓여 있었다. 하지만 불이 꺼진 게 분명했고, 그래서 그는 그것을 집어들지 않았다.

"첫째로 말야, 아서. 자네에게 몇 번이나, 몇 번이나 말했지만, 바로 그게 자네의 큰 실수야. 자네가 뭘 하고 있는지 알아? 자네가 뭘 하고 있는지 내가 말해줬으면 좋겠어? 자넨 일부러 그러고 있는 거야. 자, 이 말은 정말이야. 자네는 스스로를 고문하고 있는 거야. 자네가 사실상 조아니를 부추기고 있는 거라구……"

그가 말을 중단했다.

"자넨 정말 행운아야. 조아니는 정말 대단한 애거든. 정말이야. 자넨 그애가 어떤 좋은 취향이나 생각을 갖는 것에 대해, 어쨌든 그 빌어먹을 문제에 관해서라면 아무런 신뢰도 주지 않잖아……"

그가 전화기에 대고 말했다.

"생각이라구요! 지금 농담 따먹기 해요? 그녀는 빌어먹을 대가리라곤 전혀 없어요. 그녀는 짐승이에요!"

콧구멍을 크게 벌름거리는 것으로 보아 머리 희끗한 남자는 꽤 깊게 숨을 쉬고 있는 듯했다.

"우리 모두가 짐승이지. 애당초, 우리는 모두 짐승이라구."

"그렇기도 하겠군요. 하지만 난 빌어먹을 짐승이 아니에요. 난 어리석고 혼란스러운 이십세기의 개자식이긴 해도 짐승은 아니라구요. 내게 그런 말 하지 말아요. 난 짐승이 아니에요."

"이봐, 아서. 이런다고 우리가……"

"생각이라구요. 맙소사, 그게 얼마나 우스운지 아셨으면 좋겠어요. 그 여자는 자기가 그 망할 놈의 지식인이라고 생각하죠. 그게 바로 웃기는 부분이죠. 그거야말로 진짜 배꼽 빠지는 부분이라구요. 그 여자는 연극에 대한 글을 읽고, 정말이지 눈이 멀도록 텔레비전을 봐요. 그래서 자기가 지식인이라는 거예요. 내가 누구랑 결혼했는지 알아요? 내가 결혼한 사람이 어떤 사람인지 알고 싶냐구요. 내가 결혼한 사람은, 계발되지 않고 발견되지 않은 살아 있는 가장 위대한 여배우이자 소설가에다, 심리분석가에다, 그리고 뉴욕에서, 빌어먹을, 두루 인정받지 못하는 유명한 천재예요. 그건 몰랐죠, 그렇죠? 젠장, 너무 웃겨서 목구멍이라도 잘라버릴 지경이라구요. 컬럼비아 대학 공개 강좌의 마담 보바리, 마담……"

"누구?"

머리가 희끗한 남자의 물음에 짜증이 묻어났다.

"마담 보바리는 텔레비전 강의를 듣는대요. 이런, 당신이 그걸 알고 있다면 어떻게……"

"좋아, 좋아. 자네도 알게 되겠지만, 이런다고 우리가 무슨 결과를 얻겠나."

머리가 희끗한 남자가 말했다. 그는 여자 쪽으로 몸을 돌리고 두 손가락을 입 가까이에 갖다대어, 담배 한 대 피우고 싶다는 신호를 보냈다.

"우선은 말야, 자넨 대단히 지적인 사람치고는 인간적으로 안타까울 정도로 요령이 없어."

그는 등을 곧게 펴서 여자의 손이 자기 뒤에 놓인 담배에 닿을 수 있도록 했다.

"정말이야. 그건 자네의 사생활에서도 나타나. 그게 나타난다구, 자네의……"

"생각이라구요? 아, 젠장 정말 사람 잡는군. 맙소사! 그녀가 어떤 사람—내 말은 어떤 남자—에 대해 묘사하는 걸 들어본 적 있어요? 제발 부탁인데, 언제 한가할 때 그녀에게 당신 앞에서 다른 남자에 대해 묘사하라고 해봐요. 그녀는 자기가 보는 모든 남자들에 대해 '징그러울 정도로 매력적으로' 묘사하죠. 그건 제일 낡고, 하찮고, 느끼한 짓이에요."

"좋아, 아서. 아무 소용 없는 짓 그만 하자구."

그는 여자로부터 불붙인 담배를 건네받았다.

"그냥 지나가는 김에 하는 말인데, 자네 오늘 재판은 어떻게 됐나?"

콧구멍으로 연기를 내뿜으며 그가 물었다.

"뭐라구요?"

"오늘 재판은 어떻게 됐냐구."

머리가 희끗한 남자가 되풀이해서 말했다.

"심리가 어떻게 되었냐구."

"아, 젠장! 모르겠어요. 더러워서. 내 최종 변론을 위한 모든 것이 준비되기 이 분 전에, 원고 측 변호사 비스버그가 그 정신 나간 객실 담당 여종업원이랑 빈대 자국이 무수한 한 무더기의 침대 시트를 증거로 갖고 들어왔어요. 젠장!"

"그래서 어떻게 되었지? 자네가 졌나?"

담배를 다시 한 모금 빨면서 머리가 희끗한 남자가 말했다.

"판사석에 누가 있었는지 알아요? 마더 비토리오. 그놈이 내게 대체 무슨 반감을 갖고 있는지 난 죽을 때까지 알 수 없을 거예요. 난 입을 열 수조차 없었고 그놈은 날 엄청 못살게 굴었지요. 그런 놈하고는 논리가 안 통해요. 불가능해요."

머리가 희끗한 남자는 여자가 뭘 하고 있는지 보기 위해 고개를 돌렸다. 그녀는 재떨이를 집어 두 사람 사이에 내려놓던 중이었다.

"그래서 자네가 졌다는 거야, 뭐야?"

그가 전화기에 대고 말했다.

"뭐라구요?"

"자네가 졌냐구."

"아, 그것에 대해 말하려던 참이었어요. 그 야단법석 통에 나한테는 빌어먹을 기회가 안 왔어요. 주니어가 분통을 터뜨릴 거라고 생각해요? 빌어먹을, 내가 충분히 잘한 건 아니지만, 어떻게 생각해요? 주니어가 그럴 거라고 생각해요?"

머리가 희끗한 남자는 왼손을 사용하여 재떨이 가장자리에 담뱃재로 무슨 모양을 그렸다.

"아서, 그가 꼭 분통을 터뜨릴 거라고 생각하진 않지만, 크게 즐거워하지는 않을 가능성이 커. 우리가 그 빌어먹을 세 호텔 문제를 얼마나 오랫동안 다루어왔는지 알잖아. 늙은이 보스 샌리가 직접 시작했지, 그 전체적인……"

머리가 희끗한 남자가 조용히 말했다.

"압니다, 알아요. 그것에 대해서라면 주니어가 적어도 쉰 번은 얘기했어요. 그건 내 평생 들었던 가장 아름다운 이야기들 중 하나예요. 맞아요, 그러니까 난 그 빌어먹을 소송에서 졌어요. 우선 그건 내 잘못이 아니었어요. 첫째로, 그 미친 비토리오가 재판 내내 날 물고늘어졌어요. 그 다음엔 그 바보 같은 객실 담당 여종업원이 빈대가 우글거리는 침대 시트를 돌리기 시작하는 거예요."

"아서, 누구도 자네 잘못이라고 말하진 않아. 주니어가 나한테 분통을 터뜨릴 거라고 생각하냐고 물었지. 내가 자네에게 말한 건 다만 정직한……"

머리가 희끗한 남자가 말했다.

"알아요, 알아요…… 모르겠어요. 무슨, 빌어먹을. 어쨌거나 난 도로 군대로 갈지도 모르겠어요. 제가 말했던가요?"

어쩌면 여자에게 자기 얼굴이 얼마나 관대한가, 심지어 얼마나 금욕적인가를 보여주기 위해서인 듯, 머리가 희끗한 남자는 다시 여자 쪽으로 고개를 돌렸다. 그러나 여자는 그것을 놓쳤다. 그녀는 막 무릎으로 재떨이를 뒤엎은 참이었고, 엎지른 담뱃재를 급하게 손가락으로 쓸어모으던 그녀의 두 눈은 그를 너무 늦게 올려다보았던 것이다.

"아니, 말 안 했는데."

그가 전화기에 대고 말했다.

"맞아요. 그랬는지도 몰라요. 아직은 잘 몰라요. 당연한 말이겠지만 그 생각에 푹 빠져 있는 건 아니에요. 혹시 피할 수만 있다면 군대에는 가지 않을 거예요. 하지만 가야만 할지도 모르죠. 군 생활이란 게 그래 봐야 망각일 뿐이니까요. 나의 작은 헬멧과, 덩치 큰 책상과, 널찍하고 멋진 모기장을 돌려준다면 어쩌면……"

"이봐, 자네 머리통에 상식을 좀 두들겨박아주었으면 좋겠군. 그게 내가 하고 싶은 일이야."

머리가 희끗한 남자가 말했다.

"무척 지적이라고 생각되는 사람치고는, 자넨 완전히 어린애처럼 얘기하는군. 진심에서 하는 말일세. 자넨 한 무더기의 사소한 것들을 자네 마음속에서 눈덩이처럼 굴려 산더미로 만들고는 자네 스스로를 그 어디에도 안 맞게……"

"그 여자한테서 떠났어야 하는 건데. 그거 알아요? 지난여름 내가 정말 일을 시작했을 때, 그렇게 해치웠어야 했는데. 그거 알죠? 내가 왜 안 그랬는지 알죠? 알고 싶어요?"

"아서, 제발. 이런다고 우리가 어떻게 되는 건 아니잖나."

"잠깐만요. 이유를 말해줄게요! 내가 왜 안 그랬는지 알고 싶지 않아요? 그녀가 안됐다고 느껴서요. 그게 아주 단순한 이유의 전부예요. 그녀가 안됐다고 느꼈던 거죠."

"글쎄, 모르겠군. 내 말은 그건 나의 판단 영역 밖이라는 거야."

머리가 희끗한 남자가 말했다.

"하지만 내가 보기에 자네가 한 가지 잊고 있는 건, 조아니가 다 자란 여자라는 점이야. 모르겠네만, 내가 보기엔……"

"다 자란 여자라구요! 당신 미쳤어요? 젠장, 그녀는 다 자란 아이예요! 이봐요, 난 면도를 하고 있었어요—이 말을 잘 들어봐요—내가 면도를 하고 있으면, 그 여자는 느닷없이 아파트 다른 쪽 구석에서 내게 전화를 거는 거예요. 그러면 나는 뭐가 문제인지 가서 알아봐야 하는 거죠. 한창 면도를 하는 중에, 비누거품이 내 빌어먹을 얼굴 전체에 묻어 있는 채로 말이죠. 가보면, 내가 자기 정신이 멀쩡하다고 생각하는지 물어보고 싶어해요. 하느님께 맹세해요. 정말 **불쌍한** 여자죠. 당신이니까 하는 말이지만, 잠든 그녀를 바라보면 내 말이 틀리지 않다는 걸 알 거예요. 믿어주세요."

"글쎄, 그런 거야 자네가 더 잘 알겠지…… 내 말은 내 판단 영역을 넘어선 것이란 얘기야."

머리가 희끗한 남자가 말했다.

"요점은, 빌어먹을, 자넨 건설적인 것을 전혀 하지 않는다는 거야……"

"우린 잘못 맺어진 사이예요. 그게 다예요. 종합적이고 아주 단순한 얘기죠. 우린 그냥, 빌어먹을 잘못 맺어진 거예요. 그 여자에게 필요한 게 뭔지 알아요? 그녀에게 필요한 건, 이따금 그녀를 기진맥진하게 만든 다음 되돌아가서 자기 서류를 마저 읽는 말수 없고 덩치 큰 녀석이라구요. 그게 바로 그녀에게 필요한 거죠. 난 그녀에게, 빌어먹을, 너무 약해요. 결혼할 때 이미 그걸 알았죠. 맹세코 알았다구요! 내 말은, 당신은 똑똑한 사람이라서 결혼이란 걸 한 번도 하지 않았지만, 하지만 이따금은 누구든 결혼하기 전에 결혼한 이후 어떻게 될지를 **섬광**처럼 번쩍 알게 되죠. 난 그런 섬광을 무시했던 겁니다. 그 빌어먹을 섬광들을 모두 무시해버렸어요. 한마디로, 난 약해요. 그게 다예요."

"자넨 약하지 않아. 그저 머리를 안 쓸 뿐이지."

여자에게서 새로 불붙인 담배를 받아들며 머리가 희끗한 남자가 말했다.

"난 약해요. 분명 약하다구요! 빌어먹을, 내가 약한지 아닌지는 내가 잘 알아요. 만약 내가 약하지 않았다면, 내가 이 모든 상황을 궁지에 빠지도록 내버려두었다고 당신이 생각하게 되진 않았을 거예요. 아, 얘기한들 무슨 소용이에요? 분명 난 약해요…… 젠장, 내가 당신을 밤새 잠 못 들게 하고 있군요. 왜 전화를 끊지 않는 거죠? 그렇게 해요. 전화를 끊어요."

"난 자네 전화를 끊지 않을 걸세, 아서. 난 자네를 돕고 싶네. 인력으로 가능하다면 말이야."

머리가 희끗한 남자가 말했다.

"사실상, 자네 자신이 자네의 가장 나쁜……"

"그 여자는 날 존경하지 않아요. 날 사랑하지도 않아요. 근본적으로 — 최종적으로 분석하자면 — 나 또한 그녀를 더이상 사랑하지 않구요. 모르겠어요. 난 알아요. 그리고 몰라요. 그건 바뀌어요. 오락가락한다구요. 젠장! 내가 단호한 행동을 취할 준비가 되어 있을 때마다 우리는 무슨 이유에선가 나가서 저녁을 먹는데, 내가 어디에선가 그녀를 만나기로 하면 그녀는 그 빌어먹을 하얀 장갑인가 뭔가를 끼고 오죠. 모르겠어요. 우리가 맨 처음으로 프린스턴 게임을 보러 차를 몰고 뉴헤이븐까지 갔던 일이 생각나는군요. 파크웨이에서 벗어나자 오른쪽 타이어가 펑크났고, 날씨는 빌어먹게 추웠고, 내가 그 젠장맞을 놈의 타이어를 고치는 동안 그녀는 손전등을 들고 있었죠—무슨 말인지 알겠죠? 난 모르겠어요. 아니, 생각이 나기 시작하는데—빌어먹을, 난처한 일이군요—생각이 나기 시작해요. 우리가 처음 어울리기 시작했을 때 내가 보낸 그 빌어먹을 시 말예요. '장미, 나의 빛깔은 장미, 하얗고 예쁜 입과 초록빛 나의 눈동자.' 젠장, 창피스럽네요. 그 시가 내게 그녀를 상기시켜주었던 거예요. 그녀의 눈은 초록색이 아니에요. 젠장, 그녀의 눈은 조개껍데기 같죠. 하지만 어쨌거나 그 시가 내게 상기시켜주었던 건…… 모르겠어요. 얘기한들 무슨 소용이 있어요? 난 거의 실성했어요. 전화 끊어요. 왜 안 끊는 거죠? 그렇게 하라구요."

머리가 희끗한 남자는 헛기침을 하고서 말했다.

"아서, 난 자네 전화를 끊을 생각 없어. 딱 한 가지……"

"그녀가 언젠가 내게 옷 한 벌을 사주었죠. 자기 돈으로 말예요. 내가 그 얘기 했나요?"

"아니, 난……"

"트리플러스였던 것 같은데, 그녀는 거기로 들어가 그 옷을 샀어요. 난 그녀와 함께 가지도 않았어요. 내 말은 그녀한테는 몇 가지 좋은 특징이 있다는 거예요. 우스운 것은, 옷이 제법 잘 맞았다는 거죠. 난 그저 바지 엉덩이 주위와 길이를 조금 줄이기만 하면 되었죠. 내 말은, 그녀한테는 몇 가지 좋은 특징이 있다는 거예요."

머리가 희끗한 남자는 다시 잠깐 동안 귀를 기울였다. 이윽고 갑자기 그는 여자 쪽을 돌아보았다. 그가 그녀에게 보낸 시선은, 힐끗 보는 정도이긴 했지만, 수화기 너머에서 무슨 일이 일어나고 있는지 확실하게 알려주고 있었다.

"자, 아서, 내 말 들어봐. 이건 진심에서 하는 소리야. 말 잘 듣는 아이처럼 이제 옷 벗고 침대에 들지 않겠나? 그리고 느긋하게 쉬지 않겠나? 조아니는 어쩌면 이 분쯤 뒤에 돌아올지도 몰라. 자네가 그러고 있는 꼴을 그녀에게 보이고 싶진 않겠지, 그렇지? 그 빌어먹을 엘렌보겐 가족이 어쩌면 그녀와 함께 들이닥칠지도 몰라. 그 일당한테 자네의 이런 꼴을 보이고 싶진 않겠지, 그렇지?"

그는 귀를 기울였다.

"아서, 내 말 들리나?"

"이런, 내가 당신을 밤새 잠 못 들게 만들고 있군요. 내가 하는 짓이란 모두……"

"자네가 날 밤새 잠 못 들게 만들고 있진 않아."

머리가 희끗한 남자가 말했다.

예쁜 입과 초록빛 나의 눈동자 239

"그런 생각은 하지 마. 내가 이미 말했잖나. 난 하룻밤에 평균 네 시간쯤 잔다고. 내가 하고 싶은 건, 그게 조금이라도 인력으로 가능하다면 말이야, 이보게, 난 자넬 돕고 싶어."

그는 수화기에 귀를 기울였다.

"아서, 거기 있지?"

"네. 어쨌거나 내가 당신을 밤새 깨어 있게 만들었어요. 한잔하러 당신 있는 데로 가도 될까요? 괜찮을까요?"

머리가 희끗한 남자는 등을 곧게 펴고 아무것도 들고 있지 않은 다른 한쪽 손바닥을 머리에 얹은 채 말했다.

"지금 말인가?"

"네, 당신만 괜찮다면 말이죠. 잠깐만 머물겠어요. 그냥 어딘가에 앉아 있으면 될 거예요. 모르겠어요. 괜찮을까요?"

"좋아, 하지만 요점은 말일세, 아서. 난 자네가 꼭 그래야 할 필요가 있다고는 생각지 않는다는 거야."

머리에서 손을 내리며 머리가 희끗한 남자가 말했다.

"내 말은, 물론 나는 자네가 오는 걸 환영하고도 남지만, 자넨 그냥 단정히 앉아서 조아니가 왈츠를 추면서 들어올 때까지 편히 쉬어야 한다는 게 솔직한 생각이야. 자네가 원하는 게 뭔가? 자넨 그녀가 왈츠를 추면서 들어올 때 거기, 바로 거기에 있기를 원하잖나. 내 말이 맞지, 그렇지 않나?"

"글쎄, 모르겠어요. 신에게 맹세코 모르겠어요."

"글쎄, 난 알아. 솔직하게 말해, 난 알지."

머리가 희끗한 남자가 말했다.

"이봐, 당장 침대에 뛰어들어 느긋하게 쉬고, 그런 다음에도 똑같은 기분이 들면 그때 내게 전화하는 게 어떤가? 얘기하고 싶은 기분이 든다면 말일세. 그리고 걱정하지 말게나. 그게 중요해. 내 말 들리나? 지금 그렇게 하겠나?"

"좋아요."

머리가 희끗한 남자는 잠시 계속해서 수화기를 귀에 대고 있다가, 이윽고 그것을 내려놓았다.

"뭐래요?"

여자가 다짜고짜 물었다.

그는 재떨이에서 자기 담배를 집어냈다. 즉 재떨이에 쌓인 다 태운 담배, 반쯤 피운 담배들 중에서 그 담배를 골라낸 것이다. 그는 담배를 한 모금 빨고 말했다.

"한잔 하러 여기로 오고 싶다는군."

"이런! 그래서 뭐라고 했어요?"

"내가 말하는 거 들었잖아."

머리가 희끗한 남자가 말하고는 그녀를 바라보았다.

"내가 말하는 거 들었지, 안 그래?"

그는 담배를 비벼 껐다.

"당신은 근사했어요. 정말 놀라웠다니까요."

그를 바라보며 그녀가 말했다.

"세상에, 난 정말 개 같은 기분이 드네요."

"글쎄, 이건 난처한 상황이야. 나 자신이 얼마나 놀라웠는지는 잘 모르겠군."

머리가 희끗한 남자가 말했다.

"당신은 그랬어요. 근사했어요."

여자가 말했다.

"난 축 처졌구요. 완전히 축 처졌어요. 날 봐요!"

머리가 희끗한 남자가 여자를 바라보았다.

"글쎄, 사실상 이건 불가능한 상황이야."

그가 말했다.

"내 말은 모든 게 너무도 이상해서 심지어……"

"여보, 잠깐만요."

여자가 재빨리 말했다. 그러고는 몸을 앞으로 기울였다.

"당신한테 불이 붙은 것 같아요."

그녀는 자신의 손가락 안쪽으로 그의 손등을 짧게, 그러나 활기차게 쓸어 어루만졌다.

"아네요. 그냥 재일 뿐이네요."

그녀는 뒤로 몸을 젖혔다.

"당신은 놀라웠어요. 아, 난 완전히 개 같은 기분이 들어요."

그녀가 말했다.

"글쎄, 이건 아주아주 힘든 상황이야. 그 사람은 분명히 헤쳐나갈 거야. 완전한……"

갑자기 전화벨이 울렸다.

머리가 희끗한 남자는 "젠장!" 하고 말했지만, 두번째 벨이 울리기 전에 수화기를 집어들었다.

"여보세요?"

"리? 잠들었나요?"

"아냐, 아닐세."

"이봐요, 난 그냥 당신이 알고 싶어할 거라고 생각했어요. 조아니가 지금 막 들이닥쳤어요."

"뭐라고?"

머리가 희끗한 남자가 말했다. 그러고는 불빛은 자기 등뒤에 있는데 왼손으로 두 눈을 가렸다.

"네, 그녀가 지금 막 들이닥쳤다구요. 당신과 얘기를 끝내고 십 초쯤 지나서 말이죠. 그 여자가 화장실에 있는 동안 당신에게 전화를 해줘야겠다고 생각했을 뿐이에요. 이봐요, 리. 백만 번 고마워요. 정말이에요. 정말이라는 거 알죠? 자고 있었던 거 아니죠,

그렇죠?"

"아니야, 아닐세. 난 그냥…… 아니야, 아닐세."

손가락이 두 눈을 가리고 있도록 내버려둔 채 머리가 희끗한 남자가 말했다. 그는 헛기침을 했다.

"무슨 일이었냐 하면, 보아하니 리오나가 취했고, 그런 뒤에 빌어먹을, 울며불며 주정을 했고, 그래서 밥은 조아니가 자기들과 함께 나가 한잔 하면서 사태를 바로잡아주길 원했던 것 같아요. 나는 잘 모르겠어요. 당신은 알겠죠. 아주 복잡해요. 어쨌거나 그녀는 집에 와 있어요. 무슨 악순환인지…… 솔직히 말해서, 이건 이 빌어먹을 뉴욕 때문이라고 생각해요. 모든 일이 잘되어간다면, 내가 생각하기에 아마도 우리가 할 일은, 어쩌면 코네티컷에 자그마한 자리를 잡는 겁니다. 꼭 아주 멀리 가야 할 건 없지만, 빌어먹을 정상적인 생활을 이어갈 수 있을 만큼은 충분히 멀리 말이죠. 내 말은, 그녀는 초목 따위에 열광한단 말이에요. 자기 소유의 정원을 갖는다면 그녀는 미쳐버릴 거예요. 내 말이 무슨 뜻인지 알아요? 내 말은—당신만 빼고—한 떼의 신경증 환자들 말고 우리가 뉴욕에서 누굴 알겠어요? 뉴욕은 조만간 정상적인 사람들조차 망쳐버리고 말 거라구요. 내 말이 무슨 뜻인지 알아요?"

머리가 희끗한 남자는 대답하지 않았다. 한쪽 손 뒤에 가려진 그의 두 눈은 감겨 있었다.

"어쨌거나, 난 그녀에게 이야기할 거예요, 오늘 밤, 아니면 어쩌면 내일. 그녀는 아직도 만취 상태예요. 내 말은 그녀가 근본적으로는 아주 좋은 애라는 거예요. 그리고 만일 우리가 우리 자신을 조금이나마 바로잡을 기회가 있다면…… 그 일에 한번 덤벼들어보지 않는다면, 우리가 빌어먹을 바보겠죠. 그렇게 애를 쓰는 동안, 난 또한 그 더러운 빈대 소동을 바로잡으려고 노력할 거예요. 리, 다만 내가 어떨까 생각하고 있었던 것은, 당신이 생각하기에 만일 내가 들어가서 개인적으로 주니어와 이야기한다면, 내가 할 수……"

"아서, 괜찮다면, 난 고맙게도 자네가……"

"그러니까 내 말은, 내가 빌어먹을 직장 일이나 다른 일 때문에 당신에게 다시 전화한 거라고 생각하지 않길 바란다는 겁니다. 난 걱정 안 해요. 젠장, 기본적으로 이보다 더 걱정이 안 될 수가 없단 말예요. 난 그저 골머리를 짜내지 않고도 주니어 문제를 풀 수 있다고 생각한다면 내가 바보라고 생각했었죠."

"이보게, 아서."

얼굴에서 손을 떼면서 머리가 희끗한 남자가 상대의 말을 가로막았다.

"갑자기 빌어먹을 두통이 생겼군. 이 빌어먹을 것이 어디서 온 건지 모르겠네. 이 전화 그만 끊어도 괜찮겠나? 아침에 이야기하지, 응?"

 그는 다시 잠시 귀를 기울였다가 이윽고 전화를 끊었다.

 여자는 당장 그에게 말을 걸었지만, 그는 그녀의 말에 대답하지 않았다. 그가 재떨이에서 타고 있는 담배—여자의 것이었다—를 집어들어 막 입으로 가져가려는 찰나, 담배가 그의 손가락 사이에서 슬쩍 미끄러져 떨어졌다. 여자는 뭐든 타기 전에 그가 담배를 다시 집어들 수 있도록 도와주려 했지만, 그는 그녀에게 제발 가만히 있으라고 말했다. 그래서 그녀는 도로 손을 거두었다.

드 도미에 스미스의
청색 시대

나는 일기장에 불어로 다음과 같이 짧게 적어넣었다.
"나는 이르마 수녀에게 자신의 운명을 따를 자유를 주어야겠다.
모든 사람은 수녀다."

이 이야기에 정말 무슨 중요한 의미가 있는 거라면—그것은 아직 시작조차 되지 않았는데—, 그리고 이야기의 가치가 어디에 있든 간에, 특히 몇몇 부분들에 아주 약간이라도 상스러운 어투가 깃들어 있다면, 나는 이 이야기를 작고한 나의 의붓아버지, 로버트 아가드가니언, 바비 주니어—모든 사람들이, 심지어 나마저 그를 그렇게 불렀다—의 영전에 바치고 싶다는 마음이 들지도 모르겠다. 그는 1947년, 분명 몇 가지 후회는 있었겠지만 단 하나의 불평도 없이, 혈전증으로 죽었다. 그는 모험을 좋아하고, 지극히 매력적이며, 너그러운 사람이었다. (꽤 여러 해 동안, 악한 소설에나 등장하는 이런 유의 형용사를 사용하기를 아까워했던 터라, 이런 형용사를 여기서 나열하는 것이 죽느냐 사느냐 하는

드 도미에 스미스의 청색 시대

문제처럼 느껴진다.)

내가 여덟 살이던 1928년 겨울에 나의 부모님은 이혼했고, 어머니는 그해 봄 늦게 바비 아가드가니언과 재혼했다. 일 년 뒤, 월 스트리트의 주식 대폭락으로 바비는 자신과 내 어머니의 전 재산을 잃었지만, 보아하니 마술 지팡이만은 예외였던 것 같다. 어쨌거나, 실제로 바비는 감각을 상실한 주식 중개인과 모가지 잘린 식도락가에서, 약간 무자격이긴 하지만 발랄한, 미국의 독립 화랑 협회와 미술관을 대상으로 하는 위탁 감정가로 변모했다. 몇 주 뒤인 1930년 초, 다소 복잡해진 우리 3인조는 뉴욕에서 파리로 이사했다. 바비가 새 직업에 매진하기에는 그곳이 더 낫기 때문이었다. 얼음장처럼 차가운 정도는 아니지만 꽤 냉정한 편이었던, 당시 열 살이던 나는, 내가 기억하는 한 상처 없이 그 대이동을 받아들였다. 나를 내동댕이친 것, 나를 끔찍하게도 내동댕이쳐버렸던 것은, 그로부터 구 년이 지나 어머니가 죽은 지 삼 개월 뒤에 다시 뉴욕으로 이사한 일이었다.

바비와 내가 뉴욕에 도착한 지 불과 하루 이틀 뒤에 벌어진 그 의미심장한 사건을 나는 아직도 기억한다. 나는 렉싱턴 가 만원 버스 안에 서서 내 뒤의 녀석과 서로 궁둥이를 맞댄 채, 운전석 바로 뒤의 에나멜 손잡이를 꽉 잡고 있었다. 몇 블록을 가는 동안 운전사는 앞문 가까이에 몰려 있는 무리에게 계속해서 "버스 뒤켠으로 물러서"라고 무뚝뚝하게 명령했다. 어떤 사람들은 그의 말대로 하려고 했지만, 어떤 사람들은 그러지 않았다. 신호등 빨간불에 걸려 유리한 상황을 맞은 운전사는 마침내 운전석에서 휙 몸을 돌려 바로 뒤에 있던 나를 올려다보았다. 열아홉이었고 모자를 즐겨 쓰는 타입이 아니었던 나는, 여드름이 다닥다닥 난 이마에 밋밋하고 그다지 깨끗하지 않은 유럽풍의 검정색 올백 머리를 하고 있었다. 운전사는 나에게 나직이, 거의 조심스럽기까지 한 음성으로 말했다.

"좋아, 친구. 그 엉덩이 좀 움직이라구."

일을 그렇게 만든 것은 친구라는 말이었던 것 같다. 몸을 조금 굽히는 수고조차 하지 않은 채 ― 말하자면, 그가 그렇게 했듯, 그 대화를 조금이라도 사적인 것으로 만들기 위해, 고상하게 ― 나는 그가 거칠고 멍청하고 으스대기만 하는 바보라고, 내가 얼마나 그를 혐오하는지 절대로 모를 거라고 불어로 그에게 알려주었다. 그런 뒤, 약간 의기양양해진 채 버스의 뒤켠으로 옮겨갔다.

사정은 훨씬 나빠졌다. 일 주일쯤 지난 어느 날 오후, 의붓아버지 바비와 내가 기한을 정해놓지 않고 머무르고 있던 리츠 호텔에서 거리로 나왔을 때, 내 눈에는 뉴욕의 모든 버스의 모든 좌석들이 몽땅 나사가 빠진 채 '뮤지컬 체어스'* 라는 기괴한 놀이가 한

바탕 벌어지고 있는 거리에 내보내진 듯 보였다. 만약 맨해튼 교파가 나에게 내가 빈 의자에 앉을 때까지 다른 모든 참가자들이 공손한 자세로 서 있도록 만들겠다는 특별 조치라도 제안했다면 나 역시 기꺼이 그 놀이에 동참했을지도 모른다. 그러나 그런 유의 일은 전혀 일어나지 않으리라는 사실이 명백해졌을 때, 나는 좀더 직접적인 행동을 취했다. 나는 뉴욕 시의 모든 사람이 깡그리 사라지게 해달라고, 그리하여 혼자, 오로지 '혼자' 있게 되는 은총을 베풀어달라고 기도했다. 그것은 길을 잃거나 통로가 막혀 지체되는 법이 없는 유일한 뉴욕 식 기도였고, 따라서 내가 만지는 것은 몽땅 견고한 외로움으로 변했다. 매일 아침과 이른 오후에, 나는 내가 혐오하는 48번가와 렉싱턴 가에 있는 미술학교에 몸소 출석했다. (바비와 파리를 떠나기 일 주일 전, 나는 프라이부르크 갤러리에서 열린 전국 학생 작품전에서 1등상 세 개를 탔고, 미국으로 돌아오는 길 내내 나는 우리의 특별실 거울을 통해 엘 그레코**와 나의 외모가 섬뜩하리만치 닮았다는 것을 확인했었다.) 일 주일에 세 번씩 오후 늦게 나는 치과 의자에서 시간을

---

* Musical Chairs. 사람 수보다 의자를 하나 적게 세워두고 참가자들이 노래를 부르며 주위를 돌다가 노래가 끝나면 의자를 차지하는 게임.
** El Greco(1541?~1614). 스페인의 화가. 〈성모 마리아의 승천〉〈그리스도의 부활〉〈라오콘의 군상〉 등의 대표작이 있다.

보냈다. 거기서 몇 달에 걸쳐 여덟 개의 이를 뽑았는데, 그중 셋은 앞니였다. 다른 이틀 오후에는 대체로 57번가에 있는 화랑들을 어슬렁거리며 보냈다. 그렇게 돌아다닌 화랑에서 내가 한 일이란 고작 미국의 미술작품들에 야유를 보내는 것이 전부였다. 저녁에는 보통 책을 읽었다. 하버드 클래식 시리즈를 한 질 통째로 사서—주된 이유는 우리 호텔방엔 그 책들을 놓아둘 공간이 없다고 바비가 말했기 때문인데—50권 전체를, 약간 앵돌아진 채 읽었다. 그리고 거의 매일 밤 바비와 함께 쓰는 방 안의 트윈베드 사이에 이젤을 세워놓고 그림을 그렸다. 1939년의 내 일기에 따르면, 한 달 동안 나는 열여덟 점의 유화를 완성했다. 두드러진 일은 그중 열일곱 점이 자화상이었다는 점이다. 그렇긴 하지만, 가끔 나의 뮤즈가 변덕을 부릴 때면 나는 물감들을 치워버리고 만화를 그렸다. 그중 하나를 나는 아직도 갖고 있다. 그것은 치과의사의 치료를 받고 있는 한 남자의 동굴처럼 움푹 들어간 구강을 그린 것이다. 남자의 혀는 미국 재무성에서 발행한 백 달러짜리 지폐이고, 치과의사는 서글프게 불어로 말한다. "어금니는 그냥 둬도 괜찮지만, 혀는 뽑아야 할 것 같습니다." 그건 내가 억수로 좋아하는 만화였다.

룸메이트로서 바비와 나는, 예외적으로 이래도 한 세상 저래도 한 세상인 하버드 선배와, 예외적으로 불쾌한 케임브리지 신문팔이 소년이 그러한 것 이상으로 잘 맞지도, 잘 안 맞지도 않았다. 그 몇 주가 지나면서 우리는 우리가 죽은 한 여자를 똑같이 사랑했다는 걸 점차 알아차리게 되었지만 그건 아무런 도움이 되지 않았다. 사실, 그 발견으로부터 '알퐁스 당신 먼저'*라는 지독한 관계가 생겨났다. 우리는 화장실 문턱에서 서로 부딪칠 때면 쾌활한 미소를 교환하기 시작했다.

바비와 내가 리츠 호텔에 든 지 약 몇 달 뒤인 1939년 5월의 어느 주, 나는 퀘벡 신문(내가 구독신청을 한 열여섯 개의 불어 신문과 정기 간행물들 중 하나)에서 몬트리올 통신 미술학교 감독이 낸 사분의 일 칼럼 크기의 광고를 보았다. 그 광고는 자격을 가진 모든 교사들에게, 가장 새롭고 가장 진보적인 캐나다의 통신 미술학교 교사 자리에 당장 응모하라고 권하고 있었다. 그 광고는 너무 강하게 권할 수는 없는 형편이라는 말까지 덧붙이고 있었다. 불어와 영어에 모두 유창해야 하고, 절제 있는 습관과 원만한 성격을 지닌 사람들만 응모할 수 있다고 명기해놓았던 것이다. '노장의 친구들(Les Amis Des Vieux Maîtres)'의 여름학기는 공식적으로 6월 10일에 시작될 예정이었다. 평가의 기준이 될 작품은

---

* 20세기 초에 뉴욕 『저널』지에 연재되었던 「알퐁스와 가스통」이라는 만화에서 비롯된 표현. 과장된 예의범절을 일컫는다.

미술의 아카데믹한 분야와 상업적 분야 모두를 표현해야 하며, 도쿄 제국 미술 아카데미의 전(前) 원장이었던 교장 I. 요소토 씨에게 제출해야 한다고 적혀 있었다.

순간적으로, 나는 거의 참을 수 없을 정도로 나 자신이 적임자라고 느끼면서 바비의 침대 밑에서 헤르메스-베이비 타자기를 꺼내, 요소토 씨에게 불어로 길고 절제되지 않은 편지를—그걸 쓰느라 렉싱턴 가에 있는 미술학교의 오전 수업을 몽땅 빼먹었다—써내려갔다. 편지의 서두는 세 페이지에 달했으며, 거의 훨훨 날아다니다시피 했다. 나는 내가 스물아홉 살이며 오노레 도미에의 증손자라고 말했다. 그리고 아내가 죽고 난 뒤 남프랑스의 작은 사유지에서 막 미국으로 건너와 병약한 한 친척과 함께 '임시로'—나는 분명히 그렇게 밝혔다—지낸다고 말했다. 그림은 이른 유년 시절부터 그리기 시작했는데, 부모님의 가장 오래되고 절친한 친구인 파블로 피카소의 충고에 따라서, 전시회는 한 번도 열지 않았다고 말했다. 그렇기는 하지만 내가 그린 유화와 수채화 중 다수는 지금 파리에 있는, 절대로 졸부는 아닌 화목한 가정집들에 걸려 있으며, 그 그림들은 우리 시대의 가장 뛰어난 비평가 몇몇으로부터 상당한 관심을 얻고 있다고 나는 말했다. 또한 궤양성 암으로 아내를 급작스럽고 비극적으로 잃은 후, 나는 다시는 캔버스에 붓을 대지 않겠다고 진지하게 결심했었다고 말했다. 그러나 최근의 재정적 손실이 그 진지한 결심을 바꾸게 만들었다고 덧붙였다. 물론 파리에 있는 나의 대리인에게 매우 신속하게 편지를 써서 그로부터 작품 견본을 받자마자 '노장의 친구들'에 보내는 일은 내게 매우 영광스런 일이 될 거라고 말했다. 내 이름은, 황공하옵게도 장 드 도미에 스미스였다.

그 가명을 고르는 데는 편지 전문을 쓰는 것과 거의 맞먹는 시간이 걸렸다.

나는 그 편지를 반투명 박엽지에 썼다. 그래도 그것을 리츠 호텔 봉투에 봉해 넣긴 했다. 그 다음에 바비의 서랍 위칸에서 찾아낸 속달 우표를 붙인 뒤, 로비에 있는 중앙 우체통으로 가지고 내려갔다. 가는 길에 잠시 멈춰서 우편물 담당 직원(틀림없이 그는 나를 혐오했다)에게 앞으로 드 도미에 스미스 앞으로 오는 우편물에 대해 주의를 기울여달라고 당부했다. 그런 다음 두시 반경, 48번가에 있는 미술학교의 한 시간 사십오 분짜리 해부학 수업에 살짝 들어갔다. 처음으로 동급생들이 꽤 괜찮은 무리로 보였다.

다음 나흘 동안, 모든 여가 시간과 완전히 내 것은 아닌 얼마간의 시간까지 이용하여 나는 미국 상업미술의 전형적인 예라고 생각되는 열두어 점의 견본 작품을 그렸다. 대개는 엷게 칠하고, 종종 돋보이게 하기 위해 선을 그려넣기도 하면서, 나는 시사회 날 밤 리무진에서 나오는 야회복을 입은 사람들—마르고, 꼿꼿하며, 최첨단의 패션에, 분명 살아오면서 음흉한 부주의의 결과로 고통을 당해본 적이라곤 한 번도 없을—, 또한 아마도 음흉스러움이라고는 가져본 적도 없을 최상류층 커플들을 그렸다. 나는 하얀 디너 재킷을 입은 햇볕에 그을린 거대한 몸집의 젊은이들이 터키석으로 만든 수영장과 나란히 접한 흰 테이블에서 값싸긴 하지만 겉보기에는 한창 유행하는 상표로 보이는 호밀 위스키 하이볼로 다소 흥분하여 서로 건배하는 모습을 그렸다. 텔레비전에나 나올 법한 볼이 발그스레한 마음씨 고운 아이들이 깨끗이 비운 아침 식사 쟁반을 들고 조금만 더 달라고 매달리는 모습을 그렸다. 나는 피가 흐르는 잇몸, 얼굴의 잡티, 추한 머리칼, 불완전한 혹은 부당한 생명보험 같은 국가적인 악으로부터 보호받은 결과, 세상에서 근심 하나 없이 파도타기를 하고 있는 가슴이 큰 웃는 얼굴의 여자들을 그렸다. 나는 비누 조각에 손을 대기 전까지는 헝클어진 머리칼, 형편없는 몸가짐, 고분고분하지 않은 아이들, 불만스러워하는 남편, 거친(그러나 야윈) 두 손, 깔끔하지 않은 (그러나 커다란)부엌이라는 부담을 면할 길이 없는 가정주부들을 그렸다.

 견본 작품 그리기가 다 끝나자, 나는 당장 그것들을 프랑스에서 가져온 약 여섯 점의 비상업적인 그림들과 함께 포장하여 요소토 씨에게 보냈다. 거기에 나는 어떻게 내가 가장 순수하고 낭만적인 전통 속에서 완전히 혼자서, 여러 장애들을 가진 채 내 작업의 그 차갑고 새하얗고 고립된 정상에 도달했는가 하는 상당히 인간적인 소소한 이야기를 적은, 겨우 운만 뗐을 뿐인 짧은 편지를 동봉했다.

다음 며칠 동안 나는 걱정으로 전전긍긍했다. 그런데 그 주가 끝나기도 전에 요소토 씨로부터 나를 '노장의 친구들'의 교사로 받아들이겠다는 편지가 왔다. 내가 불어로 편지를 썼는데, 그의 답장은 영어로 씌어 있었다(나중에 알게 된 바로는, 영어는 모르지만 불어는 할 줄 아는 요소토 씨가 무슨 이유에선가 실용 영어쯤은 어느 정도 알고 있는 요소토 부인에게 편지 쓰는 일을 맡겼다는 것이다). 요소토 씨는 한 해의 수업 중에서 아마도 6월 24일에 시작되는 여름 수업이 가장 바쁠 것이라고 말했다. 그는 내게 거의 오 주 정도가 남아 있으니, 그 동안 내 일들을 처리할 수 있을 거라고 지적했다. 요컨대 그는 최근 내 앞에 닥친 정서적이고 재정적인 문제에 대해 무한한 연민을 보인 것이다. 그는 나에게 주어진 의무가 무엇인지 파악하기 위해, 그리고 다른 교사들(나중에 나는 그 교사들이란 요소토 씨와 그의 부인, 이렇게 두 명이란 사실을 알게 되었다)과 '견실한 친구'가 되기 위해 6월 23일 일요일에 '노장의 친구들'에 제출할 보고서를 준비하라고 했다.

그는 또한 새로 오는 교사들에게 미리 여비를 주는 게 학교의 방침이 아닌 것이 심히 유감이라고 했다. 첫 월급은 주당 28달러

인데—그게 그다지 큰돈은 아니라는 것을 알고 있다고 요소토 씨는 말했다—숙소와 양질의 식사를 제공하므로, 그리고 내게서 진정한 직업정신이 감지되므로 내가 크게 실망하진 않았으면 한다고 말했다. 그는 자신의 제안을 정식으로 받아들이겠다는 나의 전언을 간절히 기다리고 있으며, 나의 도착 역시 즐거운 마음으로 기다리고 있는, 그리고 진심으로 나의 새로운 친구이자 고용주가 되기를 고대하는 도쿄 제국 미술 아카데미 전(前) 원장 I. 요소토로부터, 라고 썼다.

정식으로 받아들인다는 나의 답신은 오 분 안에 보내졌다. 이상한 일이지만 흥분한 탓인지 아니면 전보를 보내기 위해 의붓아버지 바비의 전화를 이용하고 있다는 죄의식 때문인지(이게 좀더 가능성이 있어 보인다), 나는 내가 쓴 글을 앞에 놓고 그것을 열 단어로 줄였다.

그날 저녁 일곱시, 평소처럼 저녁 식사를 하기 위해 오벌 룸에서 바비를 만났을 때, 나는 그가 다른 손님을 데려온 것을 보고 짜증이 났다. 나는 그에게 나의 최근 과외 활동에 대해 말하지도, 내비치지도 않았다. 그와 단둘이만 있을 때 결정적인 뉴스를 터뜨리고만 싶어—선수를 치기 위해—죽을 지경이었던 것이다. 그가 데려온 손님은 이혼한 지 불과 몇 달 안 된, 바비가 자주 만날

뿐 아니라 나도 더러 만난 적이 있는 아주 매력적인 젊은 여자였다. 그녀는 매우 유쾌한 사람이었다. 하지만 나는 나와 친해지기 위해 내가 걸친 갑옷을 벗으라고, 그게 안 되면 최소한 투구라도 벗으라고 부드럽게 설득하기 위해 그녀가 보인 각종 시도를 애당초 나 편한 대로 그녀와 함께 침대에 눕자는 암묵적인 초청으로 해석해버렸다. 말하자면, 그녀에겐 틀림없이 너무 늦은 바비를 따돌릴 수 있게 되자마자. 나는 저녁 식사 시간 내내 적대적이었고 무뚝뚝했다. 마침내 우리가 커피를 마실 때, 나는 그해 여름을 위한 나의 새로운 계획들에 대해 간단히 말했다. 내가 얘기를 끝마쳤을 때, 바비는 내게 꽤나 영민한 질문 두어 가지를 던졌다. 그가 던진 질문들에 최대한 차갑고 지나치리만큼 간명하게 대답한 나는 그 상황에서 흠잡을 데 없는 황태자였다.

"아, 그거 아주 재미있는데요!"

바비의 손님이 말했다. 그러고 나서 그녀는 정숙하지 못하게도 내가 테이블 아래로 몬트리올의 새 주소를 슬쩍 건네주기를 무지무지 바랐다.

"난 네가 나와 함께 로드아일랜드로 갈 거라고 생각했는데."

바비가 말했다.

"오, 이봐요, 흥을 깨려 들지 말아요."

X부인이 바비에게 말했다.

"그런 건 아니지만, 그것에 대해 좀더 알고 싶긴 하군."

바비가 말했다. 하지만 그의 태도로 보아, 그가 이미 마음속으로는 로드아일랜드 행 기차 예약표를 1등실에서 한 단계 낮은 칸으로 바꾸고 있다는 걸 알 수 있었다.

"그건 내 평생 들어본 것 중 가장 달콤하고 가장 **칭찬받을 만한** 일이라고 생각해요."

흥분한 X부인이 말했다. 그녀의 두 눈이 타락으로 반짝였다.

몬트리올의 윈저 역 플랫폼에 발을 디딘 그 일요일, 나는 개버딘으로 만든 베이지색 더블 재킷(내가 무지 높게 쳐주는 옷)에 면으로 만든 노란색 민무늬 넥타이, 감청색 플란넬 셔츠, 파나마 모자(바비의 것이라서 내게는 좀 작다 싶은) 차림에, 삼 주쯤 자란 불그스름한 갈색 콧수염을 기른 채였다. 요소토 씨가 마중 나와 있었다. 그는 키가 5피트도 채 안 되는 작은 남자였다. 다소 더러운 리넨 양복에 검정 구두, 테두리가 빙 둘러 올라간 검정 펠트 모자 차림이었다. 내가 기억하기로 그는 악수를 나눌 때 어떠한 미소도 말도 없었다. 그의 표정은 불가해했다(이 단어는 불어판 색스 로머의 푸만추* 시리즈에서 찾아낸 것이다). 무슨 이유에선가 나

---

* 영국 작가 색스 로머의 작품에 나오는 중국인 악당.

는 귀가 찢어져라 미소를 짓고 있었다. 나는 그 미소를 거두기는커녕 조금 줄일 수조차 없었다.

윈저 역에서 학교까지는 버스로 몇 마일 떨어져 있었다. 가는 길 내내 요소토 씨가 다섯 마디라도 했던가. 한쪽 발목이 다른 한쪽 무릎 위에 올라가도록 두 다리를 포갠 채, 그리고 손에 난 땀을 끊임없이 양말에 닦으면서, 그의 침묵에도 불구하고인지 아니면 그의 침묵 때문인지, 나는 끊임없이 떠들어댔다. 내가 전에 한 거짓말들— 도미에와의 친척 관계, 죽은 아내에 대한 것, 남프랑스에 있다는 저택에 딸린 내 소유의 작은 토지에 대한 것— 을 다시 읊어댈 뿐 아니라 좀더 자세하게 꾸며대는 것이 시급한 일인 것만 같았다. 결국, 그처럼 괴로운 추억들을 되씹는 일에서 벗어나기 위해 나는 부모님의 가장 오래되고 절친한 친구, 파블로 피카소라는 주제로 급선회했다. 나는 그를 부를 때 르 포브르 피카소*라고 했다. (내가 피카소를 고른 건 그가 미국에서 가장 잘 알려진 프랑스인 화가로 보였기 때문이라는 사실을 말해두겠다.) 요소토 씨를 위해서, 나는 쓰러진 한 거장에 대한 눈에 띌 정도의 자연스러운 연민과 함께 내가 몇 번이나 그에게 "무슈 피카소, 우 알레 부?(피카소 씨, 어디 가세요?)"라고 물었는지를, 그리고 모든 것

---

* '가여운 피카소.'

을 꿰뚫는 그 질문에 대한 답변으로 거장이 자기 화실에서 느릿느릿 무거운 동작으로 자기가 그린 〈거리의 예술가들Les Saltimbanques〉의 작은 복제화와 오랜 세월 빼앗긴 그 영광을 바라보곤 했던 일을 회상해서 들려주었다. 피카소의 문제점은 누구의 말에도, 심지어 가장 친한 친구들의 말에도 절대 귀를 기울이지 않는 것이었다고, 버스에서 내리면서 나는 요소토 씨에게 설명해 주었다.

1939년에 '노장의 친구들'은 몬트리올에서 가장 볼품 없는 구역인 베르덩에서 멋스럽지 않은 아담한 3층 건물 — 사실은 공동주택 건물 — 의 2층을 차지하였다. 학교의 아래층에는 의료기 상점이 있었다. '노장의 친구들'에 있는 것이라고는 큰 방 한 개와 자물쇠 없는 변소가 다였다. 그렇긴 했지만, 안으로 들어선 순간 그곳은 놀랄 만큼 보기 좋은 곳으로 여겨졌다. 거기엔 그럴 만한 이유가 있었다. 교사실 벽에 요소토 씨가 그린 그림들이 액자에 끼워진 채 — 모두 수채화였다 — 걸려 있었던 것이다. 아직도 나는 이따금 지극히 옅은 파란색의 하늘을 날아가는 하얀 거위를 꿈꾸는데, 그건 내가 본 가장 훌륭하고 뛰어난 장인의 솜씨로, 거위의 깃털에 하늘의 파란색이 비치는 그림이었다. 그건 요소토 부인 바로 뒤에 걸려 있었다. 그 그림이, 그리고 인접한 한두 점의 다른 그림들이 그 방의 품격을 높여주었다.

요소토 씨와 내가 교사실에 들어섰을 때, 검은색과 선홍색으로 된 아름다운 비단 기모노를 입은 요소토 부인이 손잡이가 짧은 빗자루로 바닥을 쓸고 있었다. 그녀는 자기 남편보다 분명 머리통 하나만큼 큰 반백의 여자였고, 일본 사람이라기보다는 말레이시아 사람에 가까워 보였다. 그녀가 바닥 쓸던 것을 멈추고 우리 앞으로 다가오자, 요소토 씨는 우리를 서로 간단히 소개해주었다. 그녀는 남편보다 더하지는 않을지 몰라도, 어느 모로 보나 요소토 씨만큼이나 불가해한 사람으로 보였다. 그 다음 요소토 씨는 내가 쓸 방을 보여주겠다고 했는데, 그는 그 방이 최근 영연방 콜롬비아의 한 농장으로 일하러 간 자기 아들이 쓰던 방이라고 (불어로) 설명했다. (그가 버스 안에서 오래 침묵했던지라, 나는 그가 조금이라도 지속적으로 말하는 걸 듣는 게 즐거웠고, 그래서 명랑하게 그의 말에 귀를 기울였다.) 그는 아들 방에 의자가 하나도 없다—방석 몇 개만 있을 뿐이었다—며 사과했지만, 나는 재빨리 그것만으로도 내게는 하늘이 내려준 것이나 진배없다고 그가 믿도록 만들었다. (사실 나는 의자를 싫어한다고까지 말했던 것 같다. 나는 너무 흥분한 상태여서, 만일 그가 자기 아들이 쓰던 방이라며 밤이나 낮이나 1피트 정도 물이 차 있는 방을 보여줬다 해도 즐거운 탄성을 내질렀을 것이다. 어쩌면 나는 매일 여덟 시간씩 발을 물에 담그고 있어야만 하는 희귀병을 앓고 있는 중이라고 말했을지도 모른다.) 이윽고 그는 삐걱거리는 목재 계단을 올라 내가 쓸 방으로 나를 안내했다. 가는 도중에 나는 충분히 힘주어, 내가 불교를 공부하고 있노라고 말했다. 나중에 나는 그와 그의 부인 모두 장로교 신자라는 것을 알게 되었다.

그날 밤 늦게, 요소토 부인이 만들어준 일본-말레이시아 식 저녁 식사가 인원이 초과된 엘리베이터처럼 아직도 **묵직**이 배 한복판에 걸려 있어 쉽게 잠을 이루지 못하고 침대에 누워 있을 때, 요소토 부부 중 한 사람이 내 방 벽 바로 반대편에서 신음 소리를 내기 시작했다. 그것은 높고, 가느다랗고, 간간이 끊어지는 신음이었고, 어른이라기보다는 비극적인 정신박약아, 아니면 기형을 지닌 어린 짐승이 내는 소리 같았다. (소리는 밤마다 규칙적으로 들려왔다. 나는 그 원인은 고사하고, 요소토 부부 중 대체 어느 쪽이 그런 신음 소리를 내는지조차 알아내지 못했다.) 누운 상태에서 계속 듣고 있기 아주 힘들어지자 나는 침대에서 나와 슬리퍼를 신은 채 어둠 속에서 바닥 한켠에 방석을 놓고 앉았다. 나는 두어 시간 동안 다리를 꼬고 앉아 있다가 담배를 피운 다음, 담배를 슬리퍼 발등에 눌러 끄고 꽁초는 파자마 가슴 주머니에 넣었다. (요소토 부부는 비흡연자였으므로 실내 어디에도 재떨이가 없었다.) 그리고 새벽 다섯시경에 잠이 들었다.

여섯시 반, 요소토 씨가 내 방문을 두드리면서 여섯시 사십오

분에 아침 식사를 할 거라고 알려주었다. 방문을 통해 그는 내게 잘 잤냐고 물었고, 나는 "위!(예!)"라고 대답했다. 그러고 나서 나는 옷을 걸친 뒤―개학날 교사가 입기에 적당하다고 생각되는 파란 양복과 어머니가 사주신 붉은색 술카 넥타이였다―세수도 하지 않은 채 급히 계단을 내려가 요소토 부부의 부엌으로 갔다. 요소토 부인은 스토브 앞에서 생선요리를 하고 있었다. BVD* 속옷에 바지 차림의 요소토 씨는 식탁에 앉아 일본 신문을 읽고 있었다. 그는 아무 말도 없이 내게 고개를 끄덕였다. 두 사람 다 더이상 불가해하게 보이지는 않았다. 이윽고 가장자리에 작은, 그러나 알아볼 수 있을 정도로 눌어붙은 케첩 흔적이 있는 접시에 모종의 생선요리가 담겨 나왔다. 요소토 부인은 영어로―그녀의 악센트는 의외로 매력적이었다―달걀을 한 개 먹는 쪽이 낫겠냐고 물었지만, 나는 "농, 농, 마담. 메르시!(아뇨, 아뇨, 부인. 고맙습니다!)" 하고 말했다. 요소토 씨는 신문을 문간에 기대어놓았고, 우리 셋은 침묵 속에서 아침을 먹었다. 말하자면 그들은 먹었고, 나는 침묵 속에서 기계적으로 삼켰다.

아침 식사 후, 요소토 씨는 부엌에 굳이 남아 칼라 없는 셔츠를 입었고, 요소토 부인은 앞치마를 벗었다. 그리고 우리 셋은 다소

---

* 남성용 속옷 브랜드.

멋쩍은 상태로 줄줄이 교사실을 향해 계단을 내려갔다. 그곳 요소토 씨의 큼직한 책상 위엔 열두어 개쯤의 엄청 크고 불룩한 마닐라 봉투들이 뜯기지 않은 채 어수선하게 무더기로 쌓여 있었다. 내가 보기에 그것들은 새로 빗질하고 가다듬은 신입생들처럼 보였다. 요소토 씨는 내가 쓸 책상을 정해준 뒤―그 책상은 방 한쪽 구석 멀리에 있었다―앉으라고 권했다. 그런 뒤, 그는 요소토 부인이 옆에 있는 가운데 몇 개의 봉투를 찢어 열었다. 그와 그의 부인은 이따금 일본어로 상의해가면서, 잡다한 내용물을 다소 기계적으로 검토하는 것 같았다. 그 동안 나는 파란 양복과 술카 넥타이 차림으로 기민하면서도 동시에 차분하게, 그리하여 어쩐지 그곳에 없어서는 안 될 사람처럼 보이려고 애쓰면서 그들 맞은편에 앉아 있었다. 나는 뉴욕에서 가져온 한 움큼의 심이 무른 그림연필을 호주머니에서 꺼내, 가능한 한 소리를 내지 않고 책상 위에 올려놓았다. 한 번, 요소토 씨가 무슨 이유에선가 힐끗 나를 건너다보았을 때, 나는 지극히 애교 섞인 미소를 반짝 보냈다. 이윽고 한마디 말도, 혹은 내 쪽을 바라보지도 않고, 두 사람은 각자 책상에서 일을 하기 시작했다. 일곱시 반쯤이었다.

아홉시쯤, 요소토 씨가 안경을 벗고 자리에서 일어나 한 손에 한 묶음의 종이를 쥔 채 내 쪽으로 터벅터벅 걸어왔다. 나는 한 시간 반 동안, 배에서 꼬르륵 소리가 나지 않게 애쓰는 일 말고는 아무엇도 하지 않은 채 시간을 보낸 참이었다. 그가 내 가까운 곳으로 다가왔을 때, 나는 재빨리 일어나 무례할 정도로 키가 커 보이지 않도록 하기 위해 몸을 좀 구부정하게 했다. 그는 내게 가져온 종이 한 묶음을 건네주면서, 자기가 고친 글—불어—을 영어로 번역해줄 수 있겠냐고 물었다. "위, 무슈!(네, 선생님!)" 하고 나는 대답했다. 그는 머리를 약간 숙이고는 다시 터벅터벅 자기 책상으로 돌아갔다. 나는 한 움큼의 심이 무른 연필을 책상 한켠으로 밀쳐놓고서, 만년필을 꺼내—거의 슬픔에 잠긴 채—일하기 시작했다.

훌륭한 다른 많은 화가들이 그렇듯, 요소토 씨는 화가로서는 그저 그렇지만 가르치는 데는 천부적인 능력을 지닌 예술가들이 가르치는 것보다 더 잘 가르치진 못했다. 덧씌워 그리는 노련한 작업—즉, 트레이싱 페이퍼를 학생들의 그림 위에 덧씌워 그림을 다시 그려주는 일—과 더불어 그는 그 그림들 뒤에 몇 마디 평을 써주었는데, 어느 정도 재능을 가진 학생들에게 사실적인 돼지우리 속의 사실적인 돼지를 그리는 방법이나 그림 같은 우리 속에 있는 그림 같은 돼지를 그리는 방법을 가르치는 데는 상당한 소질이 있었다. 그러나 그는 평생 동안 아름다운 우리 속의 아름다운 돼지를 그리는 법만 가르치며 살 수는 없었다(물론 그것이야말로 그의 우수한 학생들이 우편을 통해 받아보기를 학수고대하는 바로 그 기교였다). 그가 의식적으로나 무의식적으로 자기 재능을 아꼈다거나, 의도적으로 그것을 써먹지 않았다는 것이 아니라, 단지 그의 방식이 그렇지 않았다는 말을 덧붙일 필요가 있겠다. 내가 보기에 그러한 매정한 진실에는 정말로 놀랄 만한 요소가 하나도 없었고, 그래서 그런 사실은 조금도 내게 방해가 되지 않았다. 하지만 나의 위치에 대해 곰곰이 생각하다보니 그건 일종의 축적 효과를 갖게 되었고, 점심 식사 시간이 되자, 나는 내가 번역한 글을 땀 찬 손으로 더럽히지 않으려고 매우 애쓰고 있었다. 일이 한층 더 어려워지려고 그런 것인지, 요소토 씨의 필체는 알아보기가 매우 힘들었다. 어쨌든 점심 시간이 되었을 때, 나는 요소토 부부에게 우체국에 가야만 해서 식사를 함께 할 수 없겠다고 말했다. 그런 다음 나는 계단을 거의 뛰어넘다시피 해서 거리로 나가, 정해진 방향도 없이, 낯설고 빈민가처럼 보이는 거리의 미로를 뚫고 아주 빠르게 걷기 시작했다. 점심 식사가 한창인 어떤 바에 닿았을 때, 나는 안으로 들어가 네 개의 '코니아일랜드 레드 핫*'을 허겁지겁 삼키고, 흐리멍덩한 색깔의 컵에 담긴 커피 세 잔을 마셨다.

'노장의 친구들'로 돌아가는 길에, 나는 만일 요소토 씨가 뭔가

---

* 미국 코니아일랜드 유원지에서 주로 팔았던 매운맛의 핫도그.

드 도미에 스미스의 청색 시대　269

사적인 감정을 가지고 나를 오전 내내 오로지 번역기계로만 써먹은 거라면 대체 어떻게 해야 할지, 처음에는 평상시 정도의 겁먹은 마음으로 그 다음엔 완전히 공포에 사로잡혀서 궁금해하기 시작했다. 내가 수염을 단 열아홉 살짜리 소년이라는 걸 그 늙은 푸만추는 초장부터 알고 있었던 걸까. 그럴 수 있다는 가능성은 이제 거의 견디기 어려울 정도가 되었다. 그런 생각은 또한 나의 정당성마저 천천히 먹어치우고 있었다. 내가ㅡ일등상 세 개를 탔고 피카소의 아주 친한 친구(나는 이제 내가 실제로 그렇다고 생각하기 시작하고 있었다)인 내가ㅡ여기서 번역가의 용도로 쓰이고 있다니. 그 죄에 이런 벌은 걸맞지 않다. 하나만 보자면, 내 콧수염은 숱이 적긴 해도 전적으로 내 것이었다. 가짜 수염을 달 때 사용하는 아라비아 고무액으로 붙인 것이 아니었다. 황급히 학교로 돌아가면서 나는 마음을 가라앉히기 위해 손가락으로 내 콧수염을 만져보았다. 하지만 그 일 전반에 대해 생각하면 할수록 내 발걸음은 더욱 급해졌고, 급기야 당장이라도 사방에서 돌멩이가 날아오리라는 걸 반쯤 예감이라도 한 듯 거의 내닫다시피 하고 있었다.

점심 식사를 하는 데는 고작 사십여 분밖에 걸리지 않았지만, 내가 돌아왔을 때 요소토 부부는 둘 다 이미 책상에 앉아 일을 하고 있었다. 그들은 고개를 들기는커녕, 내가 들어오는 기척을 들었다는 어떠한 표시도 하지 않았다. 땀이 나고 숨이 찬 가운데 나는 내 책상에 가 앉았다. 그리고 다음 십오 분 내지 이십 분 동안 내 책상에 뻣뻣이 앉아, 요소토 씨가 갑자기 일어나 내 쪽으로 건너와 내 정체를 폭로하려 들 때를 대비하여 피카소에 관한 온갖 새롭고 소소한 일화들을 머릿속으로 궁리하고 있었다. 갑자기 요소토 씨가 일어나 내게 건너왔다. 새로운 피카소 관련 일화를 생각하면서 그를 맞으려 — 필요하다면 정면으로 — 일어섰는데, 그가 내 자리에 이르렀을 때는 공포스럽게도 모든 계획을 잊고 말았다. 그 순간을 틈타, 나는 요소토 부인 자리 위에 걸린 날고 있는 거위 그림에 대해 감탄을 표했다. 나는 좀 길다 싶을 정도로 그 그림들에 대해 한껏 칭찬했다. 그리고 내가 알고 있는 파리의 어떤 사람 — 부유한 중풍 환자라고 나는 말했다 — 이라면 타당한 값을 치르고 그 그림을 살 것 같다고 말했다. 요소토 씨가 관심이 있다면 당장이라도 그에게 연락을 해서 물어봐줄 수 있다고도 했다. 하지만 다행스럽게도 요소토 씨는 그 그림은 자기 사촌의 것으로, 그는 이곳을 떠나 일본에 있는 친척을 방문하고 있다고 말했다. 그런 다음, 내가 유감이라고 말하기도 전에 내게 — 나를 무슈 도미에 스미스라고 부르면서 — 몇 가지 과제를 바로잡아줄 수 있겠냐고 물었다. 그는 자기 책상으로 돌아가 엄청 크고 불룩한 봉투 세 개를 가져와서 내 책상 위에 놓았다. 그리고 내가 멍하니

선 채 연신 고개를 끄덕이면서 연필을 다시 꽂아둔 재킷을 만지작거리는 동안 내게 그 학교의 교수법(이라기보다는 차라리 그 학교의 존재하지 않는 교수법)에 대해 설명했다. 그가 자기 책상으로 돌아간 뒤, 제정신을 차리는 데까지는 몇 분이 걸렸다.

내가 맡게 된 세 학생은 모두 영어를 사용했다. 첫번째는 토론토에 사는 스물세 살의 가정주부였다. 그녀는 자신의 직업상 이름이 밤비 크레이머라고 했고 학교 측에서 자기에게 보내는 우편물에도 그렇게 써달라고 요청했다. '노장의 친구들'의 신입생들에게는 설문지를 채운 뒤 각자의 사진을 동봉할 것이 요구되었다. 크레이머 양은 발찌에 어깨끈 없는 수영복, 그리고 흰 오리털 선원 모자 차림의 가로 8인치, 세로 10인치짜리 유광 사진을 동봉했다. 설문지에서 그녀는 자기가 가장 좋아하는 화가는 렘브란트와 월트 디즈니라고 밝혔다. 그리고 언젠가는 그 화가들에 버금가는 화가가 되고 싶다고 했다. 그녀의 사진에는 드로잉 샘플이, 별로 중요하지 않은 듯 클립으로 묶여 있었다. 하나같이 매력적인 그림들이었다. 그중 하나는 잊을 수 없을 정도였다. 잊을 수 없는 그 그림은 "그들의 무단침입을 용서하라"는 캡션이 달린 화려한 채색화였다. 괴상해 보이는 수역에서 낚시질을 하는 세 소년을 그린 그림이었는데, 소년들 중 한 명의 재킷은 '낚시 금지'라는 표지판 위에 걸쳐져 있었다. 그림 전경(前景)에 있는 키가 가장 큰 소년은 한쪽 다리에 구루병을, 다른 쪽 다리에는 상피병을 앓고 있는 듯 보였는데, 그것은 그 소년이 발을 조금 벌리고 서 있다는 것을 보여주기 위해 크레이머 양이 의도적으로 이용한 효과인 게 분명했다.

두번째 학생은 R. 하워드 리지필드라는 이름을 가진 온타리오 윈저 출신의 쉰여섯 살 먹은 '협회 사진작가'였다. 그는 아내가 몇 년 동안 졸라대는 바람에 그림으로 분야를 바꾸게 되었다고 말했다. 그가 가장 좋아하는 화가는 렘브란트, 사전트,* '타이탄'** 이지만, 자신은 그들의 노선을 따라하고 싶지는 않다고 분별 있게 덧붙였다. 그는 그림의 예술적 측면보다는 풍자적 측면에 주로 관심이 있다고 말했다. 이러한 신조를 뒷받침하기 위해 그는 상당수의 드로잉과 유화를 제출했다. 그의 그림들 가운데 한 점—그의 주요 작품이라고 생각되는—은 내게 숱한 세월을 넘어, 〈귀여운 수〉나 〈당신을 연인이라 부르게 해주오〉 같은 노랫말들만큼이나 떠올리기 쉬운 것이 되었다. 그 그림은 어깨 아래로 늘어지는 긴 금발에 소 젖만 한 가슴을 가진 한 순결한 젊은 여자가 교회 제단의 그림자 속에서 목사에게 강간을 당하는, 일상 속의 익숙한 비극을 풍자한 것이었다. 두 인물의 옷은 모두 생생히

---

* John Singer Sargent(1856~1925), 이탈리아 태생의 미국 화가.
** 이탈리아 화가 티치아노(Titian)를 잘못 읽은 것.

흐트러져 있었다. 사실 나로서는 그 그림에 담긴 풍자적 측면보다는 그 재간으로부터 받은 감동이 훨씬 더 컸다. 두 사람이 서로 몇백 마일 떨어진 곳에 살고 있다는 사실을 몰랐더라면, 나는 리지필드가 밤비 크레이머로부터 기교적인 면에서 모종의 도움을 받았다고 확신했을지도 모른다.

열아홉 살 시절, 아주 드문 상황들을 제외하면, 어떤 위기가 닥쳤을 때 내 몸에서 맨 먼저 부분적 혹은 전체적 마비를 일으키는 부분은 언제나 내 유머 감각이었다. 리지필드와 크레이머 양은 내게 많은 일을 해주었지만, 그들은 결코 날 즐겁게 만드는 타입은 아니었다. 그들이 보낸 봉투를 뒤적거리는 동안 나는 서너 번인가 벌떡 일어나 요소토 씨에게 정식으로 항의하고 싶은 마음이 들었다. 하지만 내 항의가 어떤 형태를 취할지에 대해서는 아무것도 아는 바가 없었다. 나는 고작 그의 책상이 있는 곳으로 건너가 날카로운 목소리로 "내 어머니가 죽은 탓에 나는 어머니의 매력적인 남편과 살아야만 하며, 뉴욕에서는 그 누구도 불어를 쓰지 않고, 당신 아들 방에는 의자가 단 한 개도 없습니다. 당신은 어떻게 내가 이 두 정신 나간 사람에게 그림 그리는 법을 가르칠 거라고 기대할 수 있는 겁니까?"라는 말밖에 하지 못할까봐 겁이 났던 것 같다. 결국, 앉아서 절망을 삼키는 일에 이미 오랫동안 훈련이 된 나는 용케도 제자리를 지키고 앉아 있을 수 있었다. 나는 세번째 학생의 봉투를 열었다.

나의 세번째 학생은 이르마 수녀라는 이름의 성 요셉 수녀회 소속 수녀로, 토론토 바로 외곽의 한 수도원 부속 초등학교에서 '요리와 그림'을 가르치고 있었다. 나는 그녀의 봉투 속에 든 것들을 어디서부터 묘사해야 할지에 대해 아무런 생각이 없다. 그냥 맨 먼저, 이르마 수녀가 자신의 사진 대신 아무런 설명 없이 자신이 속한 수도원의 스냅사진 한 장을 동봉했다는 것을 언급해야겠다. 그녀가 설문지에서 자신의 나이를 적어야 하는 부분을 빈칸으로 놔두었다는 것도 생각난다. 그녀의 설문지의 다른 부분은 어쩌면 이 세상의 모든 설문지를 한순간에 가치 없는 것으로 전락시킬지도 모를 정도로 잘 채워져 있었다. 그녀는 미시간 주 디트로이트에서 나고 자랐는데, 그녀의 아버지는 거기서 포드 자동차 공장의 검사원으로 일했다. 그녀의 학력은 고등학교 1학년까지가 전부였다. 정규 그림 교육은 전혀 받지 않았다. 그녀는 자신이 그림을 가르치는 유일한 이유는, 어느 수녀가 죽자 짐머만 신부(그 이름은 유달리 내 눈길을 끌었는데, 내 이를 여덟 개나 뽑은 치과 의사 이름과 같았기 때문이다)가 그녀에게 죽은 수녀의 자리를 대신하라고 했기 때문이라고 했다. 그녀는 "나의 요리 교실에는 서른네 명의 꼬맹이가, 그리고 그림 교실에는 열여덟 명의 꼬맹이가 있다"고 했다. 그녀의 취미는 주님과 주님의 말씀을 사랑하는 것, 그리고 '땅에 떨어진 나뭇잎 수집'이라고 했다. 그녀가 가장 좋아하는 화가는 더글러스 번팅이었다. (그 이름을 나는 몇 년에 걸쳐 찾아보았지만 번번이 실패했다.) 그녀는 자신이 가르치는 꼬맹이들은 언제나 "달리기 하는 사람들을 그리길 좋아한다고, 그런데 그것이야말로 자신이 끔찍이도 못하는 것"이라고 말했다. 그녀는 좀더 잘 그리는 법을 배우기 위해 열심히 노력하겠다고 했고, 학교 측에서 그녀의 실력에 대해 그다지 초조해하지 않았으면 한다는 바람을 적었다.

그녀가 보낸 봉투 속에는 전부 해봤자 불과 여섯 점의 작품 샘플이 들어 있을 뿐이었다. (그 작품들은 모두 사인이 되어 있지 않았는데, 별것 아닌 일이긴 했지만 그 당시에는 어이없을 만큼 신선했다. 반면, 밤비 크레이머와 리지필드 씨의 그림에는 모두 사인이 되어 있거나—그래서 왠지 짜증스러웠다—아니면 이니셜이 적혀 있었다.) 십삼 년이 지난 지금, 나는 이르마 수녀의 샘플 그림 여섯 점을 모두 또렷이 기억하고 있거니와, 그것들 중 네 작품은 내 마음의 평화를 위해 좀 지나치다 싶을 정도로 분명히 기억하고 있다는 생각이 가끔 들기도 한다. 그녀의 작품 중 최고는 갈색 종이 위에 그린 수채화였다. (갈색 종이, 그중에서도 특히 갈색 포장지는 그림 그리기에 아주 기분 좋고 편안하다. 경험 많은 화가들도 뭔가 웅대하거나 스케일 큰 작품에 매달려 있지 않을 때는 그런 종이를 애용했다.) 그 그림은 제한된 사이즈(가로 세로가 각각 10인치, 12인치였다)에도 불구하고, 요셉의 정원에 있는 매장지로 이동중인 그리스도를 지극히 세세하게 묘사하고 있었다. 맨 오른쪽 전경에는, 요셉의 하인으로 보이는 두 남자가 그리스도의 시신을 다소 서툴게 옮기고 있었다. 그들 바로 뒤를 요셉이 따르고 있었는데, 그 상황에서는 좀 지나치다 싶을 만큼 꼿꼿한 자세를 하고 있었다. 요셉 뒤에는 좀더 신분이 낮은 사람으로서 존경을 표하듯 얼마간의 거리를 두고 갈릴리의 여인들이 오고 있었는데, 거기에 어쩌면 불청객일 수도 있는 한 무리의 문상객과 구경꾼과 아이들, 세 명 이상의 까불거리는 신앙심 없는 잡것들이 뒤섞여 있었다. 내가 보기에 그 그림의 주인공은 왼쪽 전경에 있는 한 여자였다. 그녀는 그림 보는 사람을 정면으로 마주 보고 있었다. 머리 위로 들어올린 오른손으로 누군가에게―어쩌면 그녀의 아이, 혹은 그녀의 남편, 아니면 아마도 그림을 보고 있는 사람에게―모든 걸 집어치우고 급히 이리 건너오라고 광적으로 신호를 보내고 있는 것 같았다. 무리의 앞줄에 있는 두 여자는 후광을 입고 있었다. 참조할 만한 성경책이 없었으므로 나는 그들이 누구인지 대충 어림짐작이나 할 뿐이었다. 하지만 막달라 마리아는 단번에 알아볼 수 있었다. 어쨌든 나는 그녀를 알아보았다고 확신했다. 그녀는 전경 한가운데에 있었는데, 두 팔을 앞으로 내린 채 무리들로부터 떨어져 겉보기에는 초연하게 걷고 있었다. 그녀는 옷소매에 말하자면 자기의 슬픔을 드러내는 어떤 것도 두르지 않았고, 죽은 그리스도와 최근에 가졌던 부러운 관계들을 표출하는 어떠한 표시도 찾을 수 없었다. 그림 속의 다른 모든 얼굴과 마찬가지로, 그녀의 얼굴 역시 값싼, 공장에서 만들어 파는 살색으로 그려졌다. 이르마 수녀 스스로도 그 색깔을 불만족스럽게 여긴 나머지 그것을 어떻게든 해결하기 위해 나름대로 최선을 다했다는 사실이 고통스러울 정도로 분명히 전해졌다. 그 그림에서는 그것 외에 다른 치명적인 흠을 찾을 수 없었다. 말하자면, 굳이 트집잡을 만한 것이 없었다. 그건 그 어떤 의미에서 보아도 상당히 체계적인 재능과 얼마인지 모를 오랜 시간의 힘겨운 노력이 담뿍 밴 한 예술가의 그림이었다.

내가 처음으로 보인 반응들 가운데 하나는, 물론 이르마 수녀가 보낸 봉투를 가지고 요소토 씨에게 달려가려는 것이었다. 하지만, 이번에도 역시 나는 자리를 뜨지 않았다. 나는 이르마 수녀를 빼앗기고 싶지 않았다. 결국 나는 깊은 밤 내 개인 시간을 틈타 그 작품들로 작업을 해보겠다는 두근거리는 계획을 품고서 봉투를 조심스럽게 닫아 내 책상 한켠에 밀어두었다. 그런 다음, 지금껏 내가 지니고 있다고 생각해온 것보다 훨씬 큰 선량함에 가까운 인내심을 가지고 R. 하워드 리지필드가 고상한 척하며 음탕하게 그린 남자와 여자의 (성기는 없는) 누드 몇 점에 종이를 덧씌워 수정하면서 남은 오후를 보냈다.

저녁 식사 시간 무렵, 나는 셔츠 단추 세 개를 슬그머니 풀어 도둑도, 혹은 안전을 보장하는 의미에서 요소토 씨마저도 가져갈 수 없도록 이르마 수녀의 봉투를 감추어두었다.

무언의, 그러나 딱딱한 절차가 '노장의 친구들'의 저녁 식사 시간 전반에 걸쳐 이어졌다. 요소토 부인은 다섯시 삼십분경에 즉각 책상에서 일어나 식사 준비를 위해 층계를 올라갔고, 정각 여섯시에 요소토 씨와 나도 뒤따라ㅡ말하자면 한 줄로ㅡ올라갔다. 본질적인 일로든 아니면 위생적인 일로든, 샛길로 새는 법은 없었다. 하지만 그날 저녁 이르마 수녀의 봉투가 내 가슴에 따뜻하게 닿아 있어서 나는 더이상 느긋한 기분을 느낄 수 없었다. 사실 식사하는 내내, 나의 사교성은 그보다 더 풍부할 수는 없을 정도였다. 나는 피카소 이야기를 하는 동안 막 떠오른 특별한 이야기, 비 오는 날을 위해 미뤄둘 법한 이야기를 꺼냈다. 요소토 씨는 그 얘기를 듣기 위해 일본어 신문을 내려놓지는 않았지만, 요소토 씨 부인은 적어도 무반응은 아닌 것으로 보였다. 어쨌거나, 내가 그 이야기를 끝내자 그녀는 내게 달걀 하나 있으면 좋겠냐고 물었던 그날 아침 이후 처음으로 내게 말을 걸어왔다. 그녀는 내게 방에 의자가 없어도 정말 괜찮겠느냐고 물었다. 나는 "농, 농.

메르시, 마담(아니요, 아니요. 고맙습니다, 부인)" 하고 재빨리 대답했다. 바닥의 방석들을 벽에 똑바로 기대어놓으면 내게는 등을 쭉 펴는 연습을 위한 좋은 기회가 된다고 말했다. 나는 내 등이 얼마나 비정상적으로 굽어 있는가를 보여주기 위해 자리에서 일어서기까지 했다.

저녁 식사 후, 요소토 부부가 일본말로 어쩌면 뭔가 자극적인 화제에 대해 이야기하는 동안, 나는 미안하지만 식탁을 먼저 뜨겠다고 말했다. 요소토 씨는 나라는 사람이 어쩌다 자기 집 부엌에 들어와 있는지 모르겠다는 표정으로 나를 쳐다보았지만, 어쨌든 고개를 끄덕였고, 나는 복도를 따라 내 방을 향해 빠르게 걸었다. 전등을 켜고 방문을 닫은 뒤, 나는 호주머니에서 그림 연필들을 꺼내놓고, 재킷을 벗고 셔츠 단추를 푼 다음, 이르마 수녀의 봉투를 두 손에 쥔 채 방석 위에 앉았다. 필요한 모든 것을 내 앞의 바닥에 펼쳐놓은 채, 나는 새벽 네시가 넘도록 이르마 수녀가 당면한 예술적 결핍이 무엇인지 주의를 기울였다.

내가 맨 처음 한 일은 열 점인가 열두 점인가의 스케치였다. 그림 종이를 가지러 아래층 교사실로 가는 대신, 나는 공책 양면에 스케치를 했다. 스케치가 끝났을 때, 나는 길고 긴, 거의 끝이 없는 한 통의 편지를 썼다.

유난히 신경질적인 수다쟁이처럼 평생 동안 뭐든 버리지 않고 간직해온 나는, 1939년 6월의 그날 밤 이르마 수녀에게 보내기 위해 썼던 그 편지의 초고를 아직도 첫 장부터 마지막 장까지 다 가지고 있다. 꼭 필요한 일은 아니지만, 그 내용을 여기에 한마디 한마디 재생할 수도 있다. 나는 그 뭉텅이 — 정말이지 뭉텅이였다 — 편지에서 그녀의 주요 작품들의 어디가 어떻게 특히 색채와 관련된 사소한 문제에 부딪히게 되는지를 넌지시 말해주었다. 나는 그녀에게 없어선 안 된다고 생각되는 몇 권의 필수 보충교재 목록을 대강의 가격까지 포함해서 적어넣었다. 나는 그녀에게 더글러스 번팅이 누구냐고, 어디서 그의 작품을 좀 볼 수 있느냐고 물었다. 또한 나는 그녀에게 안토넬로 다 메시나*의 복제화를 본 적이 있느냐고 물었다(그게 얼마나 어려운 일인지 나는 알고 있었다). 나는 그녀에게 나이가 어떻게 되는지 물었고, 내게 나이를 말해도 나 이외의 사람들에게 새나가지는 않을 거라고 장황하게 늘어놓으면서 그녀를 안심시켰다. 그녀의 나이를 묻는 유일한 이유는 나이를 알면 내가 그녀를 좀더 능률적으로 가르치는 데 도움이 되기 때문이라고 말했다. 또한 나는 사람들이 수도원으로 그녀를 방문해도 되는지도 물었다.

내 편지의 마지막 몇 줄을, 구두점 따위까지 여기에 재생시켜

---

* Antonello da Messina(1430~1479), 르네상스 시대 남이탈리아의 화가.

야만 할 것 같다.

 ……말이 난 김에, 만일 당신이 불어를 잘한다면 그렇다고 말해주시기 바랍니다. 저는 유년기의 상당 시기를 프랑스 파리에서 보낸 터라 불어를 쓰면 제 자신을 좀더 정확하게 표현할 수 있기 때문이지요.
 당신은 틀림없이 달리는 인물들을 그리는 데 — 수도원에 있는 당신 학생들에게 그 기법을 전해주기 위해 — 관심을 갖고 있는 듯하므로, 거기에 유용한 스케치 몇 점을 여기 동봉합니다. 이 스케치들은 다소 급하게 그린 것이며, 그러므로 완전한 것도, 나아가 추천할 만한 것도 아니라는 사실을 당신도 알게 되겠지만, 저는 그것들이 당신이 관심을 표한 부분의 기초를 보여주리라 믿습니다. 불행히도 이 학교 교장에게는 교육방침에 대한 체계가 전무하다고 생각됩니다. 당신이 이미 어느 정도 향상된 실력을 갖고 있다는 사실이 기쁩니다. 하지만 이곳의 교장은, 제가 보기에 상당히 뒤쳐져 있습니다. 대부분 멍청하기까지 한 다른 학생들을 데리고 제가 무엇을 어떻게 하길 기대하는 건지 저로서는 알 수가 없어요.
 불행하게도, 저는 불가지론자입니다. 하지만 저는 말할 필요도 없이 아시시의 성 프란체스코*를 멀리서나마 꽤 숭배합니다. 사람들이 붉고 뜨겁게 타오르는 쇠붙이로 자신의 한쪽 눈알을 지지려 할 때 그가 했던 말을 혹시 당신이 알고 계시는지 궁금하군요. 그는 이렇게 말했죠. "형제 불이여, 신은 그대를 아름답고 강하고 유용하게 만들었도다. 나는 그대가 내게 정중해지기를 기도한다." 제가 보기에 당신은 약간 그가 말한 방식으로 그림을 그리는군요. 여러 가지 즐거운 방식들로 말입니다. 말이 난 김에, 그림 전경의 파란 의상을 입은 젊은 여자가 막달라 마리아인지 물어봐도 될까요? 물론 우리가 줄곧 이야기해온 그 그림에서 말이죠. 막달라 마리아가 아니라면 제가 저 자신에게 속은 것이로군요. 가엾은 나. 하지만 대단한 일은 아닙니다. 당신이 '노장의 친구들'의 학생으로 있는 동안 저에 대해서는 전적으로 당신 마음대로 생각해주길 바랍니다. 솔직히 저는 당신이 빼어난 재능을 가졌다고 생각하고, 그리 오랜 시간이 지나지 않아 천재로 부상한다 해도 조금도 놀라지 않을 겁니다. 당신에게 용기를 주기 위해 거짓말을 하고 있는 게 아닙니다. 파란색 의상을 입은 그 젊은 여자가 막달라 마리아 아니냐고 제가 물었던 이유가 바로 그것입니다. 왜냐하면, 만일

---

* Francesco d'Assisi(1181?~1226), 이탈리아의 수도사·성인(聖人). 부유한 섬유 상인의 아들로 태어났으나, 신의 계시를 통해 청빈한 생활을 하기로 서약하고 '작은 형제들의 수도회'를 설립하였다.

그러하다면, 당신은 자신의 종교적 성향보다는 갓 생성되기 시작한 당신의 재능을 좀더 많이 사용하고 있다고 생각되기 때문이지요. 그렇긴 하지만, 적어도 제 생각에는 그것은 조금도 두려워할 일이 아닙니다.

당신의 건강을 진심으로 기원하며.

당신을 진심으로 존중하는
'노장의 친구들'의 전임 강사
장 드 도미에 스미스
(서명)

P. S. 학생들은 매월 두번째 월요일에 학교에 봉투를 보내기로 되어 있다는 사실을 제가 거의 잊고 있었군요. 당신의 첫번째 과제로 야외 스케치 몇 장을 그려주시렵니까? 당신 마음대로, 긴장하지 말고 그려주세요. 당신이 수도원에서 개인적으로 그림을 그리기 위해 얼마만큼의 시간을 허락받는지는 저로서는 물론 알 길이 없으므로, 당신이 알려주시기 바랍니다. 또한 당신이 하루라도 빨리 유화 물감을 사용하면 좋겠기에, 내 멋대로 늘어놓은 그 필수 보충교재들을 꼭 구입하시길 부탁드립니다. 내가 이렇게 말하는 것을 용서해주신다면, 당신은 너무

열정적이어서 보통 수채화 물감으로는 그림을 그릴 수가 없으며, 유화 물감을 가지고도 사실 모자란다고 저는 확신합니다. 이건 사심 없이 하는 말이지, 역겨움을 느끼게 하려는 게 아닙니다. 또한 당신 수중에 있는 이전의 작품들을 **모두** 제게 보내주시기 바랍니다. 저는 몹시 궁금합니다. 말할 필요 없이 당신의 다음 봉투가 도착하기까지의 날들을 저로서는 견디기 어려울 것입니다.

주제넘은 일이 아니라면, 수녀가 된 것에 만족하시는지 — 물론 영적 측면에서 — 말씀해주시렵니까. 솔직히 말해서 저는 취미로 다양한 종교에 대해 공부하기도 했습니다. 하버드 클래식 시리즈의 제36, 44, 45권을 읽은 뒤부터 말이죠. 하버드 클래식 시리즈는 당신도 아시죠? 특히 저는 마르틴 루터를 좋아합니다. 물론 개신교였지만 말이죠. 제발 이 점에 대해 불쾌하게 생각하지는 말아주세요. 저는 특정 교리를 주장하는 게 아닙니다. 그런 건 제 천성에도 안 맞구요. 마지막으로, 당신을 방문하기에 적당한 시간을 알려주는 것도 잊지 마십시오. 제가 아는 한 저는 주말에는 딱히 할 일이 없으니, 어느 토요일엔가 당신이 사는 곳으로 갈 수도 있으니까요. 또한 당신이 불어를 어느 정도 하는지 알려주는 것도 잊지 마십시오. 변화무쌍하고 대체로 말도 안 되는 성장기를 보낸 탓에, 영어로 말할 때는 비교적

반벙어리나 다름없어서요.

나는 새벽 세시 반경에 거리로 나가, 편지와 그림들을 이르마 수녀에게 부쳤다. 그런 다음 글자 그대로 미칠 듯 기뻐져서 옷을 벗고 잠자리에 들었다.

잠들기 바로 전, 요소토 부부의 침실에서 벽을 타고 또다시 신음 소리가 들려왔다. 나는 요소토 부부가 아침에 내게 다가와 자기들의 비밀스런 문제를 처음부터 마지막까지 끔찍이도 세세하게 전부 들어달라고 부탁하고 애원하는 장면을 그려보았다. 나는 그것이 어떤 식일지 정확히 알 수 있었다. 나는 부엌 테이블에서 두 사람 사이에 앉아 그들 각자의 이야기를 들을 것이다. 나는 두 손으로 턱을 괸 채 듣고 또 듣다가 마침내 더이상 견딜 수 없어지면, 요소토 부인의 목구멍 속으로 손을 뻗쳐 그녀의 심장을 꺼내어, 새에게 하듯 그것을 온기로 데워주리라. 그런 다음 모든 것이 제대로 되었을 때, 이르마 수녀의 작품을 요소토 부부에게 보여주리라. 그러면 그들은 나의 즐거움을 함께 누리게 될 것이다.

행복과 즐거움의 가장 두드러진 차이는 행복은 고체이고 즐거움은 액체라는 것이다. 이 사실은 언제나 너무 늦게 선명해진다. 나의 즐거움은 다음날 아침 일찍감치 그릇에서 새나가기 시작했는데, 그것은 요소토 씨가 두 개의 신입생 봉투를 내 책상으로 가져왔을 때였다. 그때 나는 이르마 수녀에게 쓴 편지가 무사히 보내졌다는 것을 알고 있었기 때문에, 전혀 나쁘지 않은 기분으로 밤비 크레이머의 그림을 가지고 작업중이었다. 그러나 나는 밤비나 R. 하워드 리지필드보다 그림에 대한 재능이 훨씬 떨어지는 사람이 이 세상에 두 명이나 더 있다는 기이한 사실을 맞을 준비가 채 안 된 상태였다. 힘이 빠지는 것을 느끼면서, 교사가 된 후 처음으로 나는 교사실에서 담배에 불을 붙였다. 어느 정도 도움이 되는 듯해서 나는 다시 밤비의 작품으로 돌아갔다. 그런데 서너 모금 빨기도 전에, 고개를 들어 건너다보기도 전에 요소토 씨가 나를 바라보고 있다는 것이 느껴졌다. 그후 확인이라도 하듯 그가 의자를 뒤로 밀치는 소리가 들렸다. 그가 나에게 건너오자 나는 평소처럼 그를 맞기 위해 일어섰다. 그는 몹시 짜증나게 만드는 속삭이는 듯한 목소리로, 자신은 개인적으로 담배를 피우는 데 이의가 없지만, 그래도 교사실에서 담배를 피우는 것은 학교 방침에 어긋나는 일이라고 설명했다. 그는 장황히 늘어놓는 나의 사과의 말을 아량 있게 손을 저어 끊으면서 자기와 자기 부인의 책상 쪽으로 건너갔다. 이르마 수녀의 다음 봉투가 도착하기로 되어 있는 다음 월요일까지의 십삼 일 동안을 어떻게 제정신으로 보낼 것인가, 나는 정말이지 일말의 공포심을 느끼며 곰곰이 생각했다.

화요일 오전의 일이었다. 나는 그날의 나머지 시간과 그 다음 이틀 동안 남은 모든 작업으로 스스로를 미칠 듯 바쁘게 들볶으며 보냈다. 이를테면, 밤비 크레이머와 R. 하워드 리지필드의 그림들을 떨어뜨려놓은 다음, 그것들을 아주 새롭게 편집했다. 나는 두 사람 모두를 위한 문자 그대로 수십 개의, 모욕적이며 보통 이하의, 그러나 아주 건설적인 드로잉 연습법을 구상한 셈이었다. 나는 그들에게 보낼 장문의 편지를 썼다. 나는 하워드 리지필드에게 한동안은 풍자화를 그만두라고 빌다시피 말했다. 밤비에게는 '그들의 무단침입을 용서하라'와 유사한 제목을 가진 그림들을 보내는 일을 제발 미루라고, 최대한 교묘히 말했다. 그 다음엔, 목요일 한낮부터 종일 흥분된 기분으로 두 명의 신입생 중 메인 주 뱅고어 출신의 한 미국인 학생에 대한 작업을 시작했다. 그는 설문지에서 장황하고도 '정직한 존' 같은 성실성을 갖고서, 가장 좋아하는 화가는 자기 자신이라고 말했다. 그는 자신을 현실적 추상주의자라 지칭했다. 방과후의 시간들에 대해서 말하자면, 나는 버스를 타고 몬트리올 본거지로 가서 삼류 영화관에 들어가 카툰 페스티벌 주간 프로그램을 줄창 보았다. 쥐 일당이 샴페인 코르크 마개를 고양이들에게 연속적으로 퍼붓는 것 따위가 주요 내용이었다. 수요일 저녁, 나는 내 방에서 방석을 모아 세 개 높이로 쌓아놓고서, 기억을 되살려 이르마 수녀가 그렸던 그리스도의 매장 그림을 스케치하려고 시도했다.

목요일 저녁은 특이한 혹은 어쩌면 무시무시한 저녁이었다고 말하고 싶은 유혹이 생기긴 하지만, 사실 목요일 저녁을 묘사하기에 걸맞은 형용사가 내겐 없다. 나는 저녁 식사 후 '노장의 친구들'을 떠나 어딘지도 모를 곳— 어쩌면 영화관이거나 아니면 그냥 긴 산책이었거나 — 으로 갔다. 지금은 기억할 수가 없다. 1939년의 일기장은 딱 한 번 나를 김빠지게 했다. 내가 필요로 하는 그 페이지가 완전히 비어 있었기 때문이다.

하지만 나는 왜 그 페이지가 비어 있는지 알고 있다. 그날 저녁 시간을 보냈던 곳에서 돌아오면서—그것이 어두워진 뒤의 일이라는 것을 기억한다 — 나는 학교 바깥 거리에서 걸음을 멈추고는 의료기 상점의 불 켜진 진열장 안을 바라보았다. 그런데 뭔가 매우 섬뜩한 일이 일어났다. 언젠가 내 삶을 냉정하게 혹은 분별 있게 혹은 우아하게 사는 법을 배운다 할지라도, 나는 늘 고작해야 가격 인하 꼬리표가 붙은 탈장대 옆에 서 있는, 눈먼 목재 인체상, 에나멜 소변기, 탕파(湯婆)들로 이루어진 정원의 방문객에 지나지 않을 것이다. 그건 분명 몇 초 이상은 견딜 수 없는 생각이었다. 나는 날듯이 위층 내 방으로 올라가 옷을 벗고서, 일기장에 무언가를 쓰기는 고사하고 일기장을 펼치지도 않은 채 침대로 들어갔다.

나는 떨면서 몇 시간 동안 잠을 이루지 못했다. 나는 옆방에서 들려오는 신음 소리에 귀를 기울였고, 억지로라도 나의 인기 학생에 대해 생각했다. 나는 수도원으로 그녀를 방문할 날을 상상해보려 애썼다. 마지막 서원(誓願)을 아직 하지 않았으므로 언제든 마음대로 수도원을 나가 자신이 좋아하는 피에르 아벨라르* 타입의 남자와 함께 세속으로 돌아갈 수 있는 수줍고 아름다운 열여덟 살 아가씨가 나를 맞으러 — 높다란 철망 가까이로 — 나오는 장면을 그려보았다. 나는 그녀와 함께 수도원 정원 중에서도 저 멀리 초록이 우거진 구역으로 걸어가, 갑자기 어떤 죄의식도 없이 그녀의 허리에 팔을 두르는 나를 보았다. 그 이미지를 그대로 간직하고 있기가 너무 황홀해서, 마침내 나는 그것을 놓아버리고 잠에 빠져버렸다.

나는 금요일 오전 시간 전부와 오후의 대부분을 메인 주 뱅고어 출신의 남자가 값비싼 아마포에 의식적으로 그린 남근을 상징하는 숲의 나무 몇 그루를 알아볼 수 있게 만드느라 힘들게 노력하면서 보냈다. 오후 네시 반경, 나는 심적으로, 정신적으로, 그리고

---

* Pierre Abélard(1079~1142), 프랑스의 신학자. 파리에서 신학을 가르치며 알게 된 여제자 엘로이즈와 비극적인 사랑을 나누었다.

육체적으로 아주 무너지는 것을 느끼고 있었다. 그래서 내가 몸을 반쯤 일으켰을 때, 요소토 씨가 한순간 내 책상으로 건너왔다. 그는 내게 뭔가를 전해주었는데, 마치 웨이터가 손님에게 메뉴를 건네듯 아무 느낌 없는 동작이었다. 이르마 수녀가 있는 수도원의 원장이 보낸 편지였다. 편지는 짐머만 신부가 그로서는 통제할 수 없는 상황들 때문에, 이르마 수녀가 '노장의 친구들'에서 공부하는 것을 허락했던 자신의 결심을 어쩔 수 없이 변경할 수밖에 없다는 사실을 요소토 씨에게 통보하고 있었다. 편지를 쓴 사람은 이러한 계획 변경이 학교에 불편이나 혼란을 끼치게 된다면 무척 유감이라고 말했다. 그리고 첫 학기 학비 14달러를 환불받기를 진심으로 바란다고 말했다.

쥐는 고양이를 죽이기 위한 빈틈없는 계획을 가지고 불타는 회전식 관람차의 현장에서 절뚝거리며 돌아온다고, 나는 몇 년 동안 확신해왔다. 수도원장의 편지를 읽고 또 읽고 나서 아주 오랫동안 그것을 응시하다가, 갑자기 나는 그것으로부터 벗어나 남아 있는 네 명의 학생에게 화가가 되겠다는 생각을 포기하라는 충고의 편지를 썼다. 나는 그들 각자에게 개별적으로, 그들에겐 키울 만한 재능이 전혀 없다고, 그들은 그들 자신의 소중한 시간뿐 아니라 학교 측의 소중한 시간까지 낭비하게 만든다고 썼다. 나는 네 통의 편지를 모두 불어로 썼다. 편지 쓰기를 끝마치자, 나는 당장 나가서 그것을 부쳤다. 만족감은 짧았지만 감정이 지속되는 동안은 기분이 아주아주 좋았다.

저녁 식사를 하러 부엌으로 가는 행렬에 끼어야 하는 때가 왔을 때, 나는 그들에게 양해를 구했다. 나는 몸이 좋지 않다고 말했다. (1939년에 나는 내가 진실을 말하고 있다는 매우 큰 확신을 가지고 거짓말을 했고, 그러므로 내가 몸이 좋지 않다고 말했을 때 요소토 씨가 내게 의심의 눈초리를 보내지 않았다고 확신한다.) 그런 다음 나는 내 방으로 올라가 방석 위에 앉았다. 담배를 피우거나 코트를 벗거나 넥타이를 느슨히 풀지도 않은 채, 유리창 블라인드에 햇빛이 만들어놓은 구멍을 응시하면서 나는 거기서 분명한 시간 동안을 앉아 있었다. 그런 뒤, 갑자기 일어나 공책들을 가져와, 방바닥을 책상 삼아, 이르마 수녀에게 보내는 두번째 편지를 썼다.

그 편지는 결코 부치지 않았다. 다음에 재생해놓은 것은 원래의 편지에서 베낀 것이다.

캐나다, 몬트리올
1939년 6월 28일

친애하는 이르마 수녀님,

제가 지난번 편지에서 행여라도 뭔가 불쾌하거나 터무니없는 말을 한 건 아닌지, 그것이 짐머만 신부의 주의를 끌게 되어 당신에게 불편을 초래한 건 아닌지 궁금합니다. 그것이 사실이라면, 학생과 선생의 관계뿐만 아니라 친구가 되고자 하는 열렬한 마음에서 주책없이 늘어놓았을지도 모를 그것이 무엇이든 간에, 최소한 도로 거둘 수 있는 기회를 제게 주시길 바랍니다. 너무 심한 요구일까요? 나는 절대로 그렇지 않다고 믿습니다.

있는 그대로의 진실은 다음과 같습니다! 당신이 그림에 대한 원리를 몇 가지 더 배우지 않는다면, 당신은 남은 생애 동안 위대한 화가가 되는 대신 그저 아주 재미있는 화가가 될 뿐이라는 사실입니다. 제 생각에 그건 정말 끔찍한 일입니다. 당신은 사태가 얼마나 심각한지 깨닫고 계십니까?

짐머만 신부가 당신으로 하여금 그림 학교를 그만두게 한 것은 당신이 제대로 된 수녀 생활을 하는 데 그것이 방해가 될지도 모른다는 생각 때문이었을 수도 있겠지요. 만약 사실이 그러하다면, 저는 한 가지 이상의 이유에서, 그가 너무 성급한 결정을 내린 것이라고 말하지 않을 수 없습니다. 그림 수업을 받는 것은 수도 생활을 전혀 방해하지 않을 것이기 때문입니다. 저 자신 역시 사악한 마음을 지닌 수도승처럼 생활하고 있으니까요. 화가가 된다는 것에서 가장 나쁠 수 있는 점은 약간이나마 자주 불행하다고 느끼게 될 수 있다는 정도입니다. 하지만 제 생각에는 이런 환경도 그리 비극적인 것만은 아닙니다. 제 인생 가장 행복했던 순간은 수년 전, 제가 열일곱 살이었을 때였습니다. 점심 시간이 되어, 오랫동안 병석에 누워 계시다가 처음으로 거리에 나선 어머니를 만나러 가던 길이었습니다. 파리의 거리 중 하나인 빅토르 위고 대로에 접어들던 저는 코가 없는 한 어린아이와 맞닥뜨렸고, 갑자기 황홀경에 가까운 행복을 느꼈습니다. 제발 이러한 요소들을 곰곰이 생각해봐주시길 부탁, 아니 간청 드립니다. 그 안에는 여러 가지 의미가 가득합니다.

짐머만 신부는 어쩌면 수도원에 당신의 학비를 대줄 돈이 없다는 이유로 입학을 취소했을 수도 있겠군요. 솔직히 저는 그쪽이 사실이길 바랍니다. 그것이 제 마음의 짐을 덜어주기 때문에만 그런 것이 아니라 실제적인 의미에서 그러합니다. 정말로 사실이 그러하다면, 당신은 그렇다고 말하면 될 것이고, 저는 당신에게 무한정 공짜로 그림을 가르치겠다고 말하면 되니까요. 이 문제에 대해 우리가 좀더 상의할 수 있을지 모르겠습니다. 수도원으로 언제쯤 당신을 방문하면 되는지 물어봐도 될까요? 몬트리올과 토론토를 오가는 기차 스케줄에 따라 다르겠지만, 제 멋대로 다음 토요일 오후, 즉 7월 6일 오후 세시에서 다섯시 사이에 수도원으로 당신을 방문할 계획을 세워도 될까요? 무척 초조하게 당신의 대답을 기다립니다.

존경과 감탄을 담아
'노장의 친구들'의 전임 강사
장 드 도미에 스미스
(서명)

P. S. 지난번 보낸 편지에서, 당신이 그린 종교화의 전경에 있는 파란 옷을 입은 젊은 여자가 죄인 막달라 마리아가 아니냐고 무심코 물었지요. 제가 틀렸을 수도 있으므로, 저는 제 생애 이러한 시점에서 어떤 망상을 의도적으로 불러들이지는 않겠습니다. 저는 기꺼이 어둠 속에 머물러 있겠습니다.

뒤늦은 지금까지, 심지어 오늘날까지도 나는 내가 '노장의 친구들'에 정찬 예복을 가져갔다는 사실이 기억날 때마다 움찔하는 경향이 있다. 어쨌든 가져가기는 했으니, 이르마 수녀에게 보내는 편지를 끝낸 뒤에 나는 그 옷을 입었다. 그 사건 전체가 내게 술에 취하라고 명하는 것 같았지만, 내 평생 취하도록 마셔본 적이 없었으므로(지나치게 마시면, 일등상 세 개를 따낸 그림을 그렸던 손이 수전증을 일으킬까 두려워서), 나는 이 비극적인 경우에 맞닥뜨려서는 그 옷이라도 입지 않으면 안 될 것 같은 기분이었던 것이다.

요소토 부부가 부엌에 있는 동안 나는 살짝 아래층으로 내려가, 윈저 호텔—내가 뉴욕을 떠나기 전에 의붓아버지의 친구인 X부인이 추천해준—에 전화를 걸었다. 나는 여덟시에 테이블을 예약했다.

일곱시 반경, 멋지게 차려입은 나는 요소토 부부 중 누구라도 밖에 있는지 보려고 방문 밖으로 머리를 삐죽 내밀었다. 왠지 정찬 예복을 입고 있는 내 모습을 그들에게 보이고 싶지 않았다. 그들은 보이지 않았고, 그래서 나는 급히 거리로 내려가 택시를 찾기 시작했다. 이르마 수녀에게 쓴 편지는 예복 재킷 안주머니에 있었다. 나는 그것을 저녁 식사 때—촛불 아래라면 더욱 좋겠지만—읽어볼 셈이었다.

빈 택시는 고사하고 택시라고는 한 대도 보지 못한 채 나는 한 블록 한 블록 걸어갔다. 몬트리올의 베르덩 구역은 옷을 쫙 빼입고 다닐 환경이 전혀 아니었다. 그래서인지 지나가는 모든 사람이 틀림없이 삐딱한 시선으로 날 쳐다보고 있다는 생각이 들었다. 마침내 내가 월요일 날 '코니아일랜드 레드 핫'을 먹었던 런치 바에 이르렀을 때, 나는 윈저 호텔 예약을 무시하기로 결심했다. 나는 런치 바에 들어가, 맨 끝 칸막이 쳐진 자리에 앉아, 왼손을 나의 검은 넥타이 위에 얹은 채 수프와 롤빵과 블랙커피를 주문했다. 나는 다른 손님들이 나를 일터로 향하는 웨이터로 생각해주길 바랐다.

두 잔째의 커피를 마시는 동안, 나는 이르마 수녀에게 쓴 부치지 않은 편지를 꺼내 읽었다. 편지의 내용이 좀 얄팍한 것 같아서, 나는 '노장의 친구들'로 급히 돌아가 편지를 약간 손봐야겠다고 생각했다. 나는 또한 이르마 수녀를 방문할 계획들에 대해 다시 곰곰이 생각했고, 오늘 저녁에 예약한 기차표를 받아두는 게 좋지 않을까 생각했다. 그 두 가지 생각을 마음에 간직한 채―그 두 생각 중 어떤 것도 실은 내가 필요로 하는 만큼의 상승감을 주지는 않았지만―나는 런치 바를 나와 급히 걸어서 학교로 되돌아갔다.

약 십오 분 뒤, 뭔가 지극히 정도에서 벗어난 일이 내게 일어났다. 나는 이 진술이 온갖 불쾌한 특징을 지니고 있다는 것을 의식하고 있지만, 사실은 정반대였다. 내가 말하고자 하는 것은 아직도 내게 상당히 초월적인 것으로 여겨지는 매우 특이한 체험이다. 나는 그 일을 진정 신비주의적인 사건, 혹은 일상과 신비주의의 경계선에 있는 사건으로 치부해버리는 것은 가능한 한 피하고 싶다. (다시 말해, 그렇게 치부하는 것은 성 프란체스코와 극도로 긴장한 일요일에만 교회를 찾는 평범하고 형식적인 신도의 영적 차이는 단지 수직적인 것이라고 말하거나 암시하는 것과 동등하다고 느껴지는 것이다.)

아홉시의 어스름 속에서 거리를 가로질러 학교 건물을 향해 다가가고 있을 때, 나는 진열장 안에 살아 있는 사람이 있는 것을 보고 깜짝 놀랐다. 그것은 초록색과 노란색과 라벤더 색의 시폰 옷을 입은 서른 살쯤의 억세 보이는 여자였다. 그녀는 목재 인체상 위의 탈장대를 갈아입히는 중이었다. 내가 쇼윈도로 다가갔을 때, 그녀는 이전의 탈장대를 방금 벗겨버린 게 분명했다. 그녀는 탈장대를 왼쪽 겨드랑이 밑에 끼우고 있었고(그녀의 오른쪽 옆얼굴이 내 쪽을 향하고 있었다), 새 탈장대를 그 인체상에게 매주는 중이었다. 나는 빨려들 듯 거기에 서서 그녀를 지켜보고 있었다. 마침내 그녀는 누가 자신을 지켜보고 있다는 것을 알아챘다. 나는 재빨리 미소지었지만—턱시도를 입고 있는 유리창 반대편 어스름 속의 이 남자가 결코 적의를 가진 인물이 아니라는 것을 보여주기 위해—그건 아무 소용이 없었다. 그녀의 혼란스러움은 정상적인 수치에서 벗어나 있었다. 그녀는 얼굴이 빨개졌고, 뒷걸음질을 치다가 발을 헛디뎌 세정용 대야 더미를 밟았다.

순간 그녀에게 손을 뻗치려다 나는 손가락 끝을 유리창에 부딪히고 말았다. 그녀는 바닥에 묵직한 엉덩방아를 찧었다. 그녀는 날 쳐다보지도 않은 채 금방 일어섰다. 그녀의 얼굴은 여전히 빨갰다. 그녀는 한 손으로 머리칼을 뒤로 젖히고 모조 인체상에 탈장대를 매는 일로 되돌아갔다. 내가 그것을 체험한 것은 바로 그때였다. 갑자기(나는 지금 마땅히 가져야 할 자의식을 가지고 이 말을 하고 있다고 믿는다), 태양이 떠올라 1초당 9300만 마일의 속도로 내 콧마루를 향해 전속력으로 다가왔다. 눈이 멀어버릴 듯 몹시 놀란 나는, 균형을 잡기 위해 유리창에 손을 얹어야만 했다. 그 일은 몇 초 이상 지속되지 않았다. 시력을 되찾았을 때, 여자는 더할 나위 없이 아름다운, 두 배로 축복받은 아른아른한 에나멜 꽃밭을 남긴 채 쇼윈도에서 사라지고 없었다.

나는 다시 쇼윈도에서 떠나, 무릎 관절이 제자리를 찾을 때까지 그 블록을 두 바퀴 걸었다. 감히 쇼윈도를 다시 들여다볼 엄두도 내지 못한 채, 나는 위층 내 방으로 올라가 침대에 누웠다. 몇 분 혹은 몇 시간 뒤, 나는 일기장에 불어로 다음과 같이 짧게 적어 넣었다. "나는 이르마 수녀에게 자신의 운명을 따를 자유를 주어야겠다. 모든 사람은 수녀다(Tout le monde est une nonne)."

그날 밤 잠자리에 들기 전에, 나는 아까 추방시켰던 네 명의 학생에게 복귀하라는 편지를 썼다. 행정부서에서 실수가 있었노라고 말했다. 사실상, 그 편지들은 저절로 씌어진 듯했다. 앉아서 쓰기 전에 아래층에서 의자를 갖고 올라온 사실과 그것이 뭔가 관계가 있는지도 모르겠다.

그 모든 것이 말하자면 용두사미 격으로 보이는데, '노장의 친구들'은 제대로 허가받지 않았다는(사실 **전혀** 허가받지 못했다는) 이유로 일 주일도 채 안 되어 문을 닫았다. 나는 짐을 꾸려 로드아일랜드에 가 있던 의붓아버지 바비와 합류했다. 거기서 나는 뉴욕의 미술학교가 다시 문을 열 때까지 육 주인가 팔 주인가를 보내면서, 여름에 활동하는 모든 동물 중에서 가장 재미있는 것은 반바지를 입은 미국 여자라는 사실을 음미했다.

잘된 일이든 그렇지 않은 일이든, 나는 이르마 수녀에게 두 번 다시 연락하지 않았다.

하지만 밤비에게서는 아직도 이따금 소식을 듣는다. 마지막으로 들은 소식은 그녀가 크리스마스 카드 디자인으로 분야를 바꿨다는 것이다. 솜씨가 줄지 않았다면 그 카드들은 볼 만할 것이다.

테디

"내가 이 문을 나가고 나면,
난 내가 아는 모든 사람들의 마음속에만 존재하게 될 거야."

테디가 말했다.

"나는 오렌지 껍질이 될지도 몰라요."

"야, 당장 그 가방에서 내려서지 않으면 죽여버릴 테다. 정말이야."

매카들 씨가 말했다. 그는 선실 현창(舷窓)에서 멀리 떨어진 안쪽 트윈 베드에서 말하고 있었다. 한숨이라기보다는 훌쩍거림에 가까운 소리를 내며 그는 갑자기 심술궂게, 그 어떤 시트도 햇볕에 그을려 쇠약해진 몸이 감당하기엔 버겁다는 듯 발목에 걸린 침대 시트를 발로 밀어내버렸다. 그는 파자마 바지 차림으로 등을 바닥에 대고 누워 있었는데, 오른쪽 손엔 불붙인 담배가 들려 있었다. 그의 머리는 침대 머리판 바로 밑에, 거의 스스로를 괴롭히려는 것인 양 불편하게 받쳐져 있었다. 베개와 재떨이는 둘 다 그의 침대와 아내의 침대 사이의 바닥에 놓여 있었다. 그는 몸을 일으키지도 않은 채 햇볕에 타 발그스름한 벌거숭이 오른팔을 뻗어, 침대 곁 작은 탁자 방향으로 대충 재를 떨었다.

"시월인데, 빌어먹을. 이런 게 시월 날씨라면, 차라리 팔월이 낫겠군."

그는 다시 테디가 있는 오른쪽으로 고개를 돌려 트집거리를 찾았다.

"내가 뭣 때문에 이런 말을 한다고 생각해? 내 건강을 위해서? 제발 거기서 내려오라니까."

그가 말했다.

테디는 자기 부모 방의 현창을 통해 밖을 더 잘 내다보기 위해, 새것으로 보이는 직사각형 소가죽 여행가방의 넓은 면을 밟고 서 있었다. 그는 몹시 더러운 하얀색 운동화에 양말은 신지 않았고, 그에게 너무 길고 엉덩이 부분은 적어도 한 사이즈 이상 큰 인도산 아마 반바지와 오른쪽 어깨에 동전만 한 구멍이 난 여러 번 세탁한 티셔츠, 거기에 어울리지 않게 멋진 검정색 악어가죽 벨트를 하고 있었다. 그에게는 이발이, 특히 머리통은 거의 다 자랐지만 모가지는 갈대처럼 가느다란 소년을 위한 목덜미 부분의 이발이 필요한 듯 보였다.

"테디, 내 말 들었니?"

작은 사내아이들이 선실의 현창 밖으로 몸을 내밀 때는 늘 그렇듯, 테디는 창 밖으로 그렇게까지 위험스럽게 몸을 내밀고 있는 것은 아니었다―사실 그의 두 발은 모두 소가죽 여행가방 위에 평탄히 놓여 있었다. 그러나 몸을 사리며 균형을 잘 잡고 있느냐 하면 그것도 아니었다. 그의 얼굴은 선실 안쪽보다는 바깥쪽으로 상당히 더 많이 나가 있었다. 그렇긴 해도 자기 아버지의 목소리를 잘 들을 수 있는 거리에 있긴 했다. 아버지의 목소리, 다시 말해 가장 유별난 그것 말이다.

매카들 씨는 뉴욕에 있을 때 세 편이 넘는 라디오 드라마에서 주연을 맡았으며, 삼류 주연배우의 전형적인 음성이라 부를 만한 목소리를 지니고 있었다. 자아도취적으로 깊게 울려 퍼지는, 그리고 기능적으로는 같은 방 안에 있는 누구에게든, 필요하다면 한 작은 소년에게라도 당장에 내보낼 준비가 되어 있는 목소리였다. 그 목소리는 직업과 관련된 각종 잡일에서 벗어난 휴가 기간에는 순수한 음량과 연극조의 나긋나긋한 안정 사이에서 교대로 사랑에 빠지곤 했다. 그리고 지금, 그 음량은 적당한 편이었다.

"테디, 빌어먹을. 내 말 들었니?"

테디는 소가죽 가방 위에서 그 조심스런 발 모양을 바꾸지 않은 채 허리께를 돌려 아버지에게 완전하고도 순수한 의문의 시선을 보냈다. 옅은 갈색에 전혀 크다고 말할 수 없는 그의 두 눈은 약간 사시였다―왼쪽 눈이 오른쪽 눈보다 더 심했다. 하지만 도드라지거나 첫눈에 알아챌 정도는 아니었다. 그의 두 눈은 그저 거론할 수 있을 정도로만, 그것도 한참 심각하게 생각하다가, 더 곧바르고 더 깊고 더 짙은 갈색이거나 아니면 더 큼직하게 자리잡은 눈이었으면 좋겠다고 말할 수 있을 정도로만 사시였다. 그의 얼굴에는, 말하자면 비록 비스듬하고 느리게 전달되는 것이긴 하지만 진정한 아름다움이 던지는 충격이 자리잡고 있었다.

"이젠 그 가방에서 내려오라니까. 몇 번이나 말해야 알겠어?"

매카들 씨가 말했다.

"애야, 네가 있는 그 자리에 그대로 있으렴."

매카들 부인이 말했다. 아침 일찍부터 부비강에 약간 탈이 난 게 분명했다. 그녀는 두 눈을 뜨고 있었지만 그건 아주 약간이었다.

"단 일 인치도 움직이지 마."

그녀는 베개에 얼굴을 얹고 오른쪽으로 누워 있다가 남편을 등진 채 테디와 현창이 있는 쪽으로 몸을 돌렸다. 시트는 턱까지 당겨져, 두 팔은 말할 것도 없고 그녀의 알몸 전체를 덮고 있었다.

"위아래로 점프해. 아빠 가방을 뭉개버려!"

그녀가 말하고는 두 눈을 감았다.

"그거 아주 훌륭한 말씀이시군."

매카들 씨가 아내의 뒤통수에 대고 조용하고 침착하게 말했다.

"가방 하나에 이십이 파운드를 주고 샀으니 녀석에게 그 가방

밟고 서 있지 말라고 점잖게 말하고 있는데, 오히려 가방 위에서 위아래로 뛰다니. 그게 뭐 하자는 거야. 농담하자는 거야?"

"제 나이에 비해 십삼 파운드나 덜 나가는 열 살짜리 사내녀석의 무게도 지탱할 수 없는 가방이라면 선실 안에 두지도 않겠네, 나 같으면."

눈을 뜨지도 않은 채 매카들 부인이 말했다.

"내가 어떻게 해주고 싶은 줄 알아?"

매카들 씨가 말했다.

"당신 머리통을 뻥 차버리고 싶어."

"그렇게 해보시지?"

매카들 씨는 갑자기 팔꿈치로 몸을 세우고는, 침대 옆 작은 탁자 유리에 담배꽁초를 눌러 껐다.

"조만간."

그가 사납게 말했다.

"조만간 당신은 비극적인, 아주 비극적인 심장발작을 일으킬 거예요."

매카들 부인이 아주 기운 없이 말했다. 두 팔을 여전히 시트 속에 둔 채, 그녀는 맨 위의 시트를 좀더 단단히 자기 몸에 끌어당겼다.

"그러고 나면 조촐하고 세련된 장례식이 열릴 거구요. 거기 모인 모든 사람들이, 붉은 옷을 입은 저 매력적인 여자가 누구냐고 묻겠지요. 첫 줄에 앉아서 오르간 연주자와 희희덕거리면서 성스런……"

"당신은 아주 우스운가본데, 하나도 우습지 않아."

굼뜨게 도로 등을 대고 누우며 매카들 씨가 말했다.

이런 짧은 이야기가 오가는 동안 테디는 얼굴을 돌리고 다시 현창을 바라보기 시작했다.

"오늘 아침 세시 삼십이분에 퀸 메리 호*가 지나갔어요. 다른 방향으로요. 누가 관심이나 가질지 의심스럽긴 하지만요."

그가 느리게 말했다. 그의 목소리는 작은 사내아이들의 목소리가 더러 그러한 것처럼, 기이하면서도 아름답게 거칠었다. 그의 말 하나하나는 위스키로 만든 조그만 모형의 바다에 잠긴 먼 옛날의 작은 섬 같았다.

"부퍼가 경멸하는 갑판 스튜어드가 자기 칠판에 그렇게 써놨어요."

"야, 그 가방에서 당장 내려서지 않으면 내가 너의 퀸 메리**가 될 테다."

---

* 영국의 큐나드 기선회사가 건조한 호화 여객선.
** Queen Mary(1553~1558), 영국 여왕. 영국을 다시 가톨릭 국가로 되돌리려는 과정에서 많은 신교도를 학살해 '피의 메리'라는 별칭을 얻었다.

그의 아버지가 말했다. 그는 테디를 향해 고개를 돌렸다.

"이제 거기서 내려와. 가서 이발이라도 하라구."

그는 다시 아내의 뒤통수를 바라보았다.

"세상에, 저앤 조숙해 보여요."

매카들 부인이 말했다.

"난 돈 한 푼 없어요."

테디가 말했다. 그는 현창 턱에 두 손을 좀더 안전하게 올려놓고, 손가락 위에 턱을 얹었다.

"엄마, 식당에서 우리 바로 옆자리에 앉는 그 남자 알죠? 깡마른 사람 말고요. 같은 테이블에 앉는 다른 남자 말예요. 우리 웨이터가 쟁반을 내려놓는 곳 바로 옆이요."

"그래 그래, 테디. 엄마 딱 오 분만 더 자게 해다오, 착하지?"

매카들 부인이 말했다.

"잠깐만요. 이건 아주 재미있는 거예요."

턱을 들어올리지 않고, 그리고 바다로부터 눈을 떼지 않은 채 테디가 말했다.

"그 남자가 조금 아까 스벤이 내 몸무게를 잴 때 체육관에 있었어요. 그가 나한테 다가와서 말을 시키는 거예요. 내가 만든 마지막 테이프를 들었대요. 사월에 만든 거 말고, 오월에 만든 거요. 그 사람이 유럽으로 가기 바로 전에 보스턴에서 어떤 파티에 갔었는데, 그 파티에 온 어떤 사람이 라이데커 실험 그룹의 몇 명 ─ 그게 누구인지 그는 말하지 않았어요 ─ 을 알고 있었대요. 그런데 그 사람들이 내가 지난번에 만든 테이프를 빌려와서 그 파티에서 틀었다는 거예요. 그 사람은 내가 만든 테이프에 관심이 많은 것 같았어요. 밥콕 교수 친구래요. 보아하니 그 사람도 선생님 같았어요. 그는 여름 내내 더블린의 트리니티 대학에 있었대요."

"그래? 파티에서 사람들이 그 테이프를 틀었다고?"

매카들 부인이 말했다. 그녀는 테디의 다리 뒤쪽을 졸린 듯 응시하며 누워 있었다.

"그랬다나봐요."

테디가 말했다.

"그 사람은 내가 거기 있는 동안 스벤에게 나에 대해서 한참 얘기했어요. 좀 당황스러웠죠."

"그게 왜 당황스럽니?"

테디는 주저했다.

"'좀' 당황스러웠다고 제한해서 말했는데요?"

"내가 널 제한시켜주마. 빌어먹을 그 가방에서 내려서지 않는다면 말이야."

매카들 씨가 말했다. 그는 막 새 담배에 불을 붙여 문 참이었다.

"셋까지 세겠다. 하나, 빌어먹을…… 둘……"

"몇시니? 너 부퍼하고 열시 반에 수영 연습 하기로 하지 않았니?"

갑자기 매카들 부인이 테디의 다리 뒤쪽에 대고 물었다.

"아직 시간 있어요."

테디가 말했다.

"이것 봐요!"

그가 갑자기 머리통 전체를 현창 밖으로 내밀고 몇 초 동안 있다가 도로 머리를 들여놓았다.

"방금 전 누가 창 밖으로 오렌지 껍질을 쓰레기통 통째로 버렸어요."

"창 밖으로라. 창 밖으로."

매카들 씨가 담뱃재를 탁탁 털면서 냉소적으로 말했다.

"애야, 현창 밖으로, 현창 밖으로다."

그는 아내를 힐끗 건너다보았다.

"보스턴에 전화를 걸어. 라이데커 실험 그룹을 빨리 전화로 불러내."

"당신 유머 감각 한번 뛰어나시군요. 왜 그러자는 거죠?"

매카들 부인이 물었다.

테디는 자기 머리를 거의 다 안으로 들여놓았다.

"아주 멋지게 떠내려가네요. 그것 참 재미있네."

그는 고개를 돌리지 않고 말했다.

"테디, 마지막이야. 셋까지 세겠다. 그러고 난 뒤에 난……"

"내 말은 물 위에 떠 있는 게 재미있단 말이 아니에요."

테디가 말했다.

"저것들이 저기 있다는 걸 내가 알고 있다는 사실이 재미있다구요. 만일 내가 저것들을 보지 않았더라면 나는 저것들이 저기 있다는 사실을 알지 못할 것이고, 내가 저것들이 저기 있다는 것을 알지 못한다면 나는 그것들이 존재한다고조차 말할 수 없을 거예요. 그건 아주 멋진, 완전한 본보기가 될 방법이……"

"테디."

시트 밑의 몸을 거의 눈에 띄지 않을 정도로 움직이면서 매카들 부인이 말했다.

"가서 부퍼 좀 찾아와라, 엄마를 위해서. 어디 있지? 난 그애가 오늘도 또 햇빛 속을 빈둥거리며 돌아다니는 걸 원치 않아. 그렇게 탔는데 말이야."

"부퍼는 적당히 옷을 걸쳤어요. 내가 그애에게 덩가리*를 입게 했거든요."

테디가 말했다.

---

* 파란 데님으로 만든 가슴받이 달린 작업복.

"몇 개는 이제 가라앉기 시작해요. 몇 분 지나면 저것들은 오로지 제 마음속에서만 떠다닐 거예요. 재미있지 않아요? 어떤 방식으로든 그걸 보게 되었다면, 그것들이 처음 떠다니기 시작한 곳은 바로 그곳이에요. 만일 내가 여기 서 있지 않았다면 혹은 누군가 다가와 내 머리를, 뭐랄까, 내 머리통을 잘라냈다면, 내가 바로 이러고 있을 때……"

"그앤 지금 어디 있어?"

매카들 부인이 물었다.

"잠깐 엄마 좀 봐라, 테디."

테디는 몸을 돌리고 자기 엄마를 바라보았다.

"뭐라고요?"

그가 말했다.

"부퍼가 지금 어디 있냐고. 난 그애가 갑판 의자 사이를 돌아다니면서 사람들이나 괴롭히는 걸 원치 않아. 그 끔찍한 남자가……"

"그앤 괜찮아요. 내가 그애에게 카메라를 주었어요."

매카들 씨가 한쪽 팔로 몸을 받치고 앉았다.

"네가 그애한테 카메라를 줬다고? 도대체 무슨 생각으로? 빌어먹을 내 라이카* 카메라! 여섯 살배기 계집아이가 그걸 들고 여

---

* 독일의 에른스트라이츠 사에서 만드는 고급 카메라 상표명.

기저기 희희낙락 쏘다니게 놔두진 않겠다……"

"떨어뜨리지 않도록 드는 법을 내가 가르쳐줬어요. 그리고 당연히 필름을 꺼내놓았고요."

테디가 말했다.

"그 카메라를 가져와, 테디. 내 말 들려? 당장 그 가방에서 내려와라. 그리고 카메라를 오 분 안에 이 방에 도로 갖다놔. 그러지 않으면 실종자 명단에 꼬마 천재 하나도 포함되게 될 거다. 내 말 알아들어?"

테디는 소가죽 여행가방 위에서 발을 돌려 내려섰다. 그가 몸을 굽히고 왼쪽 신발끈을 매는 동안, 한쪽 팔꿈치로 몸을 세운 그의 아버지는 그를 모니터 요원처럼 지켜보았다.

"부퍼한테 내가 오란다고 일러라."

매카들 부인이 말했다.

"그리고 엄마한테 키스해주렴."

신발끈을 다 매고 나서 테디는 엄마의 뺨에 형식적인 키스를 했다. 그녀가 몸을 굽혀 테디의 허리에 두르려는 듯 시트 밑에 있던 왼팔을 빼냈다. 그러나 그녀가 팔을 뺐을 때 테디는 이미 다른 데로 가버리고 없었다. 테디는 다른 쪽으로 돌아가 두 침대 사이의 빈 공간에 들어섰다.

그는 몸을 굽혀 아버지의 베개를 왼쪽 겨드랑이에 끼고, 침대 옆 작은 탁자 위에 놓게 되어 있는 재떨이를 오른손에 든 뒤 일어났다. 그는 재떨이를 왼손으로 옮겨들면서 작은 탁자로 다가가, 오른손 끝으로 아버지가 남긴 꽁초와 재를 재떨이 속에 쓸어넣었다. 그런 다음, 재떨이를 제자리에 놓기 전에 작은 탁자의 유리에 얇게 덮인 담뱃재 자국을 한쪽 팔뚝으로 쓸어냈다. 그는 팔뚝을 자신의 인도산 아마 반바지에 쓱 닦았다. 그런 다음 무릇 재떨이란 침대 옆 작은 탁자 위 한가운데 놓여 있거나 아니면 아예 놓질 말아야 한다고 믿는 듯, 그것을 작은 탁자 유리 위에 지극히 조심스럽게 내려놓았다. 그 무렵 그를 지켜보고 있던 그의 아버지가 갑자기 시선을 거뒀다.

"베개 안 필요해요?"

테디가 물었다.

"얘야, 카메라 도로 갖다놔라."

"아빠, 그런 자세는 몹시 불편할 텐데요. 그건 불가능한 자세예요."

테디가 말했다.

"베개 여기다 놔둘게요."

그는 아버지의 발이 닿지 않는 곳, 침대 발치에 베개를 놓았다. 그리고 선실 밖을 응시했다.

"테디, 부퍼한테 수영 연습 시작하기 전에 엄마가 보잔다고 전해."

몸을 돌리지 않은 채 그의 어머니가 말했다.

"왜 당신은 그애를 가만 놔두지 않는 거지? 당신은 그애가 단 몇 분이라도 빌어먹을 자유를 누리는 데 앙심이라도 품는 것 같아. 당신이 그애를 어떻게 취급하는지 알아? 당신이 그애를 어떻게 취급하는지 내가 당신에게 정확히 알려줄게. 당신은 그애를 지독한 범죄자처럼 취급하고 있어."

매카들 씨가 말했다.

"'지독한'이라고! 아, 그거 귀엽군요! 이봐요, 사랑하는 당신. 당신 점점 영국 사람처럼 되어가는군요."

테디는 문고리를 천천히 왼쪽, 오른쪽으로 돌리면서 곰곰이 생각에 잠긴 채 실험을 해보면서 문간에서 잠시 머뭇거렸다.

"내가 이 문을 나가고 나면, 난 내가 아는 모든 사람들의 마음속에만 존재하게 될 거야."

테디가 말했다.

"나는 오렌지 껍질이 될지도 몰라요."

"뭐라고, 애야?"

선실 건너편에서 아직도 오른쪽으로 누운 채 매카들 부인이 물었다.

"야, 빨랑 하자구. 그 라이카 카메라 갖다 여기 내려놔."

"이리 와서 엄마한테 키스해주렴. 아주 근사한 키스를 말이야."
"지금은 안 돼요. 피곤해요."
테디가 멍하니 대답하고는 문을 닫고 나갔다.

배에서 발간하는 일간 신문이 방 바로 바깥 문턱에 놓여 있었다. 한 면에만 그림이 있는 한 장짜리 광택지였다. 테디는 신문을 집어들어 읽으면서, 긴 통로를 따라 느릿느릿 걸어가기 시작했다. 맞은편 끝에서 풀 먹인 하얀 유니폼을 입은, 몸집이 엄청 큰 금발 여자가 기다란 줄기의 장미가 담긴 꽃병을 든 채 그를 향해 다가오고 있었다. 스쳐 지나가면서 그녀는 왼손을 뻗어 그의 머리 위를 가볍게 쓰다듬고는 "누구누구는 머리 깎을 때가 됐네!" 하고 말했다. 테디는 신문을 보다가 수동적으로 고개를 들어올렸지만 여자는 이미 지나가버린 뒤였다. 그러나 그는 뒤돌아보지 않았다. 그는 계속 신문을 읽었다. 복도 끝에 이르자 그는 성(聖) 조지와 용이 그려진 엄청 큰 층계참 벽화 앞에서 신문지를 네 겹으로 접어 왼쪽 뒷주머니에 넣었다. 그런 다음 한 층 위에 있는 주 갑판을 향해 카펫이 깔린 넓고 낮은 계단을 올라갔다. 그는 계단 난간을 꼭 잡고 거기에 온몸을 기댄 채 한 번에 두 계단씩 올랐다. 그러나 천천히 올라가는 품이 계단을 자주 오르내리는 대부분의 아이들이 그러하듯 계단 오르는 일 자체를 꽤 재미난 목적으로 여기고 있는 듯 보였다. 주갑판 층계참에서 그는 곧장 사무장 책상으로 건너갔는데, 마침 해군 유니폼을 입은 예쁘장한 여자가 일을 보는 중이었다. 그녀는 등사 인쇄된 몇 장의 종이를 한데 모아 철하고 있었다.

"오늘 게임이 몇시에 시작되는지 알려주시겠어요?"

테디가 그녀에게 물었다.

"뭐라고?"

"게임이 오늘 몇시에 시작되는지 알려줄 수 있냐고요."

여자는 립스틱이 묻어날 듯한 미소를 보냈다.

"무슨 게임 말이니?"

그녀가 물었다.

"있잖아요. 어제랑 그제 했던 단어 게임 말예요. 사라진 단어들을 누나가 채워넣는 게임이요. 주로 누나가 모든 것을 문맥에 맞게 집어넣는 게임이죠."

여자는 종이 세 장을 스태플러의 두 면 사이에 끼워넣는 일을 잠시 멈췄다.

"아, 오후 늦게나 돼서일 것 같은데. 네시쯤. 그거 네 수준에 좀 벅찬 게임 아니니?"

"아뇨, 그렇지 않아요…… 고마워요."

테디가 그렇게 말하고는 자리를 뜨려 했다.

"잠깐만 기다려봐. 이름이 뭐니?"

"시어도어 매카들이에요. 누나는요?"

테디가 말했다.

"내 이름? 난 인사인 매튜슨이야."

미소를 지으며 여자가 말했다.

테디는 그녀가 스태플러 찍는 것을 지켜보았다.

"누나가 인사인이라는 이름을 가진 사람 중 하나라는 건 알고 있었어요."

테디가 말했다.

"확실친 않지만, 난 누군가 자기에게 이름을 물었을 때는 성과 이름을 모두 말해줘야 한다고 믿어요. 제인 매튜슨, 아니면 필리스 매튜슨, 아니면 어떤 경우든 말이에요."

"아, 정말?"

"나는 내가 말하는 그대로 생각해요. 물론 확실친 않지만요. 유니폼을 입고 있을 때라면 다를 수도 있겠죠. 어쨌거나 게임에 대해 알려줘서 고마워요. 안녕히 계세요!"

그는 돌아서서 산책 갑판을 향해 층계를 올라갔다. 역시 한 번에 두 계단씩이었지만, 이번에는 좀 급했다.

한동안 여기저기 둘러보던 그는 스포츠 갑판 위에서 부퍼를 찾아냈다. 여자아이는 더이상 이용하지 않는 두 개의 갑판 테니스장 사이의 햇살 드는—거의 숲속의 빈터에 가까운—곳에 있었다. 그녀는 웅크린 자세로 해를 등진 채, 가벼운 산들바람이 그녀의 실크처럼 부드러운 금발을 펄럭이는 가운데, 열두 개 아니면 열네 개의 셔플보드* 원반을 두 개의 더미로 부지런히 쌓던 중이었다. 한쪽은 검은 원반들, 다른 한쪽은 붉은 원반들이었다. 면으로 된 선 수트를 입은 아주 작은 사내아이가 여자아이 오른편에 순전히 감독관 자격으로 서 있었다.

"이것 봐!"

여자애는 자기에게 다가오는 오빠를 향해 당차게 말했다. 그녀는 몸을 앞으로 뻗치고는, 자기가 해놓은 일을 자랑하고 싶은지 셔플보드 원반 두 무더기를 두 팔로 감쌌다.

"마이런, 네가 온통 그늘을 만들고 있어서 우리 오빠가 이걸 볼 수가 없잖아. 몸뚱이 좀 치워."

그녀는 자기 친구에게 적대적으로 말하고 나서 두 눈을 감고는 마이런이 움직일 때까지, 십자가를 짊어진 사람처럼 찡그린 얼굴로 기다렸다.

테디는 두 무더기의 원반을 아래에 두고 선 채, 그것들을 칭찬하듯 내려다보았다.

---

* 긴 막대기로 점수가 매겨진 반(盤) 위에 원반을 밀어넣는 놀이.

"멋져, 아주 대칭적인데."

그가 말했다.

"얘는 백개먼*에 대해 들어본 적도 없대. 그런 건 갖고 있지도 않대."

부퍼가 마이런을 가리키며 말했다.

테디는 마이런을 객관적인 시선으로 흘낏 바라보았다.

"카메라는 어디 있지? 아빠가 당장 가져오라는데."

테디가 말했다.

"얘는 뉴욕에 살지도 않아. 그리고 얘네 아빠는 죽었대. 한국전쟁에서 죽었대."

부퍼가 테디에게 말했다. 그녀는 마이런을 향해 고개를 돌렸다.

"그렇지 않니?"

그녀는 끈질기게 물었지만 대답을 기다리지는 않았다.

"이제 엄마가 죽으면 얘는 완전히 고아야. 얜 그것도 몰랐대."

그녀는 마이런을 바라보았다.

"그렇지 않니?"

마이런은 아무 말도 하지 않고 팔짱을 꼈다.

"넌 내가 만난 사람들 중 가장 바보 같아."

---

* 서양 주사위 놀이의 일종.

부퍼가 사내애에게 말했다.

"넌 이 바다에서 가장 바보 같은 사람이야. 알고 있어?"

"그앤 바보가 아니야. 넌 바보가 아니다, 마이런."

테디가 말했다. 그리고 여동생을 향했다.

"잠깐만 내 말 들어봐. 카메라 어디 있어? 당장 있어야 한단 말야."

"저기."

딱히 일정한 방향을 가리키지도 않으면서 부퍼가 말했다. 그녀는 두 무더기의 셔플보드 원반들을 자기한테 더 가깝게 끌어당겼다.

"이제 내게 필요한 건 두 명의 거인뿐이야."

그녀가 말했다.

"거인들은 완전히 지칠 때까지 백개먼을 할 수 있거든. 그런 다음 저 굴뚝 위로 올라가 이 원반들을 아무한테나 던져 죽일 수도 있어."

그녀는 마이런을 바라보았다.

"거인들은 너희 부모를 죽일 수도 있어."

그녀는 다 알고 있다는 듯이 그에게 말했다.

"만일 그걸로도 그들이 안 죽으면, 어떻게 해야 하는지 알아? 마시멜로에 독을 약간 얹어서 그걸 먹이면 되는 거야."

라이카 카메라는 10피트쯤 떨어진 곳, 스포츠 갑판을 둘러싼 하얀 난간 옆에 놓여 있었다. 그것은 물 빠지는 홈 안에 한쪽이 걸쳐진 채 놓여 있었다. 테디는 그곳으로 다가가 카메라 끈을 집어 올린 다음 목에 걸었다가 곧바로 카메라를 목에서 벗겨냈다. 그는 카메라를 부퍼에게 가지고 갔다.

"부퍼, 부탁 좀 들어줘. 이걸 받아. 지금 열시야. 난 일기를 써야 돼."

그가 말했다.

"난 바쁜걸."

"어쨌거나 엄마가 널 당장 보자셔."

테디가 말했다.

"거짓말쟁이."

"누가 거짓말쟁이라는 거야? 엄마가 정말로 널 보재."

테디가 말했다.

"그러니까 이 카메라를 갖고 내려가…… 어서, 부퍼."

"엄마가 뭣 때문에 날 보자는 건데? 난 엄마 안 보고 싶어."

부퍼가 캐물었다.

그녀가 갑자기 마이런의 손을 탁 쳤다. 마이런의 손은 붉은 셔플보드 원반 더미 맨 위에서 원반 몇 개를 끄집어내던 중이었다.

"손 치워."

그녀가 말했다.

테디는 라이카 카메라 끈을 부퍼의 목에 걸어주었다.

"진짜야. 당장 내려가서 이걸 아빠한테 갖다줘. 그런 다음 수영장에서 보자."

그가 말했다.

"풀장에서 열시 반에 만나. 아니면 네가 옷 갈아입는 데 바로 바깥에서 보든지. 늦지 마. 거긴 E갑판에서 한참 아래쪽이야. 그러니까 시간을 넉넉히 잡아야 해."

그는 몸을 돌리고 자리를 떴다.

"난 오빠가 싫어! 이 바다에 있는 사람들이 전부 싫어!"

부퍼가 오빠의 등뒤에 대고 소리쳤다.

상갑판이 끝난 뒤의 널찍한 스포츠 갑판 아래층에는 약 일흔다섯 개의 갑판용 접의자가 놓여 있었다. 그것들은 일고여덟 줄로 정렬되어 있었다. 그 사이의 통로는 갑판 승무원들이 일광욕하는 승객들의 소지품이나 뜨개질 가방, 겉표지를 씌운 소설책, 선탠로션 병, 카메라 따위에 걸려 넘어지는 것을 겨우 피할 수 있을 만큼의 넓이였다. 테디가 도착했을 때 그곳은 사람들로 붐볐다. 그는 맨 마지막 줄을 가만히 바라보다가 한 줄에서 다른 줄로 기계적으로 옮겨가면서, 비어 있건 사람이 앉아 있건 의자마다 멈춰

서서 팔걸이에 걸린 이름표를 읽었다. 누운 채 쉬고 있던 승객들 중 한두 명만이 그에게 말을 걸어왔다. 말하자면 그건 자기 이름표가 붙은 의자만을 외곬으로 찾고 있는 열 살짜리 소년을 보고 어른들이 쉽게 내뱉을 수 있는 흔하면서도 즐거운 몇 마디였다. 그가 어리다는 것, 그리고 외곬이라는 것은 틀림없는 사실 같았지만, 모르긴 해도 그의 태도 전반에는 대다수의 어른들이 거리낌 없이 말을 붙일 만큼의 깜찍함이 결여되어 있었다. 그가 입은 옷 역시 거기에 일조했다. 그의 티셔츠 어깨에 난 구멍은 전혀 귀여워 보이지 않았다. 인도산 아마 반바지 엉덩이에 덧댄 헝겊의 도드라짐이나 반바지의 지나친 길이 역시 귀엽다고 말할 수 없었다.

쿠션이 받쳐져 언제라도 앉을 수 있게 되어 있는 매카들 가족의 의자는 앞에서 두번째 줄 중간에 놓여 있었다. 테디는 그것들 중 하나에, 누가 와도 자기 양쪽 어디에도 직접 닿지 않게끔 자리를 잡고 앉았다. 그는 햇볕에 타지 않은 두 다리를 한데 모아 다리 올리는 곳에 뻗으면서 그와 거의 동시에 오른쪽 뒷주머니에서 조그만 10센트짜리 공책을 꺼냈다. 그런 다음 그와 공책 말고는 아무것도 존재하지 않는다는 듯—햇빛도, 승객들도, 배도 없다는 듯—즉시 한 가지 목표를 향한 집중력을 발휘하여 공책을 한 장 한 장 넘기기 시작했다.

연필로 적은 몇 개의 글을 제외하고, 그가 공책에 적어넣은 것들은 모두 볼펜으로 씌어진 것이 분명해 보였다. 필적은 오래된 팔머 식이 아니라 오늘날 미국 학교에서 가르치는 것과 같은 필기체였다. 그것은 지나치게 장식적이지 않아서 쉽게 알아볼 수 있었다. 어쨌거나 어떤 기계적인 의미에서도 그의 어휘와 문장들은 절대로 어린애가 쓴 것처럼 보이지 않았다.

테디는 가장 최근에 써넣은 듯 여겨지는 부분을 읽는 데 상당한 시간을 쏟았다. 그것은 세 페이지가 조금 넘었다.

1952년 10월 27일의 일기
시어도어 매카들 소유
412 A갑판

위의 것을 발견하는 즉시 시어도어 매카들에게 돌려준다면 적절하고 유쾌한 보답이 있을 것임.

네가 아빠의 군번표를 찾을 수 있는지, 그래서 할 수 있을 때마다 그걸 착용할 수 있는지 알아봐. 그런다고 죽지는 않을 테고, 아빠는 그걸 좋아하실 테니까.

기회와 참을성이 있을 때 맨델 교수에게 답장을 쓸 것. 그에게 더이상 시집은 보내지 말아달라고 부탁할 것. 어쨌든 나는 일 년 동안 충분히 받았으니까. 이제는 신물이 나. 한 남자가 해변을 따라 걷다가 불행하게도 코코넛 열매에 머리통을 얻어맞았다. 그의 머리통은 불행하게도 두 동강 났다. 그의 아내가 노래를 부르면서 해변을 따라 걸어가다가, 그 두 동강 난 머리통이 누구 것인지 알아보고는 그걸 집어들었다. 당연히 매우 슬퍼진 그녀는 가슴이 찢어질 정도로 엉엉 울었다. 바로 그게 내가 시에 싫증난 이유다. 그 여자가 두 동강 난 머리통을 집어들고 그 속에 대고 매우 화가 나서 "그만둬!"라고 외쳤다고 가정한다 하더라도. 그의 편지에 답할 때 이 얘기는 꺼내지 말자. 거기엔 논쟁의 여지가 대단히 많고, 게다가 맨델 부인은 시인이다.

뉴저지 주 엘리자베스에 있는 스벤의 주소를 구할 것. 그의 아내와 개 린디를 만난다는 것은 흥미진진한 일이다. 그렇긴 하지만 나는 개를 키우고 싶지 않다.

보카와라 박사에게 그의 신장염에 대해 위로의 편지를 쓰자. 어머니로부터 그의 새 주소를 받아내자.

내일 아침의 식전 명상에 스포츠 갑판을 이용해볼 것. 그러나 의식을 잃지는 말 것. 또한 식당에서 웨이터가 또다시 그 큰 스푼을 떨어뜨린다 해도 의식을 잃지 말 것. 아빠는 매우 화를 내셨다.

내일 책을 반납할 때 도서관에서 단어와 표현들을 찾아볼 것……

신장염
무수함
하찮은 선물
교활한
삼두정치

사서들에게 좀더 친절해지자. 그가 재롱을 떨면 그와 세상의 일반사에 대해 이야기를 나누자.

테디는 갑자기 반바지 옆주머니에서 작은 총알 모양의 볼펜을 꺼내 뚜껑을 벗기고는 글을 쓰기 시작했다. 그는 의자 팔걸이 대신 오른쪽 허벅지를 책상으로 삼았다.

1952년 10월 28일의 일기

같은 주소로, 그리고 1952년 10월 26일과 27일에 썼던 것에 대한 보답으로.

오늘 아침 명상이 끝난 뒤 아래의 사람들에게 편지를 썼다.
보카와라 박사
맨델 교수
피트 교수
버기스 헤이크 주니어
로버타 헤이크
샌퍼드 헤이크
헤이크 할머니
그레이엄 씨
월튼 교수

엄마에게 아빠의 군번표가 어디 있냐고 물을 수도 있었겠지만, 모르긴 해도 엄마는 내가 그걸 반드시 달지 않아도 된다고 대답했을 것이다. 나는 아빠가 그걸 짐 속에 넣는 것을 본 터라, 그게 아빠에게 있다는 것을 알고 있다.

내 생각에, 삶이란 하찮은 선물이다.

월튼 교수가 우리 부모님을 헐뜯는 것은 매우 품위 없는 일이라고 생각한다. 그는 사람들이 어떤 특정 방식으로 존재하기를 원한다.

그 일은 오늘 아니면 내가 열여섯 살이 되는 1958년 2월 14일에 일어날 것이다. 그건 말을 꺼내기조차 우스꽝스런 일이다.

이것을 마지막으로 쓴 뒤에 테디는 볼펜을 균형 있게 쥐고 나올 게 더 있다는 듯 계속 공책의 같은 페이지에 집중했다.

그는 자기를 관심 있게 지켜보는 어떤 사람이 있다는 것을 의식하지 못하는 것 같았다. 갑판 의자들 중 첫번째 줄로부터 15피트쯤 앞, 그리고 눈이 멀게 할 듯 햇빛이 비치는 18 혹은 20피트쯤 위 스포츠 갑판 난간에서 한 젊은 남자가 계속해서 그를 지켜보고 있었던 것이다. 이미 약 십 분 동안 그러고 있던 중이었다. 젊은 남자는 모종의 결심에 도달한 게 분명했다. 갑자기 난간에서 발을 내려놓았던 것이다. 그는 테디 쪽을 잠시 더 바라보며 서 있다가 이윽고 걸어가 시야에서 사라져버렸다. 하지만 채 일 분도 되지 않아 그가 갑판 의자들 사이로 우뚝 눈에 띄게 모습을 드러냈다. 그는 서른 살 혹은 그보다 적은 나이인 듯했다. 그는 곧바로 테디의 의자를 향해 통로를 따라 내려가기 시작하여 다른 승객들의 소설책 표지 위에 산란스러운 작은 그림자를 드리우면서, 그리고 뜨개질 가방과 다른 개인 사물들을 약간 제멋대로—그가 서서 움직이는 유일한 사람이라는 사실을 생각할 때—밟으며 나아갔다.

테디는 누군가 자기 의자 발치에 서 있다는 것을, 혹은 자기 공책에 그림자를 드리우고 있다는 사실을 잊고 있는 것 같았다. 그렇긴 하지만, 그에게서 한두 줄쯤 떨어진 의자에 앉은 몇몇 사람은 산란스러워하고 있었다. 그들은 갑판 의자에 앉아 있는 사람들만이 누군가를 올려다볼 수 있는 특권을 지녔다는 듯한 태도로 그 젊은 남자를 올려다보았다. 젊은 남자는 어떤 종류의 침착함을 지니고 있었는데, 그 침착함은 적어도 한 손은 호주머니에 넣고 있는다는 아주 사소한 조건에 의해 무한정 유지되는 듯 보였다.

"어이, 안녕!"

그가 테디에게 말했다.

테디가 고개를 들었다.

"안녕하세요."

그는 공책을 반쯤은 자기가 닫고, 반쯤은 저절로 닫히게 했다.

"잠깐 앉아도 될까? 이거 누구 의자니?"

한없이 정중해 보이는 태도로 젊은이가 말했다.

"글쎄요, 여기 의자 네 개는 전부 우리 가족 거예요. 하지만 우리 부모님은 아직 안 올라오셨죠."

테디가 말했다.

"안 올라오셨다고? 이런 날씨에?"

젊은 남자가 말했다. 그는 이미 테디의 오른쪽 의자로 몸을 굽힌 상태였다. 의자 두 개가 너무 가까이 놓여 있어서 두 사람의 팔이 맞닿았다.

"그건 대단한 신성모독인걸. 완전히 신성모독이야."

그가 말했다. 그는 몸뚱이가 허벅지로만 이루어진 듯 보이게 하는 보통 이상으로 굵직한 두 다리를 앞으로 뻗었다. 그의 차림새는 거의 동양의 해군이었다. 맨 꼭대기는 터프하게 깎은 머리칼, 맨 아래는 다 해진 구두, 가운데는 약간 뒤죽박죽인 군복 차림—울로 만든 담황색 양말, 잿빛 바지, 단추 달린 셔츠에 넥타이는 매지 않았고 예일대, 아니면 하버드, 아니면 프린스턴 대학 등의 개중 인기 있는 대학원 세미나에서 적당히 낡아왔음직하게 보이는 청어 가시 무늬 재킷—이었다.

"아, 날씨 정말 죽인다."

그는 곁눈질로 태양을 올려다보면서 음미하듯 말했다.

"날씨에 대해서만큼은 난 완전히 인질이나 다름없어."

그는 굵직한 두 다리를 발목에서 꼬았다.

"사실 나는 완전히 정상적인 비 오는 날씨를 개인적인 모독으로 받아들이는 사람으로 알려져 있지. 그러니까 이건 내게 완전히 만나*야."

그의 목소리는 일상적인 어감일 때는 예의 바르긴 했지만, 적절한 선 이상의 것을 전달하고 있었다. 그래서 마치 자기가 말해야 하는 것들이 상당히 옳다고—지적이고, 문학적이고, 심지어 재미있거나 자극적이라고—여기고 있는 듯 들렸다. 테디의 입장에서나 뒷줄에 앉은 사람들의 입장에서나(만약 그들이 듣고 있다면) 다를 바 없이 말이다. 그는 테디를 비스듬히 내려다보면서 미소지었다.

"너하고 날씨는 어떠니?"

그가 물었다. 그의 미소는 매력적인 구석이 없는 것은 아니었지만, 사교용이고, 말을 건네기 위한 것이었으며, 아무리 에둘러 말한다 해도 결국 스스로의 에고로 환원되고 마는 유의 것이었다.

"난 날씨를 지나치게 개인적인 면에서 생각하지 않아요. 그게 아저씨가 말하고 있는 거라면 말이죠."

테디가 말했다.

젊은 남자는 고개를 뒤로 젖히며 웃었다.

"놀랍군."

---

* 이스라엘 민족이 모세의 인도로 이집트에서 나와 가나안으로 갈 때 아라비아 광야에서 여호와가 준 음식.

그가 말했다.

"말이 난 김에, 내 이름은 밥 니콜슨이야. 우리가 체육관에서 거기까지 진도가 나갔었는지 모르겠네. 물론 난 네 이름을 알고 있어."

테디는 몸무게를 한쪽 엉덩이에 싣고 공책을 반바지 옆주머니에 찔러넣었다.

"난 네가 글 쓰는 걸 지켜보고 있었어. 저 위에서 말이야."

니콜슨은 설명하듯 손가락으로 가리키며 말했다.

"저런, 넌 부지런한 트로이 사람처럼 일하고 있더구나."

테디가 그를 바라보았다.

"공책에다 뭔가 쓰고 있었어요."

니콜슨은 미소지으며 고개를 끄덕였다.

"유럽은 어땠니? 재미있었어?"

그가 스스럼없이 물었다.

"네, 아주 많이. 물어봐줘서 고마워요."

"어디어딜 갔는데?"

테디가 갑자기 앞으로 몸을 굽히고는 종아리를 긁었다.

"글쎄, 그 모든 곳의 이름을 말하자면 시간이 너무 많이 걸릴 것 같아요. 우린 차를 몰고 상당히 멀리 달렸으니까요."

그는 몸을 뒤로 빼고 자세를 고쳐 앉았다.

"하지만 어머니와 나는 주로 스코틀랜드의 에든버러와 영국의 옥스퍼드에서 지냈어요. 체육관에서 내가 이미 말하지 않았나요? 난 그 두 곳 모두에서 인터뷰를 하지 않을 수 없었다고요. 특히 에든버러 대학에서."

"아니, 그 얘긴 안 했던 것 같아."

니콜슨이 말했다.

"난 너한테 그런 일들이 있지 않았을까 궁금해하던 차였어. 어떻게 됐어? 사람들이 환호하던?"

"네?"

테디가 말했다.

"어떻게 됐냐구. 재미있었니?"

"그럴 때도 있었고 안 그럴 때도 있었죠."

테디가 말했다.

"우린 좀 지나치다 싶을 정도로 거기 오래 있었어요. 아버지는 이 배보다 좀더 일찍 떠나는 배로 뉴욕으로 돌아가고 싶어하셨죠. 하지만 스웨덴의 스톡홀름, 오스트리아의 인스브루크에서 어떤 사람들이 날 만나러 오기로 되어 있어서 기다려야만 했어요."

"항상 그런 식이지."

테디는 처음으로 그를 똑바로 바라보았다.

"아저씨 시인이에요?"

그가 물었다.

"시인? 맙소사, 아니야. 이런, 아니란다. 그런데 그건 왜 묻지?"

니콜슨이 말했다.

"모르겠어요. 시인들은 언제나 날씨를 그렇게 사사로운 감정으로 받아들이니까요. 시인들은 언제나 아무 감정 없는 사물들에 자기 감정을 쑤셔넣지요."

니콜슨은 미소를 지으며, 재킷 호주머니 안에 손을 넣어 담배와 성냥을 꺼냈다.

"난 그게 시인이라는 직업에 뿌리 박혀 있는 것이라고 생각하는데. 시인들이 제일 관심을 갖는 게 감정들 아니니?"

그가 말했다.

테디는 듣고 있지 않거나 아니면 귀기울이지 않고 있는 모양이었다. 테디는 스포츠 갑판 쌍둥이 굴뚝 쪽, 아니면 그 너머를 멍하니 바라보고 있었다.

북쪽에서 가벼운 미풍이 불어오고 있었기 때문에 니콜슨은 조금 어렵사리 담배에 불을 붙였다. 그는 몸을 뒤로 빼고 앉으며 말했다.

"이해해. 너는 아주 귀찮은 한 떼의……"

"'매미 소리에는 그 매미가 언제쯤 죽을지 알려주는 단서가 전혀 없다.'"

테디가 갑자기 말했다.

"'이 가을의 저녁에는, 아무도 이 길을 따라가지 않는다.'"

"그게 뭐였지? 다시 말해봐."

미소지으며 니콜슨이 말했다.

"둘 다 일본 시에요. 그 시에는 사사로운 감정 따위가 없죠."

테디가 말했다. 그는 갑자기 몸을 앞으로 빼고 앉아 머리를 오른쪽으로 기울이고서 한 손으로 오른쪽 귀를 가볍게 쳤다.

"어제 수영 연습을 했는데 아직도 귀에 물이 남아 있어요."

그가 말했다. 그는 다시 귀를 두 번 손으로 치고 나서 몸을 뒤로 빼고 앉아, 두 팔을 의자 팔걸이에 올려놓았다. 그건 물론 정상적인 성인 사이즈의 갑판 의자여서 의자에 앉아 있는 그는 분명 작아 보였지만, 동시에 더할 나위 없이 느긋하고 평온하게 보이기도 했다.

"네가 보스턴에서 한 패거리의 학자연하는 사람들을 아주 당황하게 만들고 온 걸로 아는데, 그 하찮기 짝이 없는 격론이 끝난 뒤에 말이야. 라이데커 실험 그룹이지? 내가 아는 바로는 그래. 내가 지난 유월에 앨 밥콕과 긴 이야기를 나눴다는 말을 너한테 한 것 같은데. 물론 너의 테이프를 틀어놓았던 바로 그날 밤에."

그를 지켜보면서 니콜슨이 말했다.

테디 337

"네, 맞아요. 그 얘기 내게 해주셨어요."

"그 패거리 아주 당황했던 것 같아."

니콜슨이 다그치듯 말했다.

"앨이 내게 해준 얘기로 봐서는, 너희들 모두 어느 날 밤—네가 그 테이프를 만든 바로 그날 밤이었을 거야—늦게까지 죽어라고 허물없는 이야기들을 나누었던 것 같은데……"

그는 담배를 한 모금 빨았다.

"내가 생각하기엔, 네가 그 녀석들을 뜬금없이 당황하게 만든 몇 가지 작은 예언을 했던 것 같다. 맞니?"

"사람들은 왜 감정적으로 되는 걸 그렇게 중요하게 생각하는지 알고 싶어요."

테디가 말했다.

"우리 부모님은 많은 것들을 아주 슬프다거나 아주 짜증스럽다거나 아니면 아주아주 부당하다는 식으로 여기지 않는 사람은 인간도 아니라고 생각하세요. 아버지는 신문을 읽을 때조차도 굉장히 감정적이에요. 아버지는 내가 비인간적이라고 생각하세요."

니콜슨이 담배를 한쪽에 톡톡 털었다.

"넌 분명 감정이 없는 애 같은데?"

그가 말했다.

테디는 곰곰 생각하다가 대답했다.

"감정이 풍부하다 해도, 내가 언제 그런 감정들을 사용했는지 기억이 안 나요. 난 감정들이 도대체 뭐에 소용되는 건지 모르겠어요."

"넌 신을 사랑하지, 그렇지 않니?"

니콜슨이 약간 지나치다 싶을 정도로 조용히 물었다.

"말하자면, 그게 너의 주특기 아니니? 너의 테이프에서 들은 것으로 봐서, 그리고 앨이 해준……"

"네, 물론 신을 사랑해요. 하지만 난 신을 감상적으로 사랑하지는 않아요. 신은 결코 사람들에게 자신을 감상적으로 사랑하라고 말하지 않았어요."

테디가 말했다.

"만약 내가 신이라 하더라도, 사람들이 날 감상적으로 사랑하길 원치 않았을 게 분명해요. 그건 믿을 만한 게 못 돼요."

"넌 부모님을 사랑하지, 그렇지?"

"네, 그래요. 아주 많이요."

테디가 말했다.

"하지만 아저씨는 내가 그 단어를 아저씨가 원하는 의미로 사용하길 바라는 거죠? 그런 느낌이 드는데요."

"좋아, 그럼 넌 그 단어를 어떤 의미로 사용하고 싶니?"

테디는 곰곰 생각해보았다.

"'친화성'이라는 게 무슨 뜻인지 아시죠?"

니콜슨에게 고개를 돌리면서 테디가 물었다.

"대충은 알지."

니콜슨이 건조하게 대답했다.

"나는 내 부모님에 대해 아주 강한 친화성을 갖고 있어요. 그들은 내 부모님이란 말이에요. 그리고 우린 각자가 이뤄내는 조화와 모든 것에 서로 속해 있어요."

테디가 말했다.

"난 부모님이 살아 계시는 동안 즐겁게 지내시길 바라요. 왜냐하면 우리 부모님은 인생을 즐기고 싶어하니까요…… 하지만 그들은 나와 부퍼— 내 동생이죠—를 그런 식으로 사랑하질 않아요. 내 말은 그들은 우리를 그저 있는 그대로 사랑할 수가 없는 것 같다는 거예요. 그들은 우리를 조금씩 지속적으로 바꿀 수 없는 한 우리를 사랑할 수 없는 것 같아요. 그들은 우리를 사랑하는 만큼 우리를 사랑해야 할 몇 가지 이유를 사랑해요. 대부분은 더 그렇죠. 그런 방식은 좋지 않아요."

그는 다시 니콜슨에게 고개를 돌리고는 몸을 조금 앞으로 기울여 앉았다.

"시계 있으세요? 열시 반에 수영 연습이 있거든요."

그가 물었다.

"그래 있다."

자기 손목을 쳐다보지도 않은 채 니콜슨이 말했다. 그는 소맷부리를 밀어올렸다.

"겨우 열시 십분이야."

그가 말했다.

"고마워요."

테디가 말했다. 그리고 몸을 뒤로 빼고 앉았다.

"십 분쯤은 더 대화를 즐길 수 있겠군요."

니콜슨은 갑판 의자 옆구리 너머로 다리를 내린 뒤 몸을 기울이고는 담배꽁초를 발로 밟았다.

"내가 보기에 넌 베단타의 환생이론을 굳게 믿고 있구나."

"그건 이론이 아니에요. 그건 상당 부분……"

"좋아."

니콜슨이 재빨리 말했다. 그는 미소를 지었고, 그런 뒤에는 약간 아이러니하게 찬양기도를 드리는 모습으로 두 손바닥을 가만히 들어올렸다.

"그것에 대해서는 싸우지 말자…… 일단 내가 말을 마치게 해주렴."

그는 뻗었던 굵직한 두 다리를 도로 꼬았다.

"내가 추측한 바로는, 넌 명상을 통해 무언가 알게 되었고, 그것이 네게 지난번 전생에서 네가 인도의 성자였지만 종교적인 죄를 범했다는 약간의 확신을 준 것 같은데."

"난 성자가 아니었어요. 난 그저 훌륭하게 영적 진보를 이루어 가던 사람이었을 뿐이에요."

테디가 말했다.

"좋아, 그게 뭐였든 간에…… 요점은 네가 지난번 전생에서 깨어나기 전에 얼마쯤 종교적인 죄를 범했다고 느끼고 있다는 점이지. 맞니? 아니면 내가……"

"맞아요. 난 한 여자를 만났고, 그러고는 뭐랄까…… 명상을 중단했던 거예요."

테디가 말했다. 그는 두 팔을 의자 팔걸이에서 내려놓고는, 따뜻하게 데우려는 듯 두 손을 허벅지 아래에 끼워넣었다.

"여하튼 나는 다시 한번 몸을 받아 지상으로 내려와야 했어요. 내 말은, 여자를 만나지 않았다 하더라도, 내가 죽을 수 있을 만큼, 그래서 곧장 브라마*에게 가서 두 번 다시 지상으로 돌아오지 않아도 될 만큼 영적으로 진보했던 건 아니라는 뜻이에요. 하지만 내가 그 여자를 만나지 않았더라면, 난 미국인의 몸으로 환생할 필요가 없었을 거예요. 그러니까 미국에서 명상을 하면서 영

---

* 비인격적인 중성(中性)의 브라만을 남성형으로 인격화한 힌두교의 창조신으로 범천(梵天)이라고도 한다.

적인 삶을 살아가기란 아주 힘들다는 말이죠. 사람들한테 괴짜라는 소릴 듣기 십상이니까요. 우리 아버지는 얼마쯤 내가 괴짜라고 생각하세요. 우리 어머니는, 글쎄요, 내가 줄기차게 신에 대해 생각하는 것이 좋지 않다고 생각하세요. 그게 내 건강에 좋지 않다고 생각하시는 거죠."

니콜슨은 그를 곰곰이 뜯어보고 있었다.

"지난번 테이프에서 네가 처음으로 신비체험을 한 게 여섯 살 때라고 말한 걸로 아는데, 맞니?"

"모든 게 신이라는 걸 알게 되었을 때 나는 여섯 살이었어요. 그러고는 머리칼이 곤두서버렸죠. 모든 게 그래요."

테디가 말했다.

"일요일이었던 걸로 기억해요. 내 여동생은 아주 조그만 어린 애였죠. 그때 그애는 우유를 마시고 있었는데, 갑자기 난 그애가 신이라는 걸, 그리고 그 우유도 신이라는 걸 알게 됐어요. 그러니까 그애가 하는 일은 신을 신 속에 부어넣는 일이었다는 거죠. 내 말이 무슨 뜻인지 아실지 모르겠지만요."

니콜슨은 아무 말도 하지 않았다.

"하지만 난 네 살 때부터 유한차원을 아주 자주 빠져나올 수 있었어요."

테디가 덧붙여 말했다.

"지속적으로는 아니었지만, 꽤 자주 그랬어요."

니콜슨은 고개를 끄덕였다.

"그랬니? 그럴 수 있었단 말이야?"

"네. 그건 그 테이프에도 들어 있는 얘기예요. ……아니면 어쩌면 내가 지난 사월에 만든 테이프였나? 확실치는 않아요."

니콜슨은 다시 담배를 꺼냈지만, 테디에게서 눈을 떼지 않은 채였다.

"사람이 어떻게 유한차원에서 빠져나올 수 있지?"

그가 묻고는 짧게 웃었다.

"내 말은 한 블록의 목재는 애당초 한 블록의 목재일 뿐이라는 거야. 예를 들자면 말이야. 그 목재 한 블록은 길이와 넓이를 갖고 있지."

"그렇지 않아요. 그게 바로 아저씨의 오류예요."

테디가 말했다.

"사람들은 사물들이 그냥 어디선가 단절된다고 생각하죠. 그런데 그렇지가 않아요. 내가 피트 교수에게 말해주려고 했던 게 바로 그거였어요."

그는 엉덩이를 움직이더니, 조그맣게 뭉쳐놓은 보기 흉한 잿빛 손수건을 꺼내 코를 풀었다.

"사물들이 어디선가 단절되는 것처럼 보이는 건 그것이 바로 대부분의 사람들이 사물을 바라보는 유일한 방식이기 때문이죠. 하지만 그렇다고 해서 사물들이 정말로 그런 건 아니에요."

그는 손수건을 치우고 니콜슨을 바라보았다.

"팔을 잠시만 위로 들어주시겠어요?"

테디가 물었다.

"내 팔을? 왜?"

"그냥 그렇게 해보세요. 잠시만 그렇게 해보세요."

니콜슨은 의자 팔걸이에서 팔을 일이 인치쯤 들어올렸다.

"이렇게?"

그가 물었다.

테디는 고개를 끄덕였다.

"아저씨는 그걸 뭐라고 부르겠어요?"

"무슨 말이니? 이건 내 팔이야, 팔이라구."

"그게 그렇다는 걸 어떻게 알죠?"

테디가 물었다.

"아저씨는 그게 팔이라고 불린다는 건 알지만, 그게 팔이라는 걸 어떻게 아느냔 말이에요. 그게 팔이라는 무슨 증거라도 있어요?"

니콜슨은 담뱃갑에서 담배를 꺼내 불을 붙였다.

"솔직히 말해서, 난 그게 최악의 궤변이라고 생각해."

담배연기를 뿜으며 그가 말했다.

"맙소사, 이건 팔이야. 왜냐하면 팔이니까. 첫째, 이건 다른 사물들과 구별되는 이름을 갖고 있어야만 해. 내 말은 네가 단순히……"

"아저씨는 그저 논리를 따르고 있을 뿐이에요."

테디가 무표정하게 말했다.

"내가 그저 뭐 할 뿐이라고?"

약간 지나치게 정중한 태도로 니콜슨이 물었다.

"논리를 따를 뿐이라고요. 아저씨는 그냥 내게 평범하게 지적인 대답을 하고 있는 것뿐이라고요."

테디가 말했다.

"난 아저씨를 도와주려고 했을 뿐이에요. 내가 그러고 싶은 기분이 들 때마다 어떻게 유한차원에서 빠져나가느냐고 아저씨가 물었잖아요. 그런 일을 할 때 난 어떤 논리도 사용하지 않아요. 논리야말로 아저씨가 떨쳐버려야 할 첫번째 것이에요."

니콜슨이 손가락으로 혀에서 담뱃재 한 조각을 꺼냈다.

"아담 아시죠?"

테디가 그에게 물었다.

"누구?"

"아담이요. 성경에 나오는."

니콜슨은 미소지었다.

"개인적으로야 모르지."

그가 무미건조하게 말했다.

테디는 주춤했다.

"나한테 화내지 마세요. 아저씨가 내게 질문을 했고, 그래서 난……"

"맙소사, 난 화를 내고 있는 게 아니야."

"좋아요."

테디가 말했다. 그는 자기 의자에서 뒤로 깊숙이 앉아 있었지만, 머리는 니콜슨 쪽을 향하고 있었다.

"성경에서 아담이 에덴 동산에서 먹었다는 그 사과 아시죠. 그 사과에 뭐가 들어 있는지 아세요? 논리예요. 논리와 지식 따위 말예요. 그 사과에 들어 있는 건 그게 전부예요. 그러니까 이게 내가 말하려는 건데요. 사물들을 실제로 있는 그대로 보고 싶다면, 아저씨가 할 일은 그걸 다 토해내는 거예요. 아저씨가 그걸 다 토해 버리면, 아저씨는 몇 블록의 목재라거나 그 따위 것들을 갖고 더 이상 애를 먹지 않아도 된다는 말이에요. 모든 것을 항상 단절된 것으로 보지 않게 돼요. 그러면 아저씬 아저씨의 팔이 실제로 무엇인지 알게 될 거예요, 관심이 있으시다면 말이죠. 무슨 말인지 아시겠어요, 이해하시겠어요?"

"이해한다."

니콜슨이 다소 짧게 대답했다.

"문제는, 대부분의 사람들이 있는 그대로 보길 원하지 않는다는 거죠. 사람들은 태어나고 죽는 일조차 그만두고 싶어하지 않아요. 그것을 그만두고 신과 함께 지내는 게 아니라, 그냥 줄곧 새로운 육체를 받기만을 바랄 뿐이에요. 거긴 정말로 멋진 곳인데 말이죠."

테디는 생각에 잠겼다.

"난 그런 사과 먹는 패거리들을 많이 만나본 적은 없지만……"
그가 말했다. 그는 머리를 가로저었다.

그때 하얀 코트를 걸친 갑판 승무원이 그 구역을 돌다가 테디와 니콜슨 앞에 멈춰 서서, 아침용 묽은 수프를 들지 않겠냐고 물었다. 니콜슨은 아무 대답도 하지 않았고, 테디는 "고맙지만 됐어요"라고 대답했다. 그러자 승무원은 그들을 지나쳐갔다.

"네가 그것에 대해 이야기하고 싶지 않다면 안 해도 돼."

니콜슨이 갑자기 다소 퉁명스럽게 말했다. 그는 담뱃재를 톡톡 털었다.

"하지만 그게 사실이니, 아니면 사실이 아니니? 네가 그 라이데커 실험 그룹 무리—월튼, 피트, 라슨, 새뮤얼 일당들—모두에게 그들이 언제 어떻게 죽을 것인가를 알려주었다는 것 말이야. 그게 사실이니, 아니니? 원치 않는다면 말하지 않아도 되지만, 보스턴에서 떠도는 소문이……"

"아뇨, 그건 사실이 아니에요."

테디가 힘주어 말했다.

"난 그들에게 아주아주 조심해야만 할 장소와 시기를 말해줬어요. 그리고 그들이 하면 좋을 어떤 일을 얘기해줬어요. ……하지만 그런 것들은 전혀 얘기하지 않았어요. 나는 그런 식으로 불가피한 것에 대해서는 말하지 않았다구요."

그는 다시 손수건을 꺼내 코를 풀었다. 니콜슨은 그를 지켜보면서 기다렸다.

"난 피트 교수에게도 그런 얘기 안 했어요. 첫째, 그는 장난질이나 치려고 돌아다니면서 내게 질문을 한 보따리씩 해대는 그런 사람이 아니었어요. 그러니까 내가 그에게 한 얘기라고는, 그가 일월 이후에는 더이상 선생 노릇을 해서는 안 된다는 것뿐이었어요. 그게 전부예요."

테디는 뒤로 깊숙이 앉은 채 한순간 말이 없었다.

"그 외의 교수들은 모두 내게 그 따위 것들을 말해달라고 억지를 부리다시피 했어요. 그건 우리가 인터뷰를 하고 그 테이프 만드는 일을 다 끝내기 전이었어요. 아주 밤늦게였죠. 그 사람들은 모두 끊임없이 여기저기 돌아다니며 앉아서 담배를 피우고 재롱을 떨었어요."

테디가 힘주어 말했다.

"그러니깐 넌 예를 들어서 월튼이나 라슨에게 언제, 어디서, 어떻게 죽음이 올 것인지 얘기해주지 않았단 말이니?"

니콜슨이 캐물었다.

"아뇨, 안 했어요."

테디가 단호하게 말했다.

"난 그 사람들에게 그런 것들에 대해서 말하려던 게 절대 아니었어요. 그 사람들이 계속 그것에 대해서만 얘기한 거죠. 월튼 교수가 발동을 걸었어요. 그는 자기가 언제 죽을지 알면 정말 좋겠다고 했죠. 그렇게 되면 자기가 무슨 일을 해야 하고 무슨 일을 하지 말아야 할지, 그리고 자기 시간을 어떻게 최대한 이롭게 사용할지, 그 모든 것을 알게 될 것이기 때문이라고 했죠. 그러자 모든 사람이 맞장구를 쳤어요. ……그래서 내가 조금 이야기해준 거예요."

니콜슨은 아무 말도 하지 않았다.

"하지만 그 사람들이 실제로 언제 죽을 것인지는 얘기하지 않았어요. 그건 얼토당토 않은 소문이에요. 할 수도 있었죠. 하지만 난 그 사람들이 사실 마음속으로는 알고 싶어하지 않는다는 것을 알고 있었어요. 내 말은, 그들이 종교학이나 철학 따위를 가르친 다 하더라도 여전히 죽는 걸 두려워한단 말이지요."

테디는 앉아 있는 건지 아니면 누워 있는 건지 잠시 동안 침묵했다.

"그건 아주 어리석은 일이에요. 죽을 때 하는 거라곤 자기 몸에서 지옥을 끄집어내는 일뿐인 걸요. 모든 사람들이 수천, 수만 번씩 그렇게 해왔어요. 기억을 못 한다고 해서 그렇게 해오지 않았다고 말할 순 없잖아요. 그건 아주 어리석은 일이에요."

테디가 말했다.

"그럴지도 모르지. 그럴지도 몰라. 하지만 논리적인 부분이 남아 있어. 아무리 지적이라 해도……"

니콜슨이 말했다.

"그건 아주 어리석은 일이에요. 예를 들어, 난 오 분쯤 뒤에 수영 연습을 할 거예요. 아래층 수영장으로 내려갔는데 수영장 안에 물이 없을 수도 있겠죠. 수영장 물을 가는 날이라든가, 뭐 그런 이유로요. 어쨌든 내가 수영장 가장자리로 걸어가 그냥 밑바닥을 내려다보는데 내 동생이 다가와서 날 수영장 안으로 밀어버릴 수도 있어요. 그러면 난 두개골이 박살나 당장 죽을 수도 있을 거라구요."

테디는 니콜슨을 바라보았다.

"그런 일이 일어날 수도 있어요. 내 여동생은 겨우 여섯 살이고, 전생에 인간이 아니었거든요. 그리고 그애는 날 그다지 좋아하지 않아요. 좋아요, 그런 일이 일어날 수 있어요. 하지만 그게 뭐 그리 비극적이라는 거죠? 내 말은, 거기에 두려워할 게 뭐가 있냐구요. 난 그냥 내가 하게 되어 있는 것을 하고 있을 뿐인 걸요. 그게 전부예요. 그렇지 않아요?"

니콜슨은 부드럽게 코웃음을 쳤다.

"네 입장에서는 비극적인 게 아닐 수도 있지만, 네 어머니와 아버지에게는 분명 아주 슬픈 사건일 거야. 그걸 생각해본 적 있니?"

"네, 물론 생각해봤어요."

테디가 말했다.

"하지만 그건 우리 부모님이 일어나는 모든 일에 대해 각각 이름과 감정을 붙였기 때문일 뿐이에요."

테디는 두 손을 또다시 두 다리 아래에 끼워넣던 참이었다. 그는 이제 두 손을 꺼내 팔걸이 위에 올려놓고는, 니콜슨을 바라보았다.

"스벤 아시죠? 체육관 관리인 말예요."

테디가 물었다. 그는 니콜슨이 고개를 끄덕일 때까지 기다렸다.

"만일 오늘 밤 스벤이 자기 개가 죽어버리는 꿈을 꾼다면, 그는 한숨도 못 잘 거예요. 그 개를 무척 좋아하니까요. 하지만 내일 아침에 일어나면 모든 게 괜찮아질 거예요. 그게 단지 꿈일 뿐이라는 걸 알게 될 테니까요."

니콜슨이 고개를 끄덕였다.

"요점이 정확히 뭐니?"

"요점은 그의 개가 정말로 죽었다 하더라도 같은 일이라는 거죠. 다만 그가 그걸 모를 뿐이에요. 내 말은, 그는 자신이 죽을 때까지 깨어나지 않을 거란 말이죠."

니콜슨은 초연한 모습으로 오른손을 이용하여 뒷덜미를 느리게, 감각적으로 문질렀다. 의자 팔걸이 위에 움직임 없이 놓인 그의 손, 새로 꺼내어 불붙인 담배를 손가락 사이에 끼운 그의 왼손은 환한 햇빛 아래서 이상하리만치 하얘서 마치 생명이 없는 것처럼 보였다.

테디가 갑자기 일어섰다.

"이제 정말 가봐야 할 것 같아요."

그가 말했다. 그는 니콜슨 쪽으로 돌려진 의자의 다리 없는 부분에 잠시 앉아 니콜슨을 바라보며 티셔츠 자락을 바지 속에 집어넣었다.

"수영 연습 시간까지 일 분 삼십 초쯤 남은 것 같아요. 수영장은 저 아래 E갑판이에요."

"네가 피트 교수에게 일 년 뒤엔 가르치는 일을 그만둬야 한다고 말한 이유를 물어봐도 되겠니?"

다소 퉁명스럽게 니콜슨이 물었다.

"난 밥 피트를 알고 있어. 그래서 묻는 거야."

테디는 자신의 악어가죽 벨트를 단단히 조였다.

"왜냐하면 그는 아주 영적인 사람이고 뭔가 진정한 영적 진보를 이루길 원하는데, 지금은 스스로에게 썩 유익하지 않은 걸 많이 가르치고 있기 때문이에요. 그것들이 그를 지나치게 자극시켜요. 그에겐 지금이 머릿속에 많은 것을 집어넣기보다는 모든 것을 빼내야 할 때예요. 그는 원한다면 이번 생애에서만도 사과를 많이 없애버릴 수 있어요. 그는 명상을 아주 잘해요."

테디는 몸을 일으켰다.

"이제 가볼게요. 너무 늦긴 싫거든요."

니콜슨이 그를 올려다보았다. 그는 그런 눈길을 계속 유지해서 그를 붙들어두었다.

"교육체계를 바꿀 수 있다면, 넌 어떻게 하겠니?"

그가 애매하게 물었다.

"그것에 대해 혹시 생각해본 적 있니?"

"정말 가야겠어요."

테디가 말했다.

"이 질문에만 대답해봐. 난 교육을 사랑해. 내가 가르치는 이유가 바로 그거야. 그 때문에 묻는 거란다."

"글쎄요…… 내가 어떻게 할지 확실히는 모르겠어요."

테디가 말했다.

"확실한 건 학교에서 보통 하는 것처럼 시작하지는 않을 거라는 거죠."

그는 팔짱을 끼고는 잠시 생각에 잠겼다.

"난 먼저 아이들을 모두 모아놓고 명상하는 법을 알려주겠어요. 난 아이들에게 그냥, 그들의 이름이 무엇인지 따위 대신 자신이 누구인가 발견하는 법을 알려주겠죠…… 그보다 먼저 아이들에게, 자기 부모나 누군가에게 들은 것들을 다 비워내라고 하겠어요. 그러니까, 그들의 부모가 그들에게 코끼리는 크다고 말했다 하더라도, 그것을 비워내도록 만들겠다는 거예요. 코끼리는 다른 어떤 것, 예를 들어, 개나 여자 등과 함께 있을 때나 클 뿐이에요."

테디는 한순간 다시 생각에 잠겼다.

"난 아이들에게 코끼리가 몸통을 갖고 있다는 것도 말하지 않을 거예요. 나한테 코끼리가 있다면, 아이들에게 그것을 **보여줄** 수도 있겠지만요. 하지만 난 코끼리가 아이들에 대해 모르는 것만큼 아이들도 코끼리에 대해 아무것도 모르는 채로 그냥 다가가게 할 거예요. 풀이나 다른 것들에 대해서도 마찬가지예요. 나는 풀은 푸르다는 것까지도 말하지 않을 거예요. 색깔은 단지 이름에 불과해요. 그러니까 내 말은, 만일 아저씨가 아이들에게 풀이 푸르다고 말한다면, 그건 아이들에게 풀을 그냥 딱 그만큼만, 그리고 모르긴 해도 그보다 훨씬 나은 방식으로 보는 대신에 어떤 특정한 방식으로 — 아저씨의 방식으로 — 보도록 기대하게 만든다는 거예요."

"그렇게 되면 네가 한 세대의 무지한 아이들을 키워내게 될 위험이 있지 않을까?"

"어째서요? 그들은 코끼리가 무지한 것보다 더 무지하진 않을 텐데요. 아니면 새가 그런 것보다, 혹은 나무가 그런 것보다 더 그렇진 않을 텐데요."

테디가 말했다.

"왜냐하면, 어떤 사물이 특정한 방식으로 행동하는 게 아니라 특정한 방식으로 존재한다고 해서 그게 무지하다는 뜻은 아니니까요."

"아니라구?"

"그래요! 게다가, 만약 아이들이 이름과 색깔과 사물 등 다른 모든 것을 배우고 싶다면, 나중에 더 자라서 그러고 싶은 기분이 들 때 그렇게 할 수 있잖아요. 난 아이들이 사물을 바라보는 아주 진실한 방식을 갖고 시작하길 바라요. 사과를 먹는 모든 사람들이 사물을 바라보는 방식대로 말고요. 그게 내가 말하고 싶은 거예요."

테디는 니콜슨에게 더 가까이 다가가 그를 향해 아래쪽으로 손을 뻗쳤다.

"이제 정말 가봐야겠어요. 즐거웠어요……"

"잠깐만. 잠깐만 앉아봐. 나중에 크면 연구팀 같은 데서 일하고 싶다고 생각한 적 없니? 의학 연구라든가 아니면 그런 비슷한 종류의 것들 말야. 내가 보기엔, 네가 마음이 있다면 언젠가 결국에는……"

테디는 다시 앉지는 않고 대답했다.

"한 이 년 전쯤에 그것에 대해 생각해본 적이 있어요. 꽤 여러 의사와 얘기를 했죠."

그는 머리를 가로저었다.

"나한테는 그리 흥미로운 일이 아닐 것 같아요. 의사들은 지나칠 정도로 피상적인 데만 머물러 있어요. 그들은 늘 세포 따위에 대해서만 이야기하죠."

"넌 세포 구조가 전혀 중요하지 않다고 생각하는 거니?"

"중요하지요, 물론. 그렇다고 생각해요. 하지만 의사들은 세포 자체가 무한한 중요성을 갖고 있는 것처럼 이야기하잖아요. 마치 세포들이 실제로 그 세포 소유자들의 것이 아닌 것처럼 말예요."

테디는 한 손으로 이마 위의 머리칼을 쓸어넘겼다.

"내가 내 몸을 키운 거예요. 다른 누군가가 나를 대신해서 그렇게 해준 게 아니라구요. 내가 내 몸을 키우는 거라면, 내 몸을 어떻게 키우는지는 나 자신이 알고 있는 게 틀림없어요. 적어도 무의식적으로라도 말예요. 지난 몇십만 년 중 언젠가 몸을 어떻게 키우는가에 대한 의식적인 앎을 잃어버렸는지 모르지만, 그 앎은 아직 거기에 있어요. 왜냐하면, 내가 그것을 이용해온 게 분명하니까. ……그 모든 것을—그 의식적 앎 말이에요—되찾기 위해서는 꽤 많은 명상과 비워내기가 필요하겠지만, 의지만 있다면 할 수 있어요. 충분히 넓게 열려 있기만 하다면요."

테디는 갑자기 의자 팔걸이에 놓인 니콜슨의 오른손으로 손을 뻗쳐 그것을 들어올렸다. 테디는 정중하게, 단 한 번 그의 손과 악수를 나누고는 말했다.

"안녕, 난 가봐야 해요."

니콜슨도 이번만큼은 그를 붙잡아둘 수 없었다. 테디가 아주 빠르게 통로를 통해 나아가기 시작했기 때문이다.

니콜슨은 테디가 떠난 후 양손을 의자 팔걸이 위에 올려놓은 채—왼쪽 손가락 사이에는 여전히 불붙이지 않은 담배가 들려 있었다—몇 분 동안 움직이지 않고 앉아 있었다. 마침내, 그는 오른손을 들어올려 자신의 셔츠 깃이 아직도 벌어져 있는지 보려는 듯 손을 움직였다. 그러다가 담배에 불을 붙이고는 다시 가만히 앉아 있었다.

그는 담배를 꽁초 끝까지 피우고는, 갑자기 한쪽 발을 의자 한쪽으로 내려 담배를 밟아 껐다. 그러고 나서 일어나 좀 빠르게 걸어나가 통로에서 사라져버렸다.

배 앞부분 계단을 통해서, 그는 꽤나 활기차게 내려가 산책 갑판으로 향했다. 그는 거기서 멈추지 않고 아주 똑바로 계속 더 내려가 중앙 갑판으로 갔다. 그런 다음 B갑판으로, 그 다음엔 C갑판으로, 그 다음엔 D갑판으로.

D갑판에서 배 앞쪽 계단이 끝났고, 니콜슨은 다소 방향감각을 잃은 채 잠시 멈췄다. 하지만 그는 그에게 길을 가르쳐줄 수 있을 듯 보이는 사람을 찾아냈다. 통로에서 절반쯤 내려간 곳, 좁은 길 바깥에 한 여승무원이 의자에 앉아 잡지를 읽으며 담배를 피우고 있었다. 니콜슨은 그녀에게 다가가 짧게 물어본 뒤 고맙다는 말을 하고서, 배 앞부분을 향해 몇 걸음 더 걸어가 '수영장 가는 길'이라고 씌어진 육중한 금속문을 열었다. 문은 카펫이 깔리지 않은 좁다란 계단으로 통했다.

계단을 절반보다 조금 더 내려갔을 때, 그는 주위를 온통 꿰뚫을 듯 지속되는 비명 소리를—틀림없이 여자아이가 내지르는 듯한—들었다. 그것은 상당히 고음이어서, 사방의 타일벽 속으로 울려 퍼지는 듯했다.

지은이 **제롬 데이비드 샐린저(1919~2010)**
작품으로 『호밀밭의 파수꾼』(1951) 『아홉 가지 이야기』(1953) 『프래니와 주이』(1961) 『목수들아, 대들보를 높이 올려라』(1963)가 있다.

옮긴이 **최승자**
고려대학교 독문과를 졸업했다. 계간 『문학과지성』에 「이 시대의 사랑」 외 4편을 발표하면서 시인으로 등단했다. 시집 『물 위에 씌어진』 『쓸쓸해서 머나먼』 『이 시대의 사랑』 『즐거운 일기』 『기억의 집』 『내 무덤 푸르고』 『연인들』 등을 펴냈고, 『죽음의 엘레지』 『빵과 포도주』 『침묵의 세계』 『빈센트, 빈센트, 빈센트 반 고흐』 『혼자 산다는 것』 『워터멜론 슈가에서』 등을 우리말로 옮겼다.

문학동네 세계문학
아홉 가지 이야기

1판 1쇄 2004년 12월 24일 | 1판 14쇄 2022년 10월 5일

지은이 제롬 데이비드 샐린저 | 옮긴이 최승자
책임편집 최정수 박여영 | **디자인** 박진범 홍선화 | **저작권** 박지영 형소진 이영은 김하림
마케팅 정민호 이숙재 박치우 한민아 안남영 김수현 정경주
브랜딩 함유지 함근아 김희숙 박민재 박진희 정승민
제작 강신은 김동욱 임현식 | **제작처** (주)상지사P&B

펴낸곳 (주)문학동네 | **펴낸이** 김소영
출판등록 1993년 10월 22일 제2003-000045호
주소 10881 경기도 파주시 회동길 210
전자우편 editor@munhak.com | **대표전화** 031) 955-8888 | **팩스** 031) 955-8855
문의전화 031) 955-3578(마케팅) 031) 955-1917(편집)
문학동네카페 http://cafe.naver.com/mhdn
인스타그램 @munhakdongne | **트위터** @munhakdongne
북클럽문학동네 http://bookclubmunhak.com

ISBN 89-8281-905-3 03840

잘못된 책은 구입하신 서점에서 교환해드립니다.
기타 교환 문의 031) 955-2661, 3580

www.munhak.com